B.C. Schiller

Dunkelsteig: Schuld

FSC
www.fsc.org
MIX
Papier aus verantwortungsvollen Quellen
FSC® C083411

Impressum

Lektorat: Tat-Worte.de. Korrektorat: bueropia.de

Titel: www.afp.at. Foto credits: RgiQiBKlyuQ by Valentin Wallet on Unsplash. SrASYZZpyjw by Kyle Glenn on Unsplash. n2sYTeYZlZk by Joel & Jasmin Førestbird on Unsplash

ISBN 9783754618981

Herstellung und Druck über tolino media GmbH & Co. KG, München.
Printed in Germany

Wir haben uns erlaubt, einige Namen und Örtlichkeiten aus Spannungsgründen neu zu erfinden, anders zu benennen und auch zu verlegen. Sie als Leser werden uns diese Freiheiten sicher nachsehen.

ÜBER DIE AUTOREN B.C. SCHILLER

Barbara und Christian Schiller leben und arbeiten in Wien und auf Mallorca mit ihren beiden Ridgebacks Calisto & Emilio. Gemeinsam waren sie über 20 Jahren in der Marketing- und Werbebranche tätig und haben ein totales Faible für packende Thriller.

B.C. Schiller gehören zu den erfolgreichsten Spannungs-Autoren im deutschsprachigen Raum. Bisher haben sie mit ihren Thrillern über 2.000.000 Leser begeistert.

facebook.com/BC.Schiller
twitter.com/bc_schiller
instagram.com/bc.schiller

BÜCHER VON B.C. SCHILLER

DUNKELSTEIG - Psychothriller:

DUNKELSTEIG – der erste Band mit Felicitas Laudon

DUNKELSTEIG – SCHULD – der zweite Band mit Felicitas Laudon

Weitere Psychothriller:

DIE FOTOGRAFIN

DIE SCHWESTER

MALLORCA-CRIME-THRILLER:

MÄDCHENSCHULD – ist der erste Band der spannenden Mallorca-Crime-Reihe mit der Inspectora Ana Ortega und dem Europol-Ermittler Lars Brückner. Die Thriller sind in sich abgeschlossen und können unabhängig voneinander gelesen werden.

SCHÖNE TOTE – der zweite Band mit Ana Ortega und Lars Brückner.

FAMILIENBLUT – der dritte Band mit Ana Ortega und Lars Brückner

BÜCHER VON B.C. SCHILLER

Die Tony-Braun-Thriller:

TOTES SOMMERMÄDCHEN – der erste Tony-Braun–Thriller –

»Wie alles begann«

TÖTEN IST GANZ EINFACH – der zweite Tony-Braun-Thriller

FREUNDE MÜSSEN TÖTEN – der dritte Tony-Braun-Thriller

ALLE MÜSSEN STERBEN – der vierte Tony-Braun-Thriller

DER STILLE DUFT DES TODES – der fünfte Tony-Braun-Thriller

RATTENKINDER – der sechste Tony-Braun-Thriller

RABENSCHWESTER – der siebte Tony-Braun-Thriller

STILLER BEOBACHTER – der achte Tony-Braun-Thriller

STRANDMÄDCHENTOD – der neunte Tony-Braun-Thriller

STILLES GRABESKIND – der zehnte Tony-Braun-Thriller

Alle Tony-Braun-Thriller waren monatelang Bestseller in den Charts. Die Thriller sind in sich abgeschlossen und können unabhängig voneinander gelesen werden.

Tauchen Sie ein in die B.C. Schiller Thriller-Welt.

Wir freuen uns über jeden Fan auf Facebook und Follower auf Instagram – DANKE!

https://www.facebook.com/BC.Schiller

https://www.instagram.com/bc.schiller/

www.bcschiller.com

DUNKELSTEIG: SCHULD

Psychothriller

B.C. SCHILLER

KAPITEL EINS

In einer alten Sage über den Ort Dunkelsteig steht in der Chronik geschrieben, dass die Magd Cäcilia aus Furcht vor den Dorfbewohnern mit ihrem Säugling in den Teufelsspalt sprang. Seit jener Zeit sind die Dunkelsteiger verflucht …

KAPITEL ZWEI

Der Teufelsspalt hat mich zurückgerufen, deshalb bin ich in Dunkelsteig geblieben.

Im November wirkte der lichtlose Ort in den Salzburger Alpen noch düsterer als gewöhnlich. Nebel zog durch die engen Gassen, und der Wind zerrte an den schwarzen Fahnen, die von den Bewohnern aus den Fenstern gehängt worden waren. Die eng aneinandergepressten Häuser mit ihren gemauerten Erdgeschossen und Holzaufbauten wirkten unter dem grauen Himmel noch niedriger, noch trostloser. Auf dem kleinen Platz vor der Kirche hatte sich bereits eine größere Menschenmenge eingefunden und wartete auf den Beginn der Prozession, die jedes Jahr stattfand. Viele der Frauen und Männer hielten Bilderrahmen mit Fotos oder Zeichnungen von vermissten Ahnen und Familienmitgliedern in den Händen, um sie später auf die hölzerne Bahre zu stellen, die dann feierlich durch den Ort getragen wurde.

Als ich auf den Dorfplatz trat, warf die steil aufragende

Felswand hinter der Kirche ihren düsteren Schatten über die Menschen, drückte sie zu Boden und lastete schwer auf ihren Schultern. Mit einem Mal hatte ich den Eindruck, als würden die Dunkelsteiger unter der Bürde dieses Felsens nur noch gebeugt umherwandern.

»Felicitas, es überrascht mich, dich hier zu sehen«, riss mich eine Stimme aus meinen Gedanken. Es war Renate, die Frau aus dem Gemischtwarenladen, wo ich ab und zu einkaufte. Sie hielt eine altertümliche Fotografie in einem schwarzen Rahmen in den Händen. »Wolltest du nicht schon längst abreisen?«

»Der Teufelsspalt lässt mich nicht los«, murmelte ich. Es stimmte, ich hatte vorgehabt, Dunkelsteig zu verlassen, aber eine Eingebung hatte mich bewogen, meinen Aufenthalt zu verlängern. Die Augenzeugin Ragnis hatte ihre Aussage über das Drama beim Teufelsspalt überraschend widerrufen und war dann nach Spanien gezogen. Deshalb war für mich Manuelas Verschwinden noch immer nicht geklärt. »Der Teufelsspalt lässt mich nicht los«, wiederholte ich leise.

»Bring nicht noch mehr Unruhe in unseren Ort«, flüsterte Renate mir warnend zu und entfernte sich schnell. Ich wollte ihr noch hinterherrufen, dass die Suche nach der Wahrheit niemals Unruhe erzeuge, doch in diesem Moment wurden die mächtigen Tore der Kirche geöffnet, und Pfarrer Thomas trat über die Schwelle. In seinem mit goldenen Stickereien verzierten Festornat wirkte er beeindruckend. Die Dorfbewohner senkten ehrerbietend die Köpfe, und einige Frauen in schwarzen Trauerkleidern fielen betend auf die Knie. Der Geistliche blieb auf dem obersten Treppenabsatz stehen und ließ den Blick über die versammelte Menge schweifen. Dann hob der Pfarrer seine Arme in die Höhe und wartete einen Moment. Plötzlich stoppte das Gemurmel, und es herrschte eine unheimliche Stille. Als der Diener Gottes endlich die ungeteilte Aufmerksamkeit erlangt hatte, donnerten seine Worte über die Köpfe der Zuhörer.

»Wie jedes Jahr gedenken wir der Dorfbewohner, die der Teufelsspalt zu sich geholt hat. Bis heute haben die Dämonen der Berge keines ihrer Opfer jemals wieder freigegeben, und wir wissen nicht, was mit ihnen geschehen ist. Deshalb beten wir für diese armen Seelen und bitten unsere geliebte Cäcilia inständig, ihren Fluch zu widerrufen.« Der Geistliche reckte die gefalteten Hände erneut in den bleiernen Himmel und starrte in das diffuse Licht, so als würde er auf ein Zeichen Gottes warten. Doch nichts geschah, nur die Falken kreisten tiefer als gewöhnlich um den Kirchturm. Nach einer Minute des Schweigens trat der Pfarrer zur Seite, und vier Männer erschienen in dem Portal. Sie trugen eine mächtige Bahre aus dunklem Holz an eisernen Griffen über die Schwelle der Kirche. Untermalt von den düsteren Klängen einer Blaskapelle schritten sie gemessen die Stufen nach unten und wurden auf dem Platz sofort von den Dunkelsteigern umringt. Männer und Frauen platzierten ihre Fotos, Bilder, Zeichnungen und kleine Gemälde auf der Holzfläche, die bald so gefüllt war, dass einige der Abbildungen herunterfielen und auf den Boden flatterten.

Am Tag des Fluches holte man die Verschwundenen ins Leben zurück. Die Magd Cäcilia stammte aus einfachen Verhältnissen, konnte aber lesen und schreiben. Deswegen kamen die Bauern auch zu ihr, um Dokumente aufzusetzen. Doch als sie heimlich ein Kind gebar, hieß es, der Vater sei der Teufel gewesen. Sie wurde als Hexe angeklagt und von den Dorfbewohnern verfolgt. In ihrer Verzweiflung flüchtete Cäcilia mit ihrem Säugling zum Teufelsspalt in das

Gebirge. Als ihre Häscher auftauchten, bettelte sie um Gnade für ihr Neugeborenes. Doch die Dorfbewohner waren unerbittlich und forderten den Tod der beiden. Als Cäcilia keinen Ausweg mehr sah, verfluchte sie ganz Dunkelsteig und sprang mit ihrem Kind in den Spalt. Das geschah vor dreihundert Jahren, und seit dieser Zeit verschwanden immer wieder Menschen im Teufelsspalt. Um den Fluch zu bannen, wurde Cäcilia in Dunkelsteig wie eine Heilige verehrt, und ihr zu Ehren gab es den Cäcilia-Tag. Doch das nützte nichts, denn der Fluch bestand weiter.

›Ich dachte, nur alle zwanzig Jahre verschwindet ein Mensch im Teufelsspalt‹, ging es mir durch den Kopf. So jedenfalls stand es in der alten Dunkelsteiger Chronik. ›Aber es müssen viel mehr Menschen sein, die bereits im Spalt verschwunden sind‹, überlegte ich verwirrt. Bis heute hatte man noch keine einzige Leiche gefunden.

Langsam zog ich die Fotos von Manuela und Tim aus der Tasche meines Trenchcoats und legte sie zu den anderen Fotos. Auch von diesen beiden gab es keine Spur.

Unter Gebeten trat der Pfarrer zur Bahre, versprengte Weihwasser und segnete all die Andenken an die Verschwundenen. Zwei Ministranten in gestärkten Rüschenhemden zündeten währenddessen Kerzen an und befestigten sie an der Tragbahre. Als die Segnung zu Ende war, hoben die Männer die Bahre hoch und setzten sich langsam in Bewegung. Die Blaskapelle intonierte einen Trauermarsch, und die Dorfbewohner formierten sich dahinter zu einer Prozession. Viele von ihnen hatten die Hände gefaltet und bewegten die Lippen in stummen Gebeten.

Ich schob mich an der Schlange schwarz gekleideter Frauen und Männer vorbei und schritt eine Weile neben der

Bahre her. Automatisch griff ich nach meinem Handy, um ein Foto zu machen. Doch im letzten Moment hielt ich mich zurück; ich war nicht als Journalistin hier, sondern weil ich meiner besten Freundin gedenken wollte. Manuela Köstlinger war vor zwanzig Jahren nach einer Maturafeier unserer Clique im Teufelsspalt verschwunden. Es gab damals einen mächtigen Medienauflauf, in dessen Mittelpunkt ich und meine Freunde Adrian und Johannes gestanden hatten. Doch wie bei all den anderen Opfern, so hatte man auch von Manuela nie eine Spur gefunden. Nach diesem Drama hatte ich Dunkelsteig verlassen und war zwanzig Jahre lang weggeblieben. Erst vor ein paar Wochen, zum Begräbnis meines Vaters, war ich aus Berlin zurückgekehrt. Und wieder war ein mir nahestehender Mensch vom Teufelsspalt verschluckt worden: mein Ex-Mann Tim. ›Lastet ein Fluch auf mir?‹ Das fragte ich mich natürlich. ›Und werden noch mehr Menschen verschwinden, die mir nahestehen?‹ Darauf wusste ich keine Antwort. Die letzten Wochen nach Tims Unfall war ich mit einer Menge Formalitäten beschäftigt gewesen. Zum Glück konnte ich die Angelegenheiten online erledigen und musste nicht nach Berlin reisen. Zuletzt hatte ich meine Wohnung auf einem Immobilien-Portal untervermietet.

Unter den schwermütigen Klängen der Blasmusik liefen wir die Hauptstraße entlang, passierten Polizeistation und Bürgermeisteramt. In der Zwischenzeit war Nebel aufgekommen, und die schwankende Bahre mit den Bildern und Kerzen wirkte wie ein Totenschiff in grauer See. In einem schmalen Durchlass zwischen zwei alten Häusern erblickte ich eine Gestalt mit dunklen Locken. Es war mein alter Freund Adrian Brandner, der, mit den Händen in den Taschen seiner Lederjacke, die Prozession aus sicherer

Entfernung beobachtete. Ich hob grüßend die Hand, und er bahnte sich sofort einen Weg durch die Menge.

»Hallo Addi«, sagte ich und küsste ihn auf beide Wangen.

»Hast du nicht den Zug nach Salzburg bestiegen?«, wunderte sich Adrian. »Und jetzt bist du wieder in Dunkelsteig?«

»Ich habe noch etwas zu erledigen«, erwiderte ich ausweichend.

»Lass mich raten«, hörte ich eine vertraute Stimme hinter meinem Rücken. Überrascht drehte ich mich um und blickte Johannes Rohringer ins Gesicht. »Das Geheimnis um Manus Verschwinden lässt dich nicht los, stimmts? Da trifft es sich ja gut, dass wir morgen eine Art Exorzismus geplant haben.«

»Einen Exorzismus, Joe?«, fragte ich irritiert.

»Quatsch. Wir treffen uns morgen Abend auf Addis Hof und löschen die bösen Geister der Erinnerung für immer. Du musst natürlich bei dieser Zeremonie auch dabei sein.«

»Ich weiß nicht so recht.«

»Du erinnerst dich doch daran, was wir uns damals versprochen haben, falls einer von uns früher gehen muss? Lass dich einfach überraschen!«

»Unsere Versprechen. Das ist ja wie damals Also gut, ich versuche zu kommen«, meinte ich und dachte an unsere Clique, die unzertrennlich gewesen war. Wir, das waren Manuela, Johannes, Adrian und ich.

»Dann sehen wir uns morgen«, verabschiedeten sich die beiden und tauchten in der Menge unter.

Vor dem Dorfwirtshaus Hirschen Wirt kam die Prozession, eingehüllt in die schleppende Musik der Blaskapelle, zum Stillstand. In der alten Wirtsstube hatten wir uns so manchen Rausch angetrunken und zu Robbie Williams ausgelassen getanzt. Damals waren wir so jung gewesen und hatten geglaubt, die Welt läge uns zu Füßen. Doch es war ganz anders gekommen.

Die Träger stellten die Bahre auf den Boden und schoben sie vorsichtig an die Hausmauer. In der einbrechenden Dunkelheit leuchteten die flackernden Kerzen auf Fotos und Andenken, verscheuchten die Schatten der Trauer, verbreiteten Hoffnung.

Ich ließ den Blick über die mit Lüftlmalerei geschmückte Mauer des Wirtshauses schweifen, und mit einem Mal begann alles vor meinen Augen zu flimmern. ›Verflixt‹, dachte ich, ›geht das schon wieder los!‹ Diese Sehstörungen traten immer dann auf, wenn ich Stress hatte oder mich unwohl fühlte. Das Flimmern wurde stärker, und plötzlich sah ich ganz deutlich das blonde Mädchen zwischen all den Kerzen und Andenken auf der Bahre hocken und mir zuwinken.

»Das ist nur eine Halluzination«, flüsterte ich und starrte in den dunklen Himmel. Langsam hörte das Flimmern auf und meine Augen beruhigten sich. Doch als ich den Blick senkte, setzte das Flimmern mit unverminderter Stärke erneut ein. Auch das blonde Mädchen war noch immer gegenwärtig und zeigte mit der Hand auf Manuelas Foto.

KAPITEL DREI

Flackernder Kerzenschein tanzte über die Fotos und Zeichnungen der verschwundenen Dorfbewohner und erweckte sie zu einem trügerischen Leben. Für einen kurzen Augenblick waren diese Menschen wieder präsent, und die Angehörigen tauschten leise ihre Erinnerungen aus. Es war ein stilles Verharren in tiefer Trauer, das plötzlich von lautem Rufen durchbrochen wurde.

»Die Resi ist verschwunden!« Ein Schrei gellte durch die Dunkelheit, und kurz darauf sah ich einen Mann auf das Wirtshaus zulaufen. Innerhalb von Sekunden war er von den Dorfbewohnern umringt.

»Was ist passiert?«, riefen alle durcheinander.

»Resi wollte das Vieh von der oberen Weide abtreiben. Sie hatte ihre kleine Tochter dabei. Eine Kuh hat sich in Richtung Teufelsspalt verirrt. Resi wollte das Vieh suchen. Anton, der Sohn des Bauern, hat vergeblich versucht, sie davon abzuhalten. Dann musste er sich aber um das Vieh kümmern. Die Kühe sind panisch nach unten getrampelt und haben das Gatter umgerissen. Als er wieder zum Teufelsspalt geschaut hat, waren Resi und ihre Tochter wie vom Erdboden verschluckt. Jetzt befürchtet Anton das Schlimmste.«

»Wir müssen die Resi und ihr Kind suchen!«, rief eine Stimme aus der Menge. »Lasst uns sofort aufbrechen. Der Teufelsspalt darf kein neues Opfer fordern. Nicht heute am Cäcilia-Tag. Das bringt uns noch mehr Unglück.«

Hektik kam auf. Fackeln wurden beschafft und entzündet. Keiner dachte mehr daran, ins Wirtshaus speisen zu gehen. Jemand drückte mir eine Fackel in die Hand, und ich schloss mich einer Gruppe an. Wir schritten die Dorfstraße entlang, bis wir den Waldrand erreichten. Soeben noch waren die Verschwundenen eine ferne Erinnerung gewesen, und plötzlich brach die Wirklichkeit über uns herein.

»Bildet eine Kette und geht langsam durch den Waldweg nach oben. Vielleicht wollten die beiden zurück ins Dorf und haben sich verirrt«, instruierte uns der Feuerwehrhauptmann, der noch immer seine Ausgehuniform trug.

»Das ist vergebliche Liebesmüh. Der Teufelsspalt hat sie geholt«, unkte ein Mann.

»Genau, die Mutter und das Kind sind im Teufelsspalt verschwunden, und von dort kommt keiner mehr zurück«, stimmte ihm eine ältere Frau zu. »Das war schon immer so.«

»Vergesst jetzt den Aberglauben. Wir dürfen die Hoffnung nicht aufgeben«, versuchte der Hauptmann positiv zu klingen. »Also los, bildet eine lang gezogene Kette.«

Ich reihte mich in eine Gruppe ein und wir stapften los. Vereinzelt waren noch Schneereste zu erkennen, aber ein Föhneinbruch vor ein paar Tagen hatte viel von der weißen

Pracht weggeschmolzen, und das apere Gelände war schwarz und matschig. Immer wieder stolperte ich über Wurzeln und Äste, konnte nur mit Mühe das Gleichgewicht halten.

Plötzlich hörte ich ein Geräusch. Ich blickte zu meinem Nachbarn, doch die Menschenkette war so weit auseinandergezogen, dass ich ihn nur noch als Schattenriss wahrnahm. Wieder war ein Knacken zu vernehmen. Ich blieb kurz stehen und leuchtete mit dem Fackellicht nach unten. Der Boden war über und über mit schwarzen Blättern bedeckt, und es roch modrig. Ein Jammern setzte ein, die Blätter raschelten. Vorsichtig bückte ich mich, um nachzusehen, was sich im Unterholz bewegte. Als ich die Fackel noch tiefer hielt, sprang mit einem Mal ein Tier mit einem wütenden Fauchen direkt auf mich zu. Instinktiv schlug ich mit der Flamme danach, und mit einem großen Satz verschwand es in der Dunkelheit.

»Das war ein Fuchs«, hörte ich hinter mir die Stimme des Feuerwehrhauptmanns. »Kannst von Glück reden, dass es kein Wolf war. Man merkt eben, dass du lange Zeit in der Stadt gelebt hast.«

Ich wollte erwidern, dass es auch in Berlin Füchse gab, aber der Hauptmann war schon wieder in der Dunkelheit verschwunden.

Die Suche war vergebens, und als wir uns sammelten, wirkten die meisten der Bewohner niedergeschlagen und mutlos.

»Der Teufelsspalt hat sich wieder neue Opfer geholt«, flüsterte eine Frau und wischte sich mit dem Handrücken die Tränen von den Wangen.

Ein Mann drängte sich durch die Menge der Dorfbewohner und kam auf mich zu. Er war groß, breitschultrig, und im Schein der Fackel sah ich, dass er dunkelblond war und einen Vollbart hatte. Es war Markus, der Förster. Im Wirtshaus wurde erzählt, dass er bald vom Gemeinderat zum neuen Bürgermeister von Dunkelsteig gewählt werden würde. Wie immer trug er einen grauen Walkjanker.

»Ich dachte, du bist schon wieder in Berlin, Felicitas?«

»Dunkelsteig lässt mich einfach nicht los«, erwiderte ich mit einem halbherzigen Lächeln.

»Kommt dir die Situation hier nicht auch bekannt vor?«, fragte Markus.

»Wie meinst du das?«

»Diese Frustration der Suchmannschaft, weil man wieder nichts gefunden hat. Das erinnert mich frappant an die Nacht, in der Manuela verschwunden ist. Ihr habt es damals ziemlich krachen lassen bei euren Feiern.«

»Und du hast uns dabei immer beobachtet.«

»Ich habe mir nur Sorgen um Manu gemacht.«

»Manu durften sie nur ihre engen Freunde nennen«, korrigierte ich Markus. »Soweit ich mich erinnere, gehörtest du nicht zu unserer Clique.«

»Ich muss jetzt wieder die Suche mitkoordinieren.« Markus ignorierte meine Bemerkung, drehte sich um und verschwand in der Dunkelheit. ›Markus Hinteregger‹, dachte ich, ›jetzt bist du hier der Förster, ehrenamtlich bei der Bergrettung, und spitzelst auf den Bürgermeisterposten.‹ Er war damals unserer Clique bei vielen Unternehmungen immer hinterhergeschlichen und hatte uns mit dem Feldstecher beobachtet. Er wusste über vieles Bescheid, was wir so unternahmen.

»Ist nicht erst vor Kurzem ein Freund von dir im Teufelsspalt verschwunden?«, fragte mich plötzlich eine Frau. Einige der Dorfbewohner drehten sich um und betrachteten mich argwöhnisch. Langsam kamen sie näher, bildeten einen Kreis um mich.

»Das war ein Unfall«, antwortete ich.

»Ach – genauso wie vor zwanzig Jahren«, hörte ich eine höhnische Stimme. Mit finsteren Mienen rückten die Dorfbewohner immer enger an mich heran. Ihre ausgemergelten Gesichtszüge erinnerten an alte Holzschnitte. Im Wind züngelnde Fackeln verströmten eine Hitze wie auf einem Scheiterhaufen, und genauso fühlte ich mich in diesem Moment.

»Du ziehst das Unglück an. Vielleicht bist du verflucht, Felicitas.«

»Ihr und euer Aberglaube. Das ist mir jetzt aber wirklich zu dumm.« Ich streckte meine Hand mit der Fackel aus und bahnte mir einen Weg durch den Menschenring. Nur sehr unwillig gaben sie den Weg frei, und ich spürte, wie sich mein Herzschlag beruhigte. Ich lehnte mich an einen Stein und atmete tief durch. Plötzlich erblickte ich drei Personen zwischen den Felsen auf uns zulaufen.

»Da kommt jemand!«, rief ich aufgeregt. Ich erkannte Resi, ihre kleine Tochter und einen unbekannten Mann. Als der Fremde näher trat, blieb mir die Luft weg und mein Herzschlag setzte aus. Im ersten Augenblick dachte ich, mein verschwundener Ex-Mann Tim wäre wieder aus dem Teufelsspalt emporgestiegen. Doch als der Mann in den Schein der Fackel trat, erkannte ich, dass seine Gesichtszüge und Augen gänzlich anders wirkten.

»Ich habe Mutter und Kind oben beim Teufelsspalt gefunden. Sie haben sich verirrt«, erklärte der Fremde und fixierte mich mit eisblauen Augen.

KAPITEL VIER

Damals – Manuela

Es war Tradition in den Schulen der Bergtäler, dass die Maturaklassen in der Woche vor den schriftlichen Prüfungen einen Ausflug ins Gebirge unternahmen. Auch das Gymnasium in Schwarzach machte dabei keine Ausnahme. Doch diesmal hatte sich der Klassenlehrer etwas Besonderes ausgedacht. Er wollte mit seinen Schülern zu dem berüchtigten Teufelsspalt wandern, um direkt vor Ort von der Sage zu berichten. Um dieser Klassenfahrt den richtigen Rahmen zu bieten, hatte er den Pfarrer von Dunkelsteig gebeten, daran teilzunehmen und aus der Chronik zu zitieren. Die Jungen und Mädchen kannten die alte Sage natürlich, denn sie wurde von Generation zu Generation weitergegeben und war fixer Bestandteil der dörflichen Gemeinschaft. An den langen

Winterabenden erzählte man sich mit düsteren Mienen die Geschichten über spurlos verschwundene Männer und Frauen. Mit leisen Stimmen wurden die Erzählungen ausgeschmückt, erweitert und mit Horrorelementen angereichert.

»Wagt euch niemals bei Vollmond nachts zum Teufelsspalt hinauf«, warnten auch die Väter ihre übermütigen Jugendlichen, die einen nächtlichen Ausflug dorthin als Mutprobe ansahen.

Doch an jenem strahlenden Frühlingstag war das Gebirge nicht unheimlich. Lachend schlenderten die beiden Mädchen den Waldweg entlang und machten sich lustig über ihre ängstlichen Eltern. Hinter Manuela und Felicitas ging Thomas, der neue Pfarrer von Dunkelsteig. Immer wieder blickten die Mädchen zu ihm nach hinten, und jedes Mal schenkte er ihnen ein freundliches Lächeln. Der Geistliche hatte blaue Augen, schöne weiße Zähne, und in seinen engen Jeans wirkte er sportlich sexy. Unter dem Arm trug er ein dickes Buch. Es war die Chronik von Dunkelsteig, die in der Kirche aufbewahrt wurde.

»Wie findest du unseren neuen Pfarrer?«, flüsterte Manuela ihrer Freundin zu, nachdem sie sich zum wiederholten Mal umgedreht hatte.

»Scheint ein cooler Typ zu sein«, antwortete Felicitas.

»Finde ich auch. Endlich jemand, der gut aussieht *und* intelligent ist. Schade, dass er ein Pfarrer ist.« Manuela seufzte und stieß ihre Freundin mit dem Ellbogen an. »Weißt du, was ich nicht verstehe?«

»Was denn?«

»Wie kann man sich nur freiwillig nach Dunkelsteig versetzen lassen.«

»Vielleicht denkt er, dass wir ein heidnisches Bergvolk

sind, das er unbedingt bekehren muss«, meinte Felicitas mit todernster Miene.

»Ja, ein wilder Bergstamm mit wüsten Fruchtbarkeitsritualen«, ergänzte Manuela, und beide kicherten verhalten. »Wir laden ihn mal zu einer Party ein und testen dann, wie ernst er das Zölibat nimmt. Was meinst du, Feli?«

»Du willst doch nicht den Pfarrer verführen?« Felicitas verzog skeptisch das Gesicht. »Das bringt bloß Unglück.«

»Was ist heute los mit dir? Glaubst du, der Teufelsspalt holt mich, bloß weil ich mit dem Pfarrer flirte?« Manuela hielt sich theatralisch die Hand vor den Mund, um nicht laut loszuprusten.

Mittlerweile hatte die Klasse den Aufstieg ins Gebirge geschafft und stand jetzt vor einer tiefen Spalte, die wie eine klaffende Wunde den Fels teilte, in dem immer wieder Menschen spurlos verschwanden. Das war der Teufelsspalt.

»Ich bitte um Ruhe!« Der Klassenlehrer warf einen mahnenden Blick auf die beiden Mädchen und zog die Augenbrauen zusammen. »Wir sind hierhergekommen, um mehr über die alte Sage über den Teufelsspalt zu erfahren.«

Plötzlich verwandelte sich der Himmel. Soeben noch blau, wurde er von schwarzen Wolken erobert, die sich vor die Sonne schoben und die Landschaft verdunkelten. Ein kalter Wind kam auf, heulte unheimlich zwischen den Felsen. Der Klassenlehrer blickte nervös umher, während der Pfarrer aus der Chronik zitierte.

»In den alten Büchern steht geschrieben, dass alle zwanzig Jahre ein Mensch im Teufelsspalt verschwindet«, las der Geistliche aus dem dicken Buch vor. Er hatte Mühe, im Wind die Seiten festzuhalten. Auf Manuela machte es den Eindruck, als würden die geheimen Mächte, die im Teufelsspalt hausten, verhindern wollen, dass man darüber redete.

»Der Teufelsspalt mag es nicht, wenn man über seine Opfer erzählt«, flüsterte Manuela ihrer Freundin ins Ohr.

Felicitas hatte sich eine Jacke über die Schultern geworfen und wirkte ziemlich verfroren. Sie schlenderte jetzt zu Adrian und sprach leise mit ihm. Obwohl es schon am Morgen nicht sonderlich heiß gewesen war, hatte sie sich ein bauchfreies Top angezogen und ihre Haare zu zwei Zöpfen geflochten. Entgegen ihren sonstigen Gewohnheiten war sie geschminkt und hatte knallroten Lippenstift aufgetragen, der ihrem breiten Mund einen sinnlichen Glanz verlieh. ›Auf diese Weise willst du wohl Adrian bezirzen‹, dachte Manuela. Sie spürte ein Gefühl von Eifersucht, als sie Felicitas so im trauten Gespräch mit Adrian beobachtete.

»Immer wieder verschwinden Menschen spurlos im Gebirge. Oft führt die letzte Spur direkt zum Teufelsspalt«, drang jetzt wieder die Stimme des Pfarrers in ihr Bewusstsein. Er war von seinem Vortrag so hingerissen, dass er die Wetterverhältnisse völlig vergessen hatte.

Während Manuelas Mitschüler aufmerksam dem Vortrag lauschten, langweilte sie sich. Unbemerkt streunte sie zwischen den Felsen umher, bis sie den Rand der Felsspalte erreichte und nach unten blickte. Ein paar kümmerliche Büsche wuchsen an den steilen Wänden, und der Wind röhrte wie ein lauerndes Ungeheuer aus der Tiefe herauf. Manuela wollte schon wieder zurückgehen, doch dann hatte sie eine Idee:

»Susi, kannst du mich hören?«, rief sie mit tiefer Stimme in den schwarzen Abgrund hinein. »Susi, wenn du dort unten dein Unwesen treibst, dann hat dein letztes Stündlein geschlagen, denn jetzt wird dich der Pfarrer exorzieren.«

Irritiert blickte der Geistliche von seinem Buch auf. Die

Mitschüler kicherten, und der Klassenlehrer rief: »Manuela, lass diesen Unsinn!«

»Mädchen, versündige dich nicht.« Der Geistliche klappte sein Buch zu und blickte sie ungehalten an. »Man soll die Geister in der Zwischenwelt nicht reizen.«

»Das ist doch alles nur Quatsch«, erwiderte Manuela patzig. »Ich glaube nicht an übersinnliche Phänomene. Damit können Sie vielleicht die alten Weiber im Dorf beeindrucken, uns aber nicht.«

»Manuela, hör mit diesen albernen Provokationen auf«, ermahnte sie der Klassenlehrer. »Es ist nichts lächerlich daran, wenn Menschen spurlos verschwinden.«

Natürlich war daran nichts Komisches, das wusste auch Manuela. Aber sie glaubte einfach nicht an diese Sage, die in der Kirchenchronik von Dunkelsteig niedergeschrieben war. Eine der Verschwundenen hieß Susanne. Sie war abgestürzt und nicht vom Teufelsspalt geholt worden, da war sich Manuela sicher. Ihre Mutter hatte Susi als junges Mädchen gemalt, daran erinnerte sie sich genau. Es war das Bild eines elfenhaften Wesens, das mit wehenden Haaren in einem langen weißen Kleid über die Geröllhalden sprang. Manuela hatte das Bild immer gehasst, weil sie Liesl verdächtigte, sich eine Tochter wie Susi zu wünschen.

»Ehe wir zurückgehen, berichte ich euch noch kurz von einem Bauern aus Dunkelsteig«, übernahm jetzt der Klassenlehrer. Mit einschläfernder Stimme erzählte er von einem Opfer, das vor vierzig Jahren im Teufelsspalt verschwunden war.

»Rudolf Sternberg war auf der Suche nach einer verirrten Ziege in die Berge gestiegen. Dort an der Kante wurde sein Rucksack gefunden. Er selbst ist spurlos verschwunden.«

Wieder konnte sich Manuela nicht zurückhalten und formte ihre Hände zu einem Trichter: »Rudi!«, rief sie, so tief sie konnte.

Sofort wurde das Echo schaurig von den Felswänden zurückgeworfen. Gerade als der Klassenlehrer ihr erneut eine Rüge erteilen wollte, ertönte plötzlich von der gegenüberliegenden Seite des Abgrunds eine Grabesstimme. »Auf dem Grund des Teufelsspalts lodert meine arme Seele in ewiger Verdammnis!«

Manuela stieß einen erstickten Schrei aus, und auch ihre Mitschüler blickten ängstlich umher. Felicitas klammerte sich angstvoll an Adrians Arm, und Johannes wich ganz nach hinten zurück, bereit, sofort loszurennen. Der Pfarrer bekreuzigte sich, nur der Klassenlehrer ging mit finsterer Miene direkt auf den Spalt zu. »Wer treibt hier Schabernack?«, fragte er verärgert.

»Um Gottes willen, passen Sie bitte auf, dass Sie nicht abrutschen!«, warnte ihn der Geistliche. »Vielleicht war es nur der Wind und wir haben uns das eingebildet.« Doch kaum hatte der Pfarrer geendet, ertönte ein schauriges »Manu! Manu!« – lauter als zuvor. Und es kam direkt aus dem Teufelsspalt. Erschrocken drehten sich die Schüler zu Manuela und wichen vor ihr zurück, als wäre sie eine Aussätzige.

»Ich habe keine Ahnung, wer da meinen Namen ruft«, erwiderte sie und wurde ganz blass im Gesicht.

»Manu, ich komme dich jetzt holen!«, röhrte die Stimme bedrohlich. Manuela riss die Augen auf, und es kam ihr vor, als würde dichter, schwarzer Rauch aus dem Spalt emporsteigen.

Panisch wich sie zurück und stieß einen leisen Schrei aus. Plötzlich tauchte auf der anderen Seite des Teufelsspalts eine Gestalt in einem grauen Walkjanker auf. Die Person breitete die Arme aus und stieß ein gellendes Gelächter aus, das von den Felsen widerhallte. Manuela blieb wie angewurzelt stehen. Mit einem Mal fiel ihr ein, wem diese Stimme gehörte.

»Du verdammter Idiot!«, rief sie wütend und turnte wieder über die Geröllhalde hoch. »Das findest du wohl witzig!« Sie strich sich die langen blonden Haare zurück und wäre am liebsten im Boden versunken. Man hatte sie vorgeführt und zum Narren vor ihrer Klasse gehalten. Morgen würde es die ganze Schule wissen. Sie war die Lachnummer des Tages.

»Wer ist das, Manu?«, fragte Felicitas und konnte sich vor Neugierde kaum noch zurückhalten, als die Freundin wieder neben ihr stand.

»Das ist Markus, der Sohn vom Förster«, schnaubte Manuela. »Ich habe ihn schon öfter abblitzen lassen, aber der Typ schleicht mir trotzdem seit Wochen hinterher. Markus wollte mir wohl einen Streich spielen, aber das werde ich ihm noch heimzahlen.«

KAPITEL FÜNF

Ein kalter Luftzug fegte durch das Zimmer, und rhythmisches Trommeln riss mich aus dem Schlaf. Verwirrt blickte ich umher und sah, dass sich ein Fensterflügel geöffnet hatte und ständig gegen die Brüstung schlug. Mit klappernden Zähnen hüpfte ich aus dem Bett, fixierte den Balken und ging ins Bad. Nach der gestrigen Suche war ich erst weit nach Mitternacht nach Hause zurückgekehrt und sofort todmüde ins Bett gefallen. Nach einer ausgiebigen Dusche schlüpfte ich in meine Kleidung und stieg die Treppe nach unten.

»Mutter, bist du da?«, rief ich in die Küchenstube hinein. Als ich eintrat, blubberte die Kaffeemaschine, und auf dem Tisch lag ein Zettel.

»Bin zur jährlichen Morgenjause im Hirschen Wirt aufgebrochen, Mama«, las ich.

»Mama«, murmelte ich laut. Das Wort klang fremd, denn so hatte ich Erika nie genannt. Für mich gab es nur Mutter, und als ich älter war, nannte ich sie Erika. Um meine Lebensgeister zu beleben, trank ich eine Tasse schwarzen Kaffee und zog dann meinen Trenchcoat über.

›Überall haben sie für heute sonniges Wetter gemeldet, nur nicht hier‹, dachte ich sehnsüchtig, als ich aus dem Haus trat. Der Himmel war tiefblau, aber in Dunkelsteig war es wie immer düster. Ich konnte mich nicht erinnern, wann ich hier das letzte Mal einen wärmenden Sonnenstrahl auf meinem Gesicht verspürt hatte. Vielleicht damals im Hochsommer, als ich mit Manuela die Sonnenstrahlen im Ort einfing. Es war ein Spiel, das uns immer großen Spaß bereitet hatte.

Langsam schlenderte ich den steilen Hang hinunter und drehte mich an der Straße noch einmal um. So konnte ich mein Elternhaus in seiner ganzen Hässlichkeit betrachten. Mein Großvater hatte es ohne jeden Sinn für Ästhetik einfach in den Hang hinein gebaut und alles der Zweckmäßigkeit untergeordnet. Es war ein zweistöckiges Holzgebäude mit einem Balkon im ersten Stockwerk, wie viele der Häuser im Ort. Die Dachschindeln waren mit Steinen beschwert und wirkten wie der warzige Rücken einer Kröte. Die Vorderfront mit den schmalen vergitterten Fenstern im Erdgeschoss erinnerte mich immer an ein Gefängnis. Die Zimmer im Haus waren klein und niedrig, dadurch konnte man sie im Winter besser heizen. Dort, wo früher der Stall war, gab es noch die halb fertige Garage, die niemals zu Ende gebaut werden würde, da war ich mir sicher. Daneben stand eine fragile Holzkonstruktion, die mein Vater als Schuppen über einen ehemaligen Vorratskeller gebaut hatte, wo wir Kohle und Holz für den Winter lagerten und die überraschenderweise seit über zwanzig Jahren jedem Sturm trotzte.

Nach diesem Blick zurück begab ich mich auf den Weg ins Dorf.

Aus der Ferne erblickte ich bereits die Kirche, hinter der sich die steile Felswand emporreckte, deren Schatten weit über den Dorfplatz reichte. Daneben befand sich der Hirschen Wirt. Das Wirtshaus war schon über zweihundert Jahre alt, das gemauerte Erdgeschoss mit Lüftlmalerei verziert, die winzigen Fenster wie bei uns vergittert. Die hölzernen Wände im Obergeschoss wirkten verwittert, und auf dem lang gestreckten Holzbalkon hingen leere Blumenkästen. An die Außenfassade waren Dutzende Geweihe von Hirschen genagelt, die über Jahrhunderte von den Besitzern erlegt worden waren und denen das Wirtshaus seinen Namen verdankte. Der Hirschen Wirt befand sich bereits in vierter Generation im Besitz der Familie Eibler und wurde zur Zeit von Traudi und ihrem Bruder Christoph geführt. Die Geschwister gaben dem Wirtshaus vor einigen Monaten erstmals einen Namen. Da es keine andere Gaststätte zum Speisen gab, war der Hirschen Wirt der einzige Treffpunkt in Dunkelsteig. Doch in den niedrigen Wirtsstuben wurde nicht nur gegessen, sondern auch so manches Familiengeheimnis ausgeplaudert und Geschäfte per Handschlag fixiert.

Mit diesen Gedanken im Kopf stieß ich die Wirtshaustür auf und betrat das zugige Gewölbe. Links hörte ich das geschäftige Klappern aus der Küche und rechts brandete das Gemurmel aus der Gaststube zu mir.

Noch einmal atmete ich tief durch, dann öffnete ich die Tür zur Stube. Traudi hatte den Innenraum wie eine Jagdhütte dekoriert. Auch hier hingen überall an den Wänden Büchsen und Hirschgeweihe. An der rückwärtigen Wand hatte man den mächtigen Zwölfender samt Kopf platziert, den Traudis Vater einst erlegt hatte. Die Wirtin stand hinter der Schank und zapfte gerade frisches Bier in die Gläser. Sie trug ein Dirndl und hatte ihre blonden Haare zu einem Knoten gedreht. Als sie mich erblickte, stutzte sie und machte mir mit der Hand Zeichen, die ich zunächst nicht deuten konnte.

Jetzt hatten mich auch einige der Gäste bemerkt und betrachteten mich unverhohlen feindselig. Sie steckten die Köpfe zusammen und begannen aufgeregt zu tuscheln.

»Grüß Gott«, sagte ich freundlich und hob die Hand. Schlagartig verstummte das Gemurmel, und eine bedrückende Stille breitete sich aus, schwappte wie eine Welle des Schweigens über mich und nahm mir die Luft zum Atmen. Um mich zu beruhigen, fixierte ich den ausgestopften Hirschkopf an der rückwärtigen Wand. Doch mit einem Mal hatte ich das Gefühl, als würden die Glasaugen des Tiers mich fordernd anglotzen, und auch sein Maul bewegte sich in genüsslichen Kaubewegungen.

»Das ist alles nicht real«, flüsterte ich und konzentrierte mich auf den Stammtisch, an dem ich meine Mutter entdeckte. Erika hatte mich noch nicht bemerkt, denn sie war in ein Gespräch mit dem Pfarrer und Karl, dem Gemeindearzt, vertieft. Dabei blickte Karl Erika sehnsüchtig in die Augen, und jeder am Tisch konnte erkennen, wie verliebt der Arzt in meine Mutter war. Seit Vaters Tod musste er seine Gefühle nicht mehr unterdrücken, und sein jahrelanges Versteckspiel hatte ein Ende. ›Ob ich wohl auch noch einmal im Leben so einen Mann finden werde, der mich grenzenlos liebt?‹ Bisher hatte ich wie ein Magnet immer die Falschen angezogen, und ich überlegte ernsthaft, den Rest meines Lebens als Single zu verbringen. Doch jetzt schob ich diese einsamen Gedanken in mein Herz zurück und schritt zu dem Tisch. Bevor ich mich zu meiner Mutter setzen konnte, stellte sich Traudi in den Weg und streckte mir ihr ausuferndes Dekolleté entgegen.

»Der Tisch ist voll, Felicitas. Tut mir leid.«

»Aber Erika sitzt doch am Stammtisch. Neben ihr ist sicher noch ein Platz frei.« Ich deutete zu meiner Mutter, die sich jetzt umdrehte und mich mit einem hilflosen Blick bedachte.

»Das mag schon sein, aber du bist hier im Moment nicht erwünscht«, ließ sich Traudi nicht umstimmen. Sie beugte sich zu mir und flüsterte: »Komm ein andermal wieder. Am Tag nach der Prozession sind die Leute immer voller Erinnerungen und ganz aufgewühlt. Sie wissen ja, dass du Journalistin bist, und haben Angst, dass du über die Verschwundenen vom Teufelsspalt schreibst. Jetzt, wo Markus den Tourismus ankurbeln will.«

»Ich bin als Privatperson hier«, verteidigte ich mich. »Und ich lasse mich nicht einschüchtern. Schließlich bin ich in Dunkelsteig geboren.«

Eine ältere Frau mit Kopftuch, die am Ende der Bank saß, erhob sich und trat direkt vor mich. Mit wässrigen Augen betrachtete sie mich von oben bis unten. »Du gehörst nicht mehr zu uns, Felicitas.«

Traudi atmete heftig aus, stemmte die Fäuste in die Hüften und drehte sich zu der Frau. »Vergraul mir nicht die Gäste. Setz dich wieder hin, Maresi.«

Doch die Alte ignorierte die Wirtin und wandte sich an die anderen Gäste, die uns neugierig anstarrten. »Was meint ihr? Ist Felicitas in unserem Ort willkommen? Sie ist auch schuld am Tod ihres Mannes. Wie ihr wisst, ist er im Teufelsspalt verschwunden. Auf ihr lastet ein Fluch. Sie bringt nur Unheil über unseren Ort.«

»So ein Blödsinn«, widersprach ich. »Das mit meinem Ex-Mann war ein Unfall.«

»Das glaubt dir hier niemand.«

»Ihr habt bloß Angst, dass die Wahrheit über Manuelas Verschwinden ans Licht kommt.«

Die Dunkelsteiger am Tisch wandten sich ab, blickten betreten in ihre Gläser, vermieden jeden Blickkontakt und schwiegen. Plötzlich erhob sich meine Mutter und schritt bedächtig auf mich zu. Sekundenlang blieben wir voreinander stehen, dann umarmte sich mich. »Felicitas, mein Kind, heute ist nicht der richtige Zeitpunkt, um einen Streit vom Zaun zu brechen.«

»Hör auf deine Mutter«, meinte die Alte triumphierend in das Schweigen hinein. »Keiner will, dass du über uns schreibst. Am besten fährst du auf der Stelle mit dem Zug wieder zurück in die Großstadt.«

»Meine Tochter bleibt, so lange sie möchte«, stellte sich Erika auf meine Seite.

»Lass gut sein, Mutter«, erwiderte ich zwischen zusammengebissenen Zähnen. »Wisst ihr was«, platzte es mit einem Mal aus mir heraus. »Ich hatte überhaupt nicht vor, über Dunkelsteig zu schreiben, aber jetzt finde ich die Idee gar nicht so schlecht. Ob es euch passt oder nicht, ich bleibe, bis diese ganzen Ungereimtheiten über den Teufelsspalt gelöst sind.«

Jetzt waren die Fronten geklärt. Ich presste die Lippen aufeinander, blinzelte hektisch, riss mich aber zusammen. Dann drehte ich mich auf dem Absatz um und ging hoch erhobenen Hauptes auf den Eingang zu. Mit einem kräftigen Ruck riss ich die Tür auf und trat hinaus in das Gewölbe. Doch draußen verließ mich meine Selbstbeherrschung. Ich begann unkontrolliert zu zittern und musste mich an die Wand lehnen. In dem halb blinden Spiegel gegenüber wirkte meine verzerrte Gestalt in dem langen Trenchcoat wie eine Vogelscheuche.

»Warum sind die Dunkelsteiger so verbohrt?«, murmelte ich verzweifelt und starrte in mein Spiegelbild. »Warum will niemand der Wahrheit auf den Grund gehen?«

›Ja, warum?‹ Das konnte ich mir einfach nicht erklären. Lag es daran, dass ich noch immer Nachforschungen anstellte, was mit Manuela tatsächlich passiert war? Das passte einigen Leuten in Dunkelsteig vielleicht nicht, denn sie wollten, das Gras über die alte Geschichte wuchs und der zukünftige Tourismus nicht beeinträchtigt wurde. Seit Tims Verschwinden im Teufelsspalt hatte sich zum Glück nur eine Zeitung wieder mit der alten Chronik von Dunkelsteig und dem angeblichen Fluch, der über dem Ort kreiste, beschäftigt. Natürlich fürchteten die Dunkelsteiger, dass ich das Medieninteresse wieder ankurbeln würde, denn schließlich hatte ich zwei mir nahestehende Menschen im Teufelsspalt verloren.

›Ist wirklich etwas Wahres daran, dass die Magd Cäcilia den Ort verflucht hat? Oder will die Dorfgemeinschaft jemanden beschützen, der sich vielleicht schuldig gemacht hat?‹ Diese dunklen Gedanken schossen mir plötzlich in den Kopf, und eine neue Energie durchströmte meinen Körper. Die Zeit war gekommen, um die Wahrheit aufzudecken, wie schmerzlich es auch werden könnte. Ich würde mich von meinem Vorhaben nicht abhalten lassen, das wusste ich in diesem Moment. Plötzlich erinnerte ich mich an Manuelas Lachen und ihren positiven Lebenswillen, wenn etwas im Moment unmöglich erschien. Dann rief sie mir zu: »Feli, wir schaffen, was wir wollen. Niemand kann uns aufhalten!«

»Ja, Manu. Wir schaffen alles«, sagte ich laut und streckte die Daumen zur Decke. Dann eilte ich auf die Toilette und schloss die Tür hinter mir. In diesem Moment sperrte jemand von außen zu, das Licht erlosch, und rings um mich wurde alles schwarz.

KAPITEL SECHS

Blind tappte ich durch den kleinen Raum. Stieß gegen die Kacheln, erwischte endlich die Klinke und drückte sie nach unten. Nichts rührte sich, ich war tatsächlich eingesperrt. Ich rüttelte an der Tür, doch sie blieb verschlossen. Mit der Hand tastete ich an der Wand entlang bis zum Lichtschalter, legte ihn um, doch es blieb dunkel.

»Hilfe, ich bin hier eingeschlossen!«, rief ich in die Finsternis und trommelte mit den Fäusten gegen die Tür. Wieder drückte ich die Klinke und rüttelte vergeblich daran. Mein Puls beschleunigte sich und mein Herz raste wie verrückt. Ich atmete hektisch und verspürte bereits einen Anflug von Klaustrophobie.

›Mach dich nicht verrückt. Irgendwann kommt jemand auf die Toilette und holt dich raus‹, versuchte ich mich zu beruhigen. Die Dunkelheit wurde immer bedrückender, und eine unheimliche Stille breitete sich aus. Plötzlich hörte ich Schritte, die diese Ruhe durchbrachen und sich langsam näherten.

»Hallo, wer ist da?«, rief ich. »Können Sie mir helfen?« Die Schritte kamen immer näher, hielten direkt vor der Tür. Ich zog mein Handy hervor, bereit, den Notruf zu wählen. Im Schein des Displays starrte ich gebannt auf die Klinke, die sich langsam senkte, und wich zur rückwärtigen Wand zurück. Gebannt beobachtete ich, wie die Türklinke immer weiter nach unten gedrückt wurde. Jemand kratzte mit Fingernägeln über das Türblatt, und eine verzerrte Stimme zischte: »Verschwinde endlich von hier!« Dann war es plötzlich wieder still.

»Ist da wer?«, hörte ich eine andere dunkle Stimme, dann wurde gegen die Tür geklopft und an der Klinke gerüttelt.

»Ja! Ich bin auf der Toilette eingeschlossen! Jemand hat mich eingesperrt!«, rief ich.

»Da ist kein Schlüssel. Einen Moment …« Mit einem kräftigen Ruck wurde die Tür aufgerissen, und verschwommen sah ich eine Gestalt im Eingang stehen.

»Die Tür war nicht versperrt. Manchmal klemmt einfach nur die Zarge, dann muss man fest reißen. Kein Wunder bei diesem alten Haus«, erklärte der junge Mann. Er griff in die Tasche seines Anoraks und holte ein langes Metallrohr hervor. Seine ganze Erscheinung wirkte bedrohlich, und das Metallrohr verstärkte noch diesen Eindruck. Mein Herz begann wie verrückt zu pochen und mein Atem ging pfeifend.

»Was wollen Sie von mir?«, rief ich und hielt mein Handy in die Höhe.

»Beruhigen Sie sich. Das Licht funktioniert schon wieder nicht«, hörte ich seine tiefe Stimme, und der Strahl einer Stablampe, die ich für ein Metallrohr gehalten hatte, blendete mich.

»Was ist denn passiert?«, fragte der Mann, als ich endlich aus der Toilette kam. »Alles in Ordnung mit Ihnen?«

»Danke. Mir geht es bestens«, winkte ich ab, denn ich wollte mir gegenüber einem Fremden keine Blöße geben. »Ich habe nur gedacht, ich muss auf dem Toilettendeckel übernachten«, meinte ich ironisch.

»Das kann Ihnen in diesem Örtchen schon passieren«, erwiderte der Mann mit der gleichen Ironie. »Warten Sie einen Moment, ich überprüfe den Sicherungskasten.«

»Okay.« Ich nickte und verschränkte die Arme vor der Brust.

Plötzlich flammte das Deckenlicht wieder auf, und der Mann kam zurück. »Da hat irgendein Spaßvogel die Sicherung herausgedreht«, meinte er kopfschüttelnd.

Jetzt konnte ich den Mann endlich genauer betrachten: Er war jung, nicht älter als Mitte zwanzig, groß, und er wirkte durchtrainiert, hatte dunkle Locken und einen Dreitagebart. Irgendwie kam er mir auch bekannt vor, und als er mich mit seinen hellen Augen prüfend betrachtete, wusste ich sofort, woher.

»Sie haben gestern Nacht Resi und ihre kleine Tochter gerettet.«

»Nein, ich habe die beiden nur gefunden«, relativierte der Mann sogleich. »Ich bin übrigens Luis«, meinte er dann und streckte mir seine Hand entgegen.

»Felicitas«, erwiderte ich. Luis' Händedruck war kräftig, und er hielt meine Hand länger als nötig, während er mich unverwandt anblickte.

»Ich habe übrigens mitbekommen, wie dich die Gäste in

der Wirtsstube abgekanzelt haben. Das darfst du nicht so ernst nehmen. Hier will keiner alte Geschichten aufwärmen«, sagte er mit leiser Stimme.

»Da hast du recht. Die Dunkelsteiger sorgen sich um den künftigen Tourismus.« Ich lehnte mich an das Waschbecken und griff nach einem Papierhandtuch.

»Ich bin zwar erst seit ein paar Monaten in Dunkelsteig, aber ein paar mehr Touristen könnte der Ort schon vertragen. Na, vielleicht ändert sich das ja in nächster Zeit«, antwortete Luis.

»Und von wo bist du ursprünglich?«, fragte ich interessiert. Die Gelassenheit, die er verströmte, war beruhigend. Er wirkte selbstsicher, aber nicht aufdringlich.

»Aus Salzburg. Ich habe dort mit meiner Firma eine Fitness-App entwickelt. Ein amerikanischer Sportschuhproduzent hat dann für viel Geld mein Unternehmen gekauft. Tja, und jetzt bin ich in Dunkelsteig gelandet und bin Teilhaber an einem Bauprojekt mit interessanter Rendite.«

»So etwas gibt es in Dunkelsteig?«, fragte ich ungläubig.

»Du kennst doch sicher Markus, den Förster. Er hat das leer stehende Hotel oben am Berg gekauft. Ich habe mich beteiligt und finanziere den Umbau zu einem Öko-Resort. Das ist eine wunderschöne Aufgabe«, schwärmte Luis. »Ich kann dir bei Gelegenheit das Berghotel zeigen.«

»Gern, wenn ich mal Zeit habe«, winkte ich ab. »Ich mache mir aber nichts aus den Bergen.«

»Wahrscheinlich, weil du hier geboren bist. Da schätzt man den Heimatort oft nicht so besonders. Aber ich fühle, dass ich angekommen und zum ersten Mal glücklich bin.«

»In Dunkelsteig?«

»Ja, dieser mystische Ort war mein Weg ins Licht, denn

früher dachte ich immer, dass ich den Menschen nur Unglück bringe.«

KAPITEL SIEBEN

Damals – Felicitas

Im Herbst, wenn die Tage immer kürzer und die Schatten länger wurden, begann Erika den Garten winterfest zu machen. Sie legte Strohmatten über die Beete, damit der Frost die Wurzeln nicht zerstören konnte. Währenddessen sammelte ihre Tochter Felicitas verdorrte Äste und Zweige zusammen und schichtete sie für ein Feuer übereinander. Dabei warf sie immer wieder einen Blick auf das windschiefe Holzgestell, das ihr Vater über dem Vorratskeller errichtete, und konnte sich nur mühsam ein Lachen verkneifen. Die Bretter der Seitenwände waren entweder zu kurz oder zu lang, der Türstock schief und das Wellblechdach wurde mit Stricken fixiert, damit es der Wind nicht davontragen konnte.

»Ich baue einen Schuppen, in dem wir unser Holz für

den Winter lagern können«, hatte Franz stolz verkündet und sofort mit der Arbeit begonnen. Doch bald wurde ihm die körperliche Anstrengung lästig und er werkte nur noch sporadisch mit grimmigem Gesicht an seinem Projekt.

»Mutter, darf ich jetzt das Holz verbrennen?« Felicitas warf eine Handvoll Zweige auf den großen Scheiterhaufen.

»Ja, aber achte darauf, dass du nicht die Sträucher anzündest«, warnte ihre Mutter sie.

»Ich passe schon auf, bin doch kein kleines Kind mehr«, antwortete Felicitas, die zehn Jahre alt war und sich bereits sehr erwachsen und selbstständig fühlte. Weder Vater noch Mutter hatten ausreichend Zeit für ihre Tochter und so musste sie sich selbst beschäftigen. Wenn sie mit ihrer Freundin Manuela im Wald unterwegs war, unterhielt sie sich häufig mit den unsichtbaren Hütern des Waldes oder mit Erdgeistern, denn sie hatte eine überbordende Fantasie.

Felicitas riss ein Streichholz an und entzündete damit eine Papierfackel, die sie dann zwischen die Zweige und Äste legte. Gierig leckten die Flamen an dem trockenen Holz, und bald loderte das Feuer hoch auf. Ein brennender Zweig löste sich aus dem Scheiterhaufen und wurde von einem Windstoß direkt zum Schuppen getrieben. Franz war gerade in die Küche gegangen, als die Flammen bereits an der Seitenwand des Holzverschlags hochzüngelten.

»O Gott!« Felicitas schlug sich die Hand vor den Mund. »Was mache ich jetzt nur?« Hilflos stand sie vor dem Schuppen, dessen Holzwand langsam zu brennen begann und von dem bereits eine schwarze Rauchwolke in den grauen Himmel stieg. »Ich muss das Feuer löschen, ehe Vater wieder hier ist.« In ihrer Not schlüpfte sie aus ihrem Pullover und versuchte, damit die Flammen zu ersticken.

»Es brennt!«, hörte sie plötzlich ihre Mutter mit schriller

Stimme rufen, und Vater stürzte aus dem Haus. Mit einem Blick erfasste er die Situation, riss den Feuerlöscher von der Wand der Garage und löschte die Flammen.

»Wieso hast du nicht aufgepasst, du dummes Kind?«, herrschte er seine Tochter an. »Meine ganze Arbeit ist umsonst gewesen.« Franz deutete auf die geschwärzte Seitenwand, die noch immer rötlich gloste.

»Tut mir leid, es war der Wind«, meinte Felicitas kleinlaut und schlüpfte wieder in ihren Pullover. Traurig betrachtete sie das Kleidungsstück, denn die Flammen hatten Löcher in die Ärmel gebrannt und die Ränder versengt.

»Das war nicht der Wind, sondern deine Schuld«, korrigierte Franz seine Tochter. »Warum hast du nicht aufgepasst, wie es deine Mutter befohlen hat? Jetzt hast du meine Arbeit zunichtegemacht und ich muss wieder von vorn beginnen.«

»Ich habe das doch nicht mit Absicht getan«, widersprach Felicitas. »Außerdem ist das gar kein richtiger Schuppen, sondern nur ein schiefes Brettergestell. Das fällt im Winter sowieso zusammen.«

»Was sagst du da?« Das Gesicht von Felicitas Vater färbte sich dunkelrot und seine Augen blitzten. Sofort merkte Felicitas, dass sie zu weit gegangen war. Doch jetzt war es zu spät. Ehe sie wusste, wie ihr geschah, packte sie ihr Vater am Kragen und zerrte sie zu dem Schuppen.

»Monatelang habe ich daran gebaut, und du sagst, dieser Schuppen stürzt gleich wieder ein?«

»Das habe ich doch nicht so gemeint. Es tut mir leid«, stammelte Felicitas, doch ihr Vater hörte schon gar nicht mehr zu.

»Hoffen wir, dass er die heutige Sturmnacht übersteht«, meinte er drohend.

»Franz, was machst du mit ihr?« Erika stand an der Türöffnung. »Lass Felicitas doch in Ruhe.«

»Misch dich nicht ein, Frau!«, zischte Franz. Noch immer hielt er Felicitas mit eisernem Griff im Nacken fest, drückte sie dann zu Boden und öffnete die Klappe zum Vorratskeller.

»Bitte nicht!«, kreischte Felicitas und versuchte vergeblich, sich aus der Umklammerung zu befreien. Franz packte sie an den Hüften und stieß sie wie einen Sack Kartoffeln die Kellertreppe hinunter.

»Du bleibst heute Nacht im Vorratskeller«, herrschte er seine weinende Tochter an und schubste sie zurück, als sie die Treppe wieder hochkriechen wollte. »Und bete, dass der Schuppen dem Sturm standhält, sonst fallen die Wände über die Kellerluke und es kann Tage dauern, bis ich die Trümmer weggeräumt habe.«

»Franz, sieh nur, wie sich Felicitas ängstigt«, warf Erika schüchtern ein.

»Das ist eine Erziehungsmaßnahme«, schnitt ihr Mann ihr das Wort ab. »Nur so lernt sie, dass man nicht leichtfertig ein Feuer entzünden darf.«

»Das war doch keine Absicht!« Erneut stieg Felicitas ein paar Stufen hoch, denn im Vorratskeller war es feucht und kalt. Vor allem aber wurde es pechschwarz, sobald ihr Vater den Deckel schloss. Dann krochen wieder düstere Schatten zwischen den Kartoffelsäcken hervor, und sie hörte unheimliche Stimmen, die aus dem Inneren der Erde nach ihr riefen. Auf keinen Fall würde sie die Nacht im Keller bleiben!

Noch immer diskutierten ihre Eltern über Erziehungsmaßnahmen und waren abgelenkt. Felicitas hatte bereits die letzte Treppenstufe erreicht. Gleich würde sie aus dem

Vorratskeller herausspringen und einfach davonlaufen. Aber als sie auf Zehenspitzen wegschleichen wollte, packte ihr Vater sie am Arm und lächelte böse.

»Zurück mit dir! Du verbringst die Nacht im Keller. Dann kannst du über deine Frechheiten gründlich nachdenken.« Mit wütender Miene schüttelte er seine Tochter und schob sie durch die Luke zurück in die Dunkelheit. Die Bodenklappe wurde mit einem lauten Knall zugeworfen und der Riegel vorgelegt.

»Unser schönes Haus wäre beinahe abgebrannt«, hörte Felicitas ihren Vater theatralisch rufen. »Dieses Kind bringt uns nur Unglück.«

KAPITEL ACHT

Den ganzen nächsten Tag verbrachte ich damit, für die *Berliner Allgemeine Zeitung* einen Artikel über die einsame Schönheit der Berge und den Gesundheitskick für den Großstädter zu schreiben. Doch immer häufiger schweiften meine Gedanken ab und ich musste an Luis' Worte denken: ›Früher dachte ich immer, dass ich den Menschen Unglück bringe.‹ War es mir damals nicht ähnlich ergangen? Ich hatte geglaubt, dass ich das Unglück magisch anzog, besonders in jener Nacht, als Manuela am Teufelsspalt verschwunden war. Und einige Dunkelsteiger waren anscheinend der Meinung, dass ich verflucht wäre. Das ärgerte mich zwar, doch im Grunde taten mir die Dorfbewohner mit ihrer Engstirnigkeit leid.

Das erzählte ich Mutter beim Frühstück, und sie nickte zustimmend. Erika fuhr dann nach Schwarzach zum Friseur und hatte mir für mittags einen Eintopf auf den Herd gestellt. Während das Essen auf der Flamme köchelte, saß ich am Küchentisch und tippte in meinen Laptop.

Von der BAZ hatte ich mich zwar beurlauben lassen, doch da ich länger in Dunkelsteig bleiben würde, musste ich wohl oder übel Geld verdienen. Deshalb hatte ich meinem Chefredakteur diesen Artikel vorgeschlagen. Leider fiel mir das Schreiben im Moment immer schwerer, und irgendwie fand ich es auch nicht sonderlich berauschend, hippen Großstädtern die Alpen als neuesten Trend zu verkaufen. Schließlich ließ ich es ganz bleiben, und meine Gedanken wanderten zu meinen Freunden und dem geheimnisvollen Treffen.

Schon am Nachmittag legten sich schwarze Schatten über Dunkelsteig, überall flammten die Lichter auf. Da es empfindlich kalt geworden war, schlüpfte ich in den Anorak meines Vaters und zog die Winterstiefel an, die mir meine Mutter geliehen hatte.

Adrians Bauernhof lag ein Stück oberhalb des Ortes. Das geduckte Haus war fast nicht zu erkennen, denn die verwitterten schwarzen Holzbalken, aus denen es gebaut war, wurden von der Dunkelheit verschluckt. Das Gelände war steil abfallend und der Hof nur über einen schmalen Feldweg erreichbar. Das Giebeldach war ähnlich wie bei uns mit großen Steinen beschwert. Als überzeugter Ökoanhänger hatte Adrian einige Solarpanels neben dem Gebäude aufgestellt, aber dass sie bei den wenigen Sonnenstunden von Nutzen waren, bezweifelte ich. Wie früher blieb ich vor den groben Holzbänken stehen, die links und rechts der Eingangstür standen. Mit einem wehmütigen Seufzen strich ich über die ins Holz geritzten Buchstaben *J+M+A+F*. Es waren unsere Initialen, die auch jetzt noch zusammengehörten, obwohl wir uns damals in alle Winde zerstreut hatten.

Als ich den Hof umrundete, erblickte ich einen rötlichen Schein hinter dem renovierten Stall, in dem Adrian seinen Honig produzierte. Ich schritt an der hellen Holzwand entlang und stand plötzlich vor einem riesigen brennenden Scheiterhaufen. Undeutlich hoben sich schemenhafte Gestalten von den lodernden Flammen ab. Eine von ihnen löste sich aus dem Dunkel und trat auf mich zu. Es war Adrian.

»Schön, dass du gekommen bist, Feli«, sagte er mit ernster Miene und blickte unruhig umher.

»Stimmt was nicht, Addi?«

»Ach, ich weiß nicht. Seit einigen Tagen fühle ich mich verfolgt. Aber wahrscheinlich bilde ich mir das nur ein.« Adrian fuhr sich mit der Hand über das Gesicht, und aus der finsteren wurde eine fröhliche Miene. Unwillkürlich musste ich lachen.

»Hast du das auf der Schauspielschule gelernt? Du hättest das damals in Wien durchziehen müssen. Warum bist du wirklich wieder nach Dunkelsteig zurückgekehrt?«

»Lassen wir die Vergangenheit«, würgte mich Adrian ab. »Begleite mich, wir sind schon mitten in der Vorbereitung.« Mit ausgestrecktem Arm wies er zu einer großen Truhe, die neben dem Feuer stand.

»Was ist das?«, fragte ich.

»Erinnerst du dich an diese Kiste nicht mehr? Wenn du sie genauer betrachtest, fällt es dir wieder ein«, meinte er gelassen und schob mich näher an das Feuer heran. Im Schein der knisternden Flammen konnte ich auch Johannes und Manuelas Mutter Liesl erkennen.

»Wir müssen die Vergangenheit endlich hinter uns lassen«, flüsterte Liesl mir ins Ohr und umarmte mich. »Verzeih mir, wenn ich dich ungerecht behandelt habe. Aber der Schmerz umhüllt mich manchmal wie ein Mantel der schwarzen Dämonen. Lass uns nach vorn schauen und alles Negative vergessen.«

»Du hast sicher recht, aber Manus Verschwinden lässt mich einfach nicht los.«

»Es war ein Unfall, Felicitas. Ich möchte nicht mehr darüber sprechen.«

Ich schwieg und beobachtete Johannes, der am Boden kniete und den Deckel der Truhe öffnete.

»Fällt es dir jetzt wieder ein?« Adrian deutete auf die Kiste.

Natürlich kannte ich die Truhe. Auf dem gewölbten Deckel standen unsere Namen eingraviert: Manuela, Felicitas, Johannes, Adrian. Mit Feuer in das Holz gebrannt, schwarz und unregelmäßig, mit Sternen, Kronen und Blumen verziert. Das war sie, unsere Zeittruhe. Darin hatten wir immer unsere Schätze versteckt. Bilder, Bücher und Fotos hineingegeben, um sie für unsere späteren Generationen aufzubewahren. Wir wollten die Kiste an einem geheimen Ort eingraben, damit sie vielleicht in Hunderten von Jahren gefunden wurde. Dann würden neugierige Fremde wissen, wie wir gelebt und was wir gedacht hatten. Doch dazu kam es nie, denn nach Manus Verschwinden zerstreuten wir uns, und die Kiste mit den Erinnerungen wurde weggeräumt.

»Was macht ihr mit unserer Truhe?«, fragte ich.

»Wir möchten nicht mehr mit der Vergangenheit konfrontiert werden und löschen jetzt die Erinnerungen an unsere gemeinsame Zeit. Erst dann können wir weiterleben. Das wünschen wir uns, und du, Feli, dir sicher auch«, antwortete Johannes ernst.

»Ich verstehe euch nicht.«

»Wir werfen den Inhalt der Kiste ins Feuer, bis alles verbrannt ist«, klärte mich Adrian auf.

»Aber das könnt ihr doch nicht machen!«, protestierte ich. »Das sind Erinnerungen an unsere gemeinsame Jugend.«

»Es ist die Vergangenheit, die uns am Weiterleben hindert.« Johannes legte mir beruhigend den Arm um die Schulter. »Davon wollen wir uns ein für alle Mal lösen. Und heute ist der richtige Tag dafür.«

»Das ist falsch«, widersprach ich und schüttelte den Kopf. »Da ist doch auch Manus Porträt von Liesl drin«, sagte ich und suchte Unterstützung bei Manuelas Mutter.

»Felicitas, es ist besser so. Jetzt ist es über zwanzig Jahre her, seitdem Manuela verschwunden ist. Das ist eine lange Zeit und eine gute Gelegenheit, endgültig mit der Vergangenheit abzuschließen. Dann können wir uns endlich neuen Zielen widmen und sind frei.«

»Wir können niemals frei sein, wenn wir mit dieser Ungewissheit leben«, konnte ich mich nicht zurückhalten.

»Ich habe meine Tochter für tot erklären lassen.« Liesl griff in die Truhe und holte Manuelas gerahmtes Porträt hervor, das sie gemalt hatte.

»Darf ich es noch mal ansehen?«, fragte ich.

Liesl reichte mir das Bild, und ich hielt es mit ausgestreckten Armen, um es genauer betrachten zu können. Manuela trug ein langes weißes Kleid und ihre blonden Haare wehten im Wind. Sie stand an einer Felswand, und es machte den Eindruck, als würde sie davor schweben. Für einen kurzen Moment erinnerte mich das Gemälde an das Mädchen, das mir immer als Halluzination erschien, aber das konnte nicht sein.

»Das reicht jetzt.« Liesl nahm mir das Bild aus der

Hand, küsste noch einmal das gemalte Gesicht ihrer Tochter und warf es dann mit Schwung ins Feuer. Sofort züngelten die Flammen um den Rahmen, leckten gierig an Manuelas Kleid. Immer schneller fraßen sich die Flammen an Manuela heran, bis schließlich auch ihr schönes Gesicht zu einer unkenntlichen schwarzen Masse verschmolz.

»Du musst endlich zu grübeln aufhören«, meinte Johannes. »Gib dir einen Ruck und hilf uns, die Kiste zu leeren. Wirf alle Dinge ins Feuer, die dich an Manu erinnern.«

»Verbrenne die Erinnerung. Das ist wie eine Katharsis!«, rief Adrian theatralisch und schoss ein paar selbst gebrannte CDs in die Flammen.

»Vielleicht habt ihr recht«, lenkte ich ein und griff in die Truhe. Betrachtete jedes einzelne Ding, versuchte, mich an die Geschichte zu erinnern, mit der es verknüpft war. Doch es waren zu viele Andenken an Manu, also warf ich alles ins Feuer, ohne groß nachzudenken.

Langsam segelten auch indische Schals, Bücher und Fotos in die Flammen, verharrten zitternd für einen kurzen Moment auf den glühenden Scheiten, um dann vom prasselnden Feuer verschluckt zu werden. Ein Windstoß wehte ein Foto direkt vor meine Füße. Es war ein Schnappschuss, den irgendjemand von uns im Wald aufgenommen hatte. Zu viert saßen wir auf einer großen Holzrodel. Manu hatte ihre blonden Haare unter einer Fellkappe verborgen, ich trug eine Russenmütze und Johannes eine Designerkappe. Der Einzige ohne Kopfbedeckung war Adrian. Mit seinen schwarzen Locken und der dunklen Gletscherbrille wirkte er verwegen attraktiv wie ein Schauspieler, der einen Polarforscher mimte. Wir blickten fröhlich in die Kamera, ahnten noch nicht, welches Schicksal uns erwartete.

Traurig ließ ich das Foto sinken und starrte so lange ins

Feuer, bis die Konturen verschwammen. Plötzlich tauchte das blonde Mädchen in den Flammen auf. Geschickt hüpfte es mit seinem weißen Kleid über das Feuer, verharrte in der Mitte des Scheiterhaufens, blickte mich an, und eine Träne perlte über ihre weiße Haut. Mit ernster Miene streckte es den Arm aus und deutete in die Finsternis. So schnell, wie es gekommen war, verschwand das Flackern, und ich konnte wieder normal sehen. Hinter den lodernden Flammen war die Welt schwarz, doch in dem Feuerschein sah ich plötzlich die Umrisse eines Menschen, der sich hinter einem Busch versteckte.

»Da ist jemand!«, rief ich und sprang auf. Ich lief um das Feuer herum, erreichte den Busch und teilte ihn mit bloßen Händen. In dem dornigen Gestrüpp zerkratzte ich mir die Hände, ein paar Blutstropfen liefen meinen Finger entlang. Ein Zweig hing schlaff zu Boden, und als ich mich bückte, sah ich, dass er umgeknickt worden war.

»Ich kann nichts erkennen.« Adrian stand mit einem Mal neben mir. »Du musst dich getäuscht haben. Komm, ich verarzte deine zerkratzten Hände.«

»Lass mich«, erwiderte ich und blieb neben dem Strauch stehen. Ich wartete, bis Adrian wieder zu den anderen gegangen war.

»Manu, bist du das?«, flüsterte ich, umgeben von nachtschwarzer Stille. Dann schloss ich die Augen und lauschte in die Finsternis hinein. Hörte ganz deutlich die wispernde Stimme: »Feli, lass nicht zu, dass die Erinnerung wie der Rauch im Wind verschwindet. Vergiss mich nicht.«

KAPITEL NEUN

Damals – Liesl

Manuela trug ein dünnes weißes Kleid, das ihre Mutter am Morgen für sie ausgesucht hatte und in dem sie wie eine zerbrechliche Sagengestalt wirkte. Es war ein langer Kampf gewesen, aber schließlich hatte Liesl sich durchgesetzt mit dem Versprechen, ihrer Tochter Geld für die Akrobatenausbildung in Berlin zuzuschießen. Liesl hatte Manuelas Berufswunsch immer befürwortet, denn sie wünschte sich, dass diese nach der Matura so schnell wie möglich Dunkelsteig verließ.

Über tausend Kilometer wäre sie dann von der Dunkelheit und der bedrückenden Enge entfernt. Aber der Übergang würde sicher ein Schock für Manuela sein, deshalb war Liesl froh, dass sie gemeinsam mit ihrer Freundin Felicitas in die Großstadt ziehen würde. Feli war ruhiger und vernünftiger, nicht so impulsiv wie Manuela. Deren Aussehen täuschte, sie war kein unschuldiger Engel. Im Gegenteil, Manuela hatte Tendenzen, sich zu nehmen, was sie wollte.

»Wie lange soll ich noch in diesem blöden Kleid herumstehen?«, maulte sie jetzt und riss Liesl aus ihren Gedanken.

»Wir sind gleich so weit, Schatz. Ich mache noch eine Polaroid-Aufnahme für die Feinarbeit im Studio. Konzentriere dich bitte. Du musst wie eine schwerelose Erscheinung aus einer anderen Welt wirken, wenn du die Felswand hochkletterst«, instruierte sie ihre Tochter.

»Warum suchst du dir kein anderes Model? Mich langweilt das Herumstehen fürchterlich«, murrte Manuela.

»Du erhältst doch etwas Geld für deine Mühe, und jetzt halte endlich still. Gerade jetzt wirkst du so unschuldig vor diesem schwarzen Felsen.« Liesl blickte auf den schroffen Gipfel, der neben dem Berghotel in die Höhe ragte. »Dazu noch das Gipfelkreuz mit Sonnenstrahlen. Heute passt das Licht perfekt. Rühr dich nicht von der Stelle.« Sie holte ihren Zeichenblock hervor und begann mit einem Kohlestift die Umrisse des geplanten Bildes zu skizzieren. Als Liesl ein lautes Scheppern hörte, blickte sie zurück zum Hotel.

Auf der Terrasse des Berghotels stand Vroni, die Frau von Alois, dem Besitzer. Zu ihren Füßen lag ein Tablett mit zerbrochenen Gläsern, das ihr einfach aus der Hand gerutscht war. Vroni schien das nicht weiter zu stören, denn ihre ganze Aufmerksamkeit galt dem Teufelsspalt. Ihr Gesichtsausdruck war verklärt, als wäre sie geistig in einer ganz anderen Welt, und nur noch ihre Hülle würde in diesem Leben verweilen. Der Teufelsspalt, den man vom

Berghotel aus deutlich sehen konnte, zog sie auf geradezu magische Art und Weise an, das hatte Alois Liesl einmal erzählt. Doch als Liesl ihm anbot, Vroni vor dem Teufelsspalt zu malen, hatte er panisch abgewinkt. »Wir wollen das Schicksal nicht unnötig herausfordern.«

»Weißt du eigentlich, wer mein Vater ist?«, fragte Manuela völlig unvermittelt, während sie vorsichtig ihre Position veränderte.

»Wie bitte?« Die Frage riss Liesl aus ihrer Konzentration. Die vom Kohlestift verfärbten Finger hinterließen schwarze Punkte auf ihrer Haut, als sie sich verlegen an ihre Schläfe tippte. »Was ist das für eine seltsame Frage?«

»Wieso seltsam? Du weichst immer aus, wenn das Gespräch auf meinen Vater kommt. Weshalb hast du mir noch nie von ihm erzählt? Jedes Kind hat einen Vater«, ließ Manuela nicht locker.

»Ja, warum wohl?« Liesl zuckte mit den Schultern und gab sich gleich selbst die Antwort. »Weil es nicht wichtig ist für unsere Beziehung.« Sie wollte mit der Arbeit fortfahren, doch ihre Tochter hatte sich in das Thema verbissen.

»Vielleicht kannst du dich nicht mehr erinnern bei den vielen Liebhabern, die du hattest«, meinte Manuela provokant.

»Natürlich weiß ich, wer dein Vater ist.«

»Und warum nennst du mir dann nicht seinen Namen? Ich habe ein Recht darauf, es zu erfahren.«

»Das ist meine private Angelegenheit«, ließ sich Liesl nicht erweichen. »Irgendwann werde ich es dir schon erzählen. Aber jetzt ist noch nicht der richtige Zeitpunkt. Außerdem ist es völlig unwichtig, denn ich lebe nur im Jetzt. Das solltest du auch tun.«

»Aber wenn mich jemand verlässt, dann muss ich immer an die schönen Zeiten denken.«

»Hat dich schon jemand verlassen? Du erzählst mir nie etwas aus deinem Liebesleben?«, fragte Liesl und legte den Kohlestift zur Seite.

»Mich lässt man nicht alleine zurück. Wenn das einmal passieren sollte, dann räche ich mich.«

»Das sind harte Worte.« Liesl zog die Augenbrauen in die Höhe. »Aber bevor es so weit kommt, musst du dich abgrenzen.« Liesl holte tief Atem, ehe sie weitersprach. »Männer wollen Frauen nur dominieren und ihnen die eigene schöpferische Kraft rauben. Dagegen habe ich mich immer gewehrt. Ich habe das Spiel einfach umgedreht.«

»Wie hast du das gemacht?«, fragte Manuela erstaunt.

»Bei meinen Männern habe ich den Ton angegeben. Sie mussten tun, was ich wollte. Das hat gut funktioniert«, erklärte Liesl.

»Du bestimmst also immer die Richtung?« Manuela sprang von dem Felsen und kam auf Liesl zu. Ihre blonden Haare wehten und das weiße Kleid flatterte im Wind wie eine Fahne. »Heißt das, ich soll immer meinen Willen durchsetzen? Einfach verlangen, was mir zusteht?«

»Wieso fragst du mich das? Gibt es einen konkreten Grund dafür? Hast du mit einem Jungen ein Problem?« Liesl betrachtete ihre Tochter scharf. Doch Manuela blickte sie mit ihren großen blauen Augen nur unschuldig an.

»Nein, das ist nur theoretisches Interesse.«

»Bist du mit einem der Jungs aus deiner Clique näher befreundet? Fragst du deshalb?« Liesl konnte sich allerdings nicht vorstellen, dass Adrian oder Johannes in der Lage wären, ihrer Tochter den Willen aufzuzwingen. Dafür war Manuela viel zu selbstständig erzogen worden.

»Addi und Joe fressen mir doch aus der Hand«, gab sich Manuela herablassend. »Malst du jetzt weiter, damit ich endlich dieses Kleid ausziehen kann?« Manuela ging wieder zurück zu der Felswand und kletterte ein wenig nach oben. »Stimmt die Pose so?«

»Nein, du musst den Kopf seitlich drehen, dann legen sich die Haare wie ein goldener Schleier über die schwarzen Steine.«

»Wie viele Liebhaber hast du gehabt?«, fragte Manuela, während sie die richtige Haltung einnahm.

»Zu viele«, erwiderte Liesl. »Jeder von ihnen hat mir ein Stück meines Herzens geraubt.«

»Deshalb hast du jetzt kein Herz mehr. Ich glaube, mir wird es ähnlich ergehen.«

Liesl schwieg. Manuela ahnte nicht, wie recht sie hatte. Liesls Herz war durch die Enttäuschungen des Lebens Stück für Stück kleiner geworden und schließlich ganz verschwunden. Manchmal wunderte sie sich selbst, wie sie ohne dieses Organ leben konnte. Aber sie schaffte es Tag für Tag.

»Pass bloß auf, dass du nicht so wie ich endest«, warnte Liesl ihre Tochter.

»Wie meinst du das?«

»Na ja, dass du eines Tages, so wie ich, nach Dunkelsteig zurückkehren musst«, antwortete Liesl resigniert.

»Ich glaube, dass es mit mir jetzt schon schlimmer ist als in deinen wildesten Jahren«, erwiderte Manuela mit einem düsteren Unterton in der Stimme. »Aber ich habe auch ein gutes Vorbild gehabt.«

»Sei nicht so frech. Und bleib so, wie du bist.«

»Du findest es gut, wie ich bin?«, wunderte sich Manuela.

»Nein, Schatz, ich meine, die Pose ist jetzt richtig.« Liesl schüttelte belustigt den Kopf und begann ihre Farbpalette zu mischen.

»Wenn ich im Teufelsspalt verschwinde, in welcher Farbe der Erinnerung würdest du mich dann malen?«, fragte Manuela und blickte in die Ferne zum Spalt.

»Schwarz, ich würde alle Bilder nur noch in Schwarz malen.«

KAPITEL ZEHN

Lachend warf ich Armbänder, Fotos und CDs ins Feuer. Sah zu, wie die Flammen wild aufloderten und mit ihren gewaltigen Feuerzungen die Vergangenheit auslöschten. Zuletzt hielt ich einen Packen Briefe in Händen und beförderte ihn in die Glut. Doch plötzlich erblickte ich wieder das Mädchen im weißen Kleid mitten auf den schwelenden Holzscheiten sitzen und mahnend den Kopf schütteln. Ohne nachzudenken, sprang ich in das flammende Inferno und griff nach dem glosenden Bündel. Um mich herum tobte das Feuer, raubte mir die Luft zum Atmen. Eine Flamme erfasste meine Haare, die sofort lichterloh brannten. Auch der Anorak meines Vaters fing Feuer, und ich spürte die tödliche Hitze, die mich umgab.

»Deine Zeit ist abgelaufen.«

Durch die Rauchschwaden erkannte ich plötzlich Adrian, der auf seine Uhr zeigte, die zu piepsen begann.

Verwirrt schreckte ich hoch. Das Display meines Handys leuchtete und es summte penetrant. Hastig schaltete ich die Weckfunktion aus und blickte verwirrt umher. Ich lag in meinem Zimmer und war schweißgebadet. Wie immer, so durchzuckte mich auch jetzt ein kalter Schauer. Nicht ein Stück in diesem Raum erinnerte mehr an meine Kindheit und Jugend. Sofort nachdem ich Dunkelsteig vor zwanzig Jahren verlassen hatte, war mein Vater mit einem großen Müllsack in mein Zimmer gegangen und hatte jede Spur von mir getilgt. Das hatte mir Mutter in einer sentimentalen Stunde erzählt. Jetzt war dieser Raum nur noch ein seelenloses Fremdenzimmer mit bemaltem Bauernschrank, einem geschnitzten Doppelbett mit geblümter Bettwäsche und pseudoländlichen Nachtkästchen.

Um auch die letzten Reste des Albtraums abzuschütteln, stand ich auf und trat nach draußen. Im Flur war es dunkel und kalt. Mutter hatte die Ölheizung noch nicht eingeschaltet, das gestattete Vater immer erst Anfang Dezember, und sie hielt sich auch nach seinem Tod an diesen Befehl. Mit klappernden Zähnen stieg ich die Treppe nach unten.

Meine Nase tropfte, und ich befürchtete, mir bei dem nächtlichen Lagerfeuer eine Erkältung eingefangen zu haben. Zur Vorsicht wickelte ich mir einen alten Wollschal um den Hals, der in der Garderobe verloren an einem Bügel hing. Ich hatte zwar gestern die Andenken an Manu verbrannt, aber meine Erinnerung ließ sich nicht so leicht löschen.

»Alle zwanzig Jahre verschwindet ein Mensch im Teufelsspalt«, zitierte ich aus dem Stegreif die Chronik von Dunkelsteig. Immer hatte ich die alte Sage als Aberglauben abgetan. Aber es war schon ein merkwürdiger Zufall, dass Tim zwanzig Jahre nach Manuela an derselben Stelle verschwunden war. Tagelang hatte die Bergrettung nach meinem Ex-Mann gesucht, aber nicht die geringste Spur von ihm entdeckt. ›Was ist wirklich dran an dieser alten Legende? Ist es bloßer Zufall oder steckt mehr dahinter? Gibt es tatsächlich Dinge, die wir mit unserem rationalen Verstand nicht erklären können?‹ Etwas stimmte nicht, da war ich mir sicher. Und genau das wollte ich herausfinden, denn mein journalistischer Ehrgeiz war angestachelt.

Ich blickte aus dem Fenster hinaus in die düstere Berglandschaft. Der gestrige Föhneinbruch hatte die letzten Schneereste zum Schmelzen gebracht und die tote Natur freigelegt. Auf der anderen Talseite verschwand Johannes' Haus im Grau des Morgens. ›Ob er mich noch immer manchmal durch sein Fernrohr beobachtet?‹

Plötzlich summte mein Handy und signalisierte, dass eine Nachricht eingetrudelt war. Ich warf einen schnellen Blick auf das Display und erkannte, dass die WhatsApp von Adrian war.

Vergiss die Vergangenheit, du kannst sie nicht ungeschehen machen.

»Warum wollen sogar meine Freunde, dass ich nicht mehr an früher denke?«, murmelte ich und beschloss, nicht darauf zu reagieren.

Ich betrat die Küche und blickte suchend umher. »Mutter, hast du eine Aspirin für mich? Ich fühle mich etwas erkältet«, fragte ich, erhielt aber keine Antwort. Auf dem Tisch lagen ordentlich gefaltete Servietten und ein leerer Brotkorb, der Küchentresen glänzte sauber, aber von Mutter keine Spur. ›Wahrscheinlich ist sie bei Karl frühstücken‹, dachte ich. Seufzend durchsuchte ich sämtliche Schränke und Laden, konnte aber weder Teebeutel noch Aspirin finden. Dann erinnerte ich mich an ihr Nähzimmer und den Erste-Hilfe-Kasten.

Direkt hinter der Küche befand sich dieser winzige

Raum, der früher einmal die Waschküche gewesen war. Erika hatte sich die dunkle Kammer als Nähzimmer eingerichtet, wo sie alte Jacken und Mäntel ausbesserte und mit Flicken versah. Meine Mutter war immer schon sehr sparsam gewesen und wollte nichts wegwerfen.

Als ich den Raum betrat, schlug mir der abgestandene Duft von Mottenkugeln entgegen, so als wäre diese Kammer schon lange nicht mehr gelüftet worden. Ich schaltete das Licht ein, und im trüben Schein der Glühbirne, die von der Decke baumelte, erblickte ich einen Haufen Kleidung, die in einen Korb geworfen worden war. Soweit ich mich erinnerte, hatte ich das Nähzimmer sehr selten betreten, denn als kleines Mädchen gruselte ich mich vor dem dunklen Raum, und als Teenager fand ich das Ausbessern von Kleidungsstücken eher peinlich.

Über dem Nähtisch hing noch immer das altmodische Erste-Hilfe-Kästchen aus Blech. Zielgerichtet steuerte ich darauf zu und versuchte, es zu öffnen. Doch die Blechtür klemmte, und als ich heftiger daran zog, löste sich das Schränkchen von der Wand und krachte auf den Nähtisch.

»Ach verdammt, wie ungeschickt«, seufzte ich und strich mir die Haare zurück. »Na, wenigstens ist das Kästchen jetzt offen.« Ich wollte gerade die Schachtel Aspirin suchen, da bemerkte ich eine Nische in der Wand, die von dem Erste-Hilfe-Schrank verdeckt gewesen war. Neugierig griff ich hinein und zog ein Bündel Briefe und eine kleine Arzneiflasche hervor. Die Schriftstücke waren mit einem verblichenen schwarzen Band umwickelt.

›Sind das Liebesbriefe?‹, dachte ich und strich mit dem Finger über die Umschläge. Früher schrieb man sich Briefe und brachte sie zur Post, heute schickte man WhatsApp-

Kommentare. Das war im Vergleich zu einer handgeschriebenen Nachricht unglaublich banal.

»Mein Gott, ich bin ja richtig sentimental«, murmelte ich und schüttelte den Kopf. »Ich wusste gar nicht, dass sich meine Eltern geschrieben haben.«

Dann betrachtete ich das Arzneifläschchen. Es waren Herztropfen, das las ich auf dem Aufkleber, der sich auf der Rückseite befand. Ich war gerade dabei, Briefe und Tropfen wieder in die Nische zurückzulegen, da erinnerte ich mich wieder an den Traum, in dem mich das Mädchen gewarnt hatte, Briefe ins Feuer zu werfen. Unschlüssig blickte ich auf die Umschläge. Ich war nicht abergläubisch, aber es konnte nicht schaden, einen Blick auf die Schreiben zu werfen.

»Warum wurden die Briefe hier versteckt? Dafür muss es einen Grund geben«, flüsterte ich leise vor mich hin. Neugierig blickte ich auf den ersten Umschlag. Zu meiner Überraschung stand darauf weder Name noch Adresse. Aber das Papier war mit altmodischen Klebern versehen, die goldene Sterne und silberne Monde darstellten. Mit zusammengekniffenen Augen betrachte ich den Umschlag von allen Seiten. Das verblichene schwarze Band und die Aufkleber lösten in mir etwas aus, woran ich mich nur fragmentarisch erinnern konnte. In meinem Unterbewusstsein öffnete sich eine Tür einen Spalt breit und ließ mich einen kurzen Blick in die Vergangenheit werfen: Ich stand mit Adrian in dem Tabakladen in Schwarzach und drehte einen Ständer mit Sticker-Alben im Kreis. Adrian kaufte Zigaretten und trat dann zu mir. Mit der Hand hielt er den Ständer an und deutete auf ein Sticker-Album mit goldenen und silbernen Sternen und Monden.

»Damit verziert Manu jedes ihrer Heftchen«, sagte Adrian. »Wahrscheinlich ist sie eine verkappte Elfe, die bei

Vollmond in einem weißen Kleid über die Wiesen hüpft«, meinte er mit einem ironischen Lächeln.

»Manu«, sagte ich laut, und der Name meiner verschwundenen Freundin hallte in dem dunklen Nähzimmer wider. Ich drückte die Briefe an mich und huschte zurück in die Küchenstube. Setzte mich an den Tisch und öffnete mit zitternden Fingern das verblichene Band. Es waren zehn Briefe, und sie waren mit goldenen und silbernen Stickern versehen. Vorsichtig fingerte ich das dicke Papier aus dem Umschlag und betrachtete das Blatt. Kein Zweifel, Manuela hatte die Briefe geschrieben. Ich erkannte sofort ihre Handschrift, und es waren ihre Figuren und Ornamente, die sie am Rand um den Text gezeichnet hatte. Dann warf ich einen kurzen Blick auf das Datum des letzten Briefes. Er war einen Tag vor ihrem Verschwinden geschrieben worden. Das war merkwürdig, doch noch mehr beschäftige mich eine andere Frage: Wieso hatte Mutter Manuelas Briefe und das Fläschchen mit Herztropfen hinter dem Erste-Hilfe-Schrank in ihrem Nähzimmer versteckt?

KAPITEL ELF

Ich war schockiert, als ich Manuelas Briefe las. Es war, als hätte jemand anderes ihre Hand geführt, ihr Sätze wie *Ich erzähle allen von deinen perversen Schweinereien, dann bist du erledigt* ins Ohr geflüstert. ›Ist das derselbe Mensch, den ich gekannt habe?‹ Wie bösartig sie in den Briefen mit einem Mal wurde, wie hinterhältig und von Emotionen getrieben. Auf Passagen voller Wut und Hass folgten weinerliche Absätze, in denen sie von ewiger Liebe schrieb.

Zum Glück hatte Manuela diese Briefe nie abgeschickt, und vielleicht wollte sie sich nur ihren ganzen Frust von der Seele schreiben, vielleicht war das ihr Befreiungsschlag aus einer unglücklichen Beziehung. Doch dieser ganze aufgestaute Hass offenbarte auch eine düstere Persönlichkeit, die mit der strahlenden Manuela, wie ich sie kannte, nichts gemein hatte. Diesen tief sitzenden Hass auf jemanden, der nicht nach ihrer Pfeife tanzte, den hatte Manuela immer geschickt vor mir verborgen.

Vielleicht hätte mir auffallen müssen, dass meine beste Freundin oft wie ein trotziges Kind schmollte, wenn etwas nicht nach ihrem Kopf ging. Aber damals waren wir jung gewesen und beschäftigten uns mehr mit unserem Aussehen als mit diesen psychologischen Aspekten. Natürlich wusste ich, dass Manuela aufbrausend und öfter auch unberechenbar war, aber nicht bösartig. ›Wie kann man einem anderen Menschen nur so drohen und ihm diese schrecklichen Dinge wünschen?‹

Ich schloss die Augen und konzentrierte mich so stark auf Manuela, dass ich mir einbildete, sie würde mir gegenüber am Tisch sitzen. Wie immer würde sie ihre blonde Mähne schütteln und mit den Händen theatralisch Figuren in die Luft zeichnen.

»Warst du schon einmal verliebt, Feli? Ich meine so richtig mit allen Sinnen? Dass du denkst, dein Herz zerspringt, wenn du seinen Namen rufst? Dass dein Puls schneller schlägt, wenn du an ihn denkst? Das ist keine Schwärmerei, sondern es sind tief empfundene Gefühle. Sie kommen von ganz weit hinten aus den verborgenen Winkeln meiner Seele, die ich noch nie jemandem gezeigt habe.«

So schnell, wie sie aufgetaucht war, verblasste diese Erinnerung auch wieder, und ich blieb mit den Briefen alleine zurück. Damals war es mir nicht aufgefallen, aber jetzt irritierten mich diese blumigen Sätze. Manu redete wie eine Schauspielerin. Es war ein Text, den sie sich zurechtgelegt hatte. Sie täuschte nur vor, tiefe Liebe zu empfinden, in Wirklichkeit wollte sie etwas ganz anderes.

Ich nahm wieder einen der Briefe zur Hand und versuchte Wut, Hass und Bösartigkeiten auszublenden. Mich interessierte das Ungesagte, das Ungeschriebene in diesen Texten. Und auf dieser sensibleren Ebene entdeckte ich eine einsame junge Frau, die nicht akzeptierte, dass man sie nur für Sex benutzt hatte. Als ich die Briefe unter diesem Aspekt studierte, stellte ich fest, dass Manuela ein vielschichtiges Wesen war, deren Persönlichkeiten sich wie bei einer Matroschka-Puppe entblätterten und immer eine neue dunkle Facette zeigten, von der wir damals keine Ahnung hatten.

Wer war dieser Mann, an den ihre Briefe gerichtet waren? Es musste sich um eine ältere Person handeln, denn Manuela erwähnte öfter den großen Altersunterschied. Hastig überflog ich alle Blätter, doch nirgends stand ein Name, nicht einmal eine Abkürzung oder ein Buchstabe.

Während ich darüber nachgrübelte, hörte ich, wie die Eingangstür geöffnet wurde. Zwei Stimmen und leises Gelächter waren zu vernehmen. Es waren Erika und Karl, die zurückkamen. Hastig legte ich die Papiere zusammen und huschte aus der Küche. In Karls Anwesenheit wollte ich nicht erklären, wie ich an die Briefe und auch an die Tropfen gelangt war und auch nicht mit Mutter darüber reden.

Da ich nicht über die Treppe in mein Zimmer konnte, ohne gesehen zu werden, schlich ich ins Wohnzimmer, das Mutter so gut wie nie benutzte.

»Felicitas, bist du hier?«, rief Mutter.

»Vielleicht schreibt sie einen Artikel und hört uns nicht«, meinte Karl.

»Sie ist nicht zu Hause.« Die Stimme meiner Mutter klang bestimmt. »Du kannst dich ruhig entspannen.«

»Glaubst du, dass sie noch weitere Fragen stellt?« Karl wirkte nervös und klopfte mit den Fingern auf den Küchentisch. »Ich habe jedes Mal ein ungutes Gefühl, wenn ich sie treffe.«

»Mach dir keine Sorgen, Karl. Felicitas hat sich doch nur erkundigt, woran Franz gestorben ist. Sie weiß überhaupt nichts, und je mehr Zeit verrinnt, desto besser«, antwortete Erika in beruhigendem Tonfall. »Komm, ich hole uns etwas zu trinken.«

Ich hörte Gläser klirren und dann das charakteristische Ploppen, als eine Flasche Bier geöffnet wurde. ›Wieso sprechen sie darüber, dass ich nach der Todesursache gefragt habe? Das ist doch die natürlichste Sache der Welt. Die Tochter will wissen, woran ihr Vater gestorben ist. Deshalb macht es mich stutzig, dass sie anscheinend etwas vor mir geheim halten. Soll ich einfach in die Küche platzen und sie direkt fragen? Aber so, wie ich meine sture Mutter kenne, wird sie abblocken.‹ Deshalb beschloss ich, mich still zu verhalten und weiter zu lauschen.

»Vergiss nicht, dass deine Tochter Journalistin ist«, sprach Karl weiter. »Sie ist es gewohnt, zu recherchieren, sich in Themen zu verbeißen.«

»Karl, du machst dir unnötige Gedanken. Felicitas wird sich damit nicht beschäftigen, das verspreche ich dir. Früher warst du doch auch nicht so ängstlich. Ich frage mich, wo der Mann geblieben ist, den ich einmal bewundert habe«, entgegnete Erika mit enttäuschter Stimme.

»Ich bin derselbe geblieben, das spürst du genau«, begehrte Karl auf. »Und ich äußere hier nur meine Bedenken. Das ist auch schon alles.«

»Ist ja gut«, lenkte Mutter ein. »Felicitas wird nie etwas erfahren.«

»Wenn du dir sicher bist.« Der Stuhl kratzte über den

Fußboden, als Karl ihn zurückschob und aufstand. »Ich muss zurück in die Praxis. Wir sehen uns abends, Erika.«

Ich wartete, bis Karl das Haus verlassen hatte, und schlich aus dem Wohnzimmer. Mutter saß mit dem Rücken zu mir am Küchentisch, und so konnte ich unbemerkt zur Treppe huschen und dann laut nach unten trampeln.

»Mutter, bist du hier? Ich habe Stimmen gehört.«

»Felicitas, wo warst du?« Mutter stand auf und trat aus der Küche.

»In meinem Zimmer. Ich hatte Kopfhörer auf und habe gelesen«, sagte ich und schwenkte die Briefe.

»Was hast du da?«, fragte Erika misstrauisch.

»Das sind Manus Briefe. Ich habe sie hinter dem Erste-Hilfe-Kasten zusammen mit eigenartigen Herztropfen gefunden. Wieso hast du sie dort versteckt?« Ich blickte Mutter direkt ins Gesicht, um eine Reaktion zu entdecken. Doch ihre Miene war verschlossen und wirkte wie aus Stein gemeißelt.

»Ich weiß nicht, wovon du sprichst«, antwortete Erika nach einer Weile. »Diese Briefe sehe ich zum ersten Mal. Keine Ahnung, wie sie ins Haus gekommen sind. Und das Fläschchen mit den Herztropfen hat mir Karl verschrieben, ich rege mich so leicht auf.«

»Davon hast du mir aber nie etwas erzählt.«

»Man hängt Krankheiten nicht an die große Glocke. Und jetzt hör mit dieser Fragerei auf, sonst kriege ich noch einen Herzinfarkt.«

»Ja, schon gut, ich habe verstanden«, erwiderte ich unwillig. Mutter hatte nie etwas von einer Herzschwäche erzählt, und ich hatte den Verdacht, dass sie mich anlog. So wie ich sie kannte, hätte sie eine Krankheit immer als

Druckmittel verwendet. Deshalb beschloss ich, einen günstigeren Zeitpunkt abzuwarten, um mit ihr zu reden.

Fragen über Fragen brannten mir auf der Zunge, doch um des lieben Friedens willen schluckte ich alle hinunter. Ich schwieg, und eine bedrückende Stille breitete sich in der Küche aus. Starr fixierte ich die Umschläge und Blätter, die mit Manus feiner Handschrift bis an den Rand gefüllt waren. Dann schob ich sie in meine Jackentasche.

»Irgendwann müssen wir darüber sprechen«, meinte ich zum Schluss. »Das bin ich Manu schuldig.«

»Immer wieder Manu«, seufzte Mutter und verdrehte die Augen. »Das ist eine Obsession von dir.« Erika setzte sich zu mir an den Tisch und griff nach meiner Hand. »Kind, lass doch die Vergangenheit ruhen. Dann wirst du im Dorf auch nicht so angefeindet«.

»Das geht nicht. Ich bin Journalistin und es gewohnt, den Dingen auf den Grund zu gehen«, widersprach ich.

»Du bist ein unverbesserlicher Dickschädel, Felicitas«, seufzte Mutter und blickte mich traurig an. »Es wäre besser, du würdest wieder nach Berlin zurückkehren.«

KAPITEL ZWÖLF

Damals – Manuela

Manuela kaute auf ihrem Stift und formulierte in Gedanken die richtigen Sätze. Doch jedes Mal, wenn sie zu schreiben anfing, war ihr Kopf wie leer gefegt, und die Sätze auf dem Papier erschienen ihr leblos und banal. Rund um ihren Schreibtisch hatte sich ein Papierberg angehäuft, der an Schneebälle erinnerte, an eine Lawine aus leeren Worten, die nicht in der Lage waren, ihre Gefühle auszudrücken.

Mit einem Seufzer lehnte sich Manuela zurück und blickte aus dem Fenster. Sie war jetzt achtzehn Jahre alt und stand kurz vor der Matura. Eigentlich müsste sie mit Hochdruck lernen, aber dafür hatte sie keinen Kopf. Am liebsten hätte sie das Fenster geöffnet und laut in die Landschaft hinausgeschrien. Eine unbändige Wut hatte sich in ihrem Inneren aufgestaut, die sie aufzufressen drohte. Dafür brauchte sie ein Ventil. Deshalb schrieb sie diese Briefe, ohne je einen davon abzuschicken. Wenn sie sich ihren ganzen Hass von der Seele geschrieben hatte, dann fühlte sie sich wieder besser, dann wurde sie wieder zu der Manuela, die alle kannten und liebten.

Du hast mich missbraucht, du Schwein!, kritzelte sie auf das Papier. Das werde ich dir heimzahlen. Entweder du stehst zu mir, oder ich schreie das ganze Dorf zusammen und behaupte, dass du mich vergewaltigt hast. Mit einem lauten Seufzer legte sie den Kuli zur Seite und klopfte sich mit den Handballen gegen die Stirn. »Du verlässt mich nie!«, zischte sie immer und immer wieder mantraartig, bis ihr Schädel von den Schlägen schmerzte.

Langsam beruhigte sie sich wieder und begann zu überlegen. Sie wusste, dass es nur noch ein Druckmittel gab, ihn zu zwingen, dass er ihre geheime Beziehung offiziell machte. Manuela würde beim morgigen Treffen einfach behaupten, dass sie schwanger von ihm sei …

Das stimmte natürlich nicht, und irgendwann würde sie erklären, dass sie das Kind verloren habe. Aber dann könnte er nicht mehr zurück …

Wie gern hätte Manuela ihrer besten Freundin Felicitas von ihrem Vorhaben erzählt, aber sie befürchtete, dass diese sie nicht verstehen würde. Felicitas würde nicht gutheißen, was sie vorhatte. Niemand wusste bisher von dieser geheimen Liebe, und so musste sie mit ihrer Clique zusammen sein, ohne ihr Geheimnis preisgeben zu können. Trotzdem versuchte sie manchmal, Adrian zu verführen, denn sie bemerkte, dass er ein Auge auf Felicitas geworfen hatte. Felicitas, die mit ihren dünnen Haaren und dem breiten Mund keine Schönheit war, dies aber mit ihrer coolen Ausstrahlung wettmachte.

»Wenn du in deinem ganzen Leben nur mit einem einzigen Mädchen glücklich werden könntest, wen würdest du wählen: mich oder Feli?«

»Was soll die dumme Frage?«, hatte Adrian geantwortet.

»Das ist doch nur ein Gedankenspiel«, erwiderte Manuela. »Antworte, ohne zu überlegen.«

»Ich würde Feli wählen.« Adrian verzog den Mund zu einem ironischen Grinsen. »Zufrieden?«

»Idiot!« Manuela schüttelte ihre blonde Mähne und drehte sich abrupt um. »Das sagst du bloß, weil du genau weißt, dass du bei mir nie landen kannst.«

»Überschätz dich bloß nicht«, hatte ihr Adrian hinterhergerufen, und diese achtlos hingeworfenen Worte verletzten sie. Denn Manuela war nicht so selbstbewusst, wie es den Anschein hatte, und musste sich immer über ihr attraktives Aussehen bestätigen. Ließ sie jemand abblitzen oder war unempfänglich für ihre Schönheit, dann wurde sie wütend. Genauso wenn etwas nicht nach ihrem Willen passierte. Wenn sie etwa an die verschwiegene Pension in Schwarzach dachte, wo sie sich häufig trafen. Dabei dachte sie weniger an den Sex mit ihm, sondern vielmehr an die beruhigende Stille danach, wenn sie sich an seine Brust kuschelte und beide an einer Zigarette nuckelten. Es war ein Gefühl der Geborgenheit, das sie so noch nie kennengelernt hatte.

»Ich möchte dich jeden Tag spüren, nicht nur einmal die Woche!« Manuela schlug mit der Faust auf die Schreibtischplatte, und die Wut kehrte zurück. »Du fehlst mir so! Ich mache das alles doch nur, weil ich dich so schrecklich lieb hab«, sagte sie plötzlich mit weinerlicher Stimme, denn sie spürte eine schmerzliche Abhängigkeit von seinen Berührungen, die sie zum Leben brauchte wie das Wasser.

Und die sie auch bekommen würde, egal auf welche Weise.

»Du glaubst wohl, du hast leichtes Spiel mit mir? Aber täusche dich nicht. Ich vernichte dich. Jedem erzähle ich von deinen Perversionen. Ich werde auch behaupten, dass du mich geschlagen und beinahe umgebracht hast. Dann kannst du dir die Kugel geben oder in den Teufelsspalt springen.«

Das war ein guter Anfang, ihre Wut zu kanalisieren, fand Manuela und wollte gerade weiterschreiben, als die Tür mit Schwung aufgerissen wurde und ihre Mutter Liesl eintrat. Sie trug eine farbverschmierte Latzhose und hatte eine Zigarette im Mundwinkel.

»Kannst du nicht anklopfen, wenn du in mein Zimmer kommst?«, fragte Manuela genervt.

»Schreibst du einen Roman?« Ohne auf Manuelas Frage einzugehen, deutete Liesl auf die zusammengeknüllten Blätter auf dem Boden.

»Ach, das ist nur der Text für ein Referat«, erwiderte Manuela nervös und spürte, wie sie rot wurde.

»Du bist doch so klug, seit wann überlegst du so viel für einen Vortrag?« Liesl hockte sich auf den Boden und griff nach einem Papierknäuel.

»Lass das liegen!« Manuela sprang auf und riss Liesl das Papier aus der Hand. Mit dem Ellbogen stieß sie ihre Mutter so heftig zur Seite, dass diese nach hinten plumpste.

»Sag mal – spinnst du!«, zischte Liesl und rappelte sich wieder auf. »Ich bin deine Mutter und möchte verdammt noch mal wissen, was du da schreibst!«

»Das geht dich nichts an!« Mit dem Fuß schob Manuela den Papierhaufen zusammen und griff dann hektisch nach einem Blatt, das Liesl gerade vom Boden aufhob.

»*Du fehlst mir so! Ich mache das alles doch nur, weil ich dich so schrecklich lieb hab*«, zitierte Liesl laut aus einem Absatz.

»Gib her!« Manuela riss ihrer Mutter das Blatt aus der Hand, und steckte es schnell in ihre Hosentasche.

»Schreibst du Adrian so schwülstige Briefe?«

»Ja, und er liebt meine Worte«, log Manuela. Zum Glück kam ihre Mutter nicht auf den Gedanken, dass es auch noch andere Liebhaber für ihre Tochter geben könnte. Nicht auszudenken, wenn sie davon erfahren würde.

»Vielleicht sollte ich Adrian einmal porträtieren? Er ist ein so hübscher Junge.«

Manuela erstarrte. Sie kannte ihre Mutter und wusste, was sie mit den männlichen Models nach dem Porträtieren so trieb. Sie verachtete und bewunderte sie gleichzeitig dafür. Seit Manuela zurückdenken konnte, lebte sie mit Liesl und deren wechselnden Liebhabern alleine. Einen Vater gab es nie und er wurde auch nie erwähnt. Deshalb fühlte sich Manuela zu älteren Männern hingezogen. Liesl war Mitte vierzig, und Manuela hatte von ihrer Mutter das gute Aussehen geerbt. Aber leider nicht das Selbstbewusstsein. Was Liesl zu viel hatte, das fehlte Manuela.

»Für Adrian bist du viel zu alt. Der steht nur auf junge Mädchen wie mich«, erwiderte sie dann mit einem hämischen Unterton in der Stimme, um ihre Mutter zu kränken.

»Mal sehen, vielleicht lasse ich es auf einen Versuch ankommen. Den Jungen kriege ich mit links«, erwiderte Liesl und schnippte mit den Fingern. »Wollen wir wetten?«

Manuela spürte ihr Herz heftig pochen, und in ihrem Bauch rumorte es. Sie stemmte die Fäuste in die Hüften und zischte: »Wenn du das versuchst, bringe ich dich um!«

KAPITEL DREIZEHN

Ich hatte das Gefühl, als würde sich die ganze Welt gegen mich stellen. Nicht nur, dass sich viele Dunkelsteiger wünschten, ich würde verschwinden, sondern jetzt sagte auch Mutter ganz unverblümt, ich solle nach Berlin zurückkehren. Aber je größer der Widerstand gegen mich war, desto stärker wurde mein Drang, endlich die Wahrheit über Manuelas Verschwinden ans Tageslicht zu bringen. Im Augenblick brauchte ich dringend frische Luft, um mich an den Gedanken zu gewöhnen, dass es auch noch eine andere Manuela gab, von der ich keine Ahnung gehabt hatte. Hastig schluckte ich zwei Aspirin hinunter und spülte mit einem Glas Wasser nach. An der Garderobe griff ich nach dem alten Anorak und huschte dann zur Tür hinaus.

Im ersten Moment hatte ich keine Ahnung, wohin ich mich treiben lassen sollte. Es war ein grauer Tag, und planlos stieg ich den steilen Hang hinter dem Haus hoch, vorbei an der halb fertigen Garage, auf der noch immer das provisorische Wellblechdach thronte. Die unverputzten

Ziegel waren mit den Jahren dunkel geworden, und irgendwann würde der Bau in sich zusammenstürzen und damit auch die letzte Erinnerung an meinen Vater.

Wie von selbst führte mich mein Weg hinauf in Richtung Berge. An einer Wegkreuzung blieb ich stehen und blickte umher. Aus dem Nebel schälte sich ein Baum hervor, dessen Rinde von der Feuchtigkeit ganz schwarz war und der wie ein Totempfahl wirkte. An seinen Stamm hatte man mehrere Wegweiser genagelt, die von grünem Moos überzogen waren und in unterschiedliche Richtungen zeigten. Ich trat näher, um die verwitterte Schrift darauf zu entziffern. Ein Pfeil wies den steilen Pfad durch den Wald nach oben. Die in das Holz geschnitzten Buchstaben hatte erst kürzlich jemand mit roter Farbe ausgemalt und noch ein paar künstlerische Farbspritzer dazu gegeben, die wie Blutstropfen aussahen: *Teufelsspalt*.

Der Weg schlängelte sich in Serpentinen den Hang hinauf, die man extra für ungeübte Bergwanderer angelegt hatte. Früher hatte es nur einen steilen Forstweg hinauf in die Berge gegeben, auf dem die Waldarbeiter die gefällten Baumstämme wie auf einer Bobbahn ins Tal hinunterrasen ließen. Wenn man Pech hatte und das Tuten der Warnsirene überhörte, wurde man von den nach unten schießenden Baumstämmen zermalmt. Als Kinder hatten wir uns immer die wildesten Geschichten über von Bäumen geköpfte Wanderer ausgedacht, aber meinem Wissen nach war erst ein Mann dabei verletzt worden. Doch jetzt gab es keine großflächigen Baumschlägereien mehr, das ganze Gebiet stand unter Naturschutz, wurde aufgeforstet, und nur noch abgestorbene Bäume durften gefällt werden.

Auch in dieser Gegend hatte der Föhn den frühen Schnee weggeschmolzen, alles wirkte leb- und trostlos. Die auf dem Boden liegenden Äste waren schwarz verfault, die Erde matschig und die kahlen Äste der Bäume ragten wie Skelette aus dem Nebel. Dann wurde der Wald lichter, graue Felsen brachen wie Geschwüre aus dem aperen Boden, die Bäume verschwanden. Bald gab es nur noch knorrige Büsche und Gestrüpp, das sich gegen Geröll und Felsen behaupten musste.

Der Weg führte jetzt an einer steilen Felswand vorbei, die einen leichten Überhang hatte, der sich wie ein Tunneldach über den Pfad spannte. Plötzlich hörte ich ein Geräusch, und ein Stein fiel auf den Weg. Reflexartig zog ich mir die Kapuze über den Kopf und beschleunigte meinen Schritt. Unruhig warf ich immer wieder einen Blick zu allen Seiten. War da jemand, der mir nachstellte? Hatte nicht auch Adrian erwähnt, dass er sich verfolgt fühlte? Oder war das nur einer seiner Späße gewesen? Plötzlich erblickte ich einen Schatten, der wie ein Gecko die Wand emporhuschte. Ich blieb wie angewurzelt stehen und legte den Kopf in den Nacken. In diesem Moment begann die Umgebung zu flackern wie bei einem alten Film. Das geballte Misstrauen, das mir entgegenschlug, stresste mich zunehmend. Ich konzentrierte mich auf meine Atmung und presste die Fingerspitzen an meine Schläfen, schloss die Augen, um das Blitzen und Flackern zu kontrollieren. Steine kollerten die Felswand hinunter, und ein großer Brocken schlug knapp neben mir auf den Boden.

Wie festgewachsen starrte ich auf die Felsen, konnte mich weder vor- noch zurückbewegen. Deutlich sah ich eine Gestalt in einer weißen Sportjacke, die wie eine Spinne in der Wand hing. Ein Windstoß wehte ihr die blonden Haare über die Schultern, und für einen Augenblick dachte ich, dass es Manuela wäre. Aber das konnte nicht sein, es war dieses Mädchen, deren übernatürliche Erscheinung mich seit meiner Ankunft in Dunkelsteig verfolgte.

War das Wirklichkeit oder bildete ich mir das bloß ein? Machten mich dieser Ort, diese Berge wahnsinnig? Vielleicht sollte ich dem Rat meiner Mutter folgen und einfach wieder nach Berlin zurückkehren. Diese ungesunde Beschäftigung mit Manuela, diese bohrenden Schuldgefühle, die mich seit vielen Jahren heimsuchten, hier in Dunkelsteig wurde plötzlich alles so lebendig.

Ich zwang mich, nicht weiter auf die Felswand zu starren. Doch dann bemerkte ich ein helles Bündel, das auf dem Boden lag. Ich bückte mich, um den Sack genauer in Augenschein zu nehmen. Es war ein brauner Jutebeutel mit einem aufgedruckten lachenden Buddha und einer Sanskrit-Schrift. Jemand musste ihn vergessen haben. Gerade als ich ihn öffnen wollte, flatterte eine schwarze Alpenkrähe wütend auf mich zu und versuchte, mich mit ihrem spitzen roten Schnabel zu piksen. Vor Schreck ließ ich den Sack fallen, und der Inhalt verstreute sich auf dem Boden.

Ich erblickte ein Handy, den Flyer eines Klettergartens in den Dolomiten, eine Windjacke, einen Müsliriegel, eine Dose mit einem Energydrink und das Polaroid-Foto einer Frau, die ich nicht kannte. Zuletzt kam noch ein Säckchen mit weißem Pulver zum Vorschein.

»Hallo, was machst du da mit meinen Sachen!«, hörte ich mit einem Mal eine weibliche Stimme knapp über mir rufen. »Fritz, aufhören!«, kommandierte sie die Krähe, die augenblicklich von mir abließ und sich in einiger Entfernung auf einen Baumstrunk setzte.

Ich sprang auf und sah die Gestalt die Felswand hinunterklettern. Sie hing wie eine Spinne in der Wand und schob sich geschickt mit den Fingerspitzen und Zehen vorwärts.

Jetzt erkannte ich, dass es eine junge Frau in einem hellen Sweatshirt und dunklen Leggins war. Das blonde Haar hing ihr strähnig über den Rücken, und an ihren Armen zeichneten sich die geschwollenen Adern ab. An den Füßen trug die Frau Gummischuhe, mit denen sie sich in den Felsspalten festhalten konnte.

»Ich habe dich was gefragt!«, rief sie zu mir herunter und suchte mit dem Fuß Halt auf einem vorspringenden Stein. Als sie sich mit beiden Füßen auf den Vorsprung stellte, brach dieser plötzlich unter ihrem Gewicht, und sie sackte nach unten. Noch hielt sie sich mit einer Hand an einem Felsvorsprung und schwang vor und zurück wie das Pendel einer Uhr. Die Situation wirkte gefährlich, doch mit einer erstaunlichen Kraftanstrengung zog sich die Frau an einem Arm hoch, bis sie mit den Zehen wieder Halt gefunden hatte. Dann kletterte sie langsam weiter, sprang die letzten Meter ab und landete elegant neben mir auf dem Boden.

»Man darf sich eben nie ablenken lassen. Das kann in den Bergen tödlich sein«, murmelte sie atemlos und wischte sich die mit Kletterkreide verschmierten Finger an den Oberschenkeln ab. »Ich dachte, du wolltest meine Tasche klauen. Deshalb war ich unachtsam.«

»Dein Sack lag am Boden, aber die Krähe hat ihn verteidigt«, antwortete ich und musterte die junge Frau. Sie hatte ein hübsches Gesicht mit grünlich leuchtenden Augen, war ein wenig kleiner als ich und vielleicht zwanzig Jahre alt. Aus der Nähe betrachtet, hatte sie eine gewisse Ähnlichkeit mit Manuela, und auch die Art, wie sie ihre Haare nach hinten warf, erinnerte mich daran. Kurz hatte ich das Gefühl, als wäre die Zeit stehen geblieben. Ich war wieder jung und traf Manuela wie so oft auf dem Pfad zum Teufelsspalt. Lächelnd streckte mir die junge Frau ihre Hand entgegen.

»Hallo, ich bin Hannah und eine waschechte Dunkelsteigerin«, sagte sie mit einem gewissen Stolz. »Und das ist Fritz, meine zahme Alpenkrähe. Ich habe ihn großgezogen. Seitdem sind wir unzertrennlich.« Sie gab dem Vogel ein Zeichen. Die Krähe breitete ihre Flügel aus und ließ sich elegant auf der Schulter von Hannah nieder.

»Wirklich? Ich habe dich früher nie hier gesehen. Wer sind deine Eltern?«

»Meine Mutter ist Elisabeth Resch und meinen Vater kenne ich nicht.«

»Ach, du bist die Tochter der schönen Sissi«, erwiderte ich überrascht. Natürlich kannte ich Sissi. Sie war ein paar Jahre älter als ich und hatte früher in der Fleischhauerei gearbeitet. Sie und Manuela waren die Stars von Dunkelsteig gewesen und trugen früher einen geheimen Wettkampf aus, wer von beiden schöner war.

»Ha, schön ist sie nicht mehr«, lachte Hannah. »Aber du hast vor über zwanzig Jahren Dunkelsteig verlassen, Felicitas. Ich bin erst später hier zur Welt gekommen. Außerdem war ich immer schon sehr schüchtern.«

»Hier beim Klettern machst du aber einen sehr toughen und selbstbewussten Eindruck, und dein kleiner Freund beschützt dich«, erwiderte ich nachdenklich. Ich hatte ein eigenartiges Bauchgefühl, irgendetwas zog mich zu Hannah hin, doch ich blieb wachsam und vorsichtig.

»Beim Klettern bin ich ganz ich selbst«, antwortete Hannah, während sie ihre Windjacke überstreifte. »Dabei lasse ich das Böse weit unter mir zurück.«

KAPITEL VIERZEHN

Ich wartete, bis Hannah die Sachen in ihrem Jutebeutel verstaut hatte, und studierte sie dabei unauffällig.

»Was ist?« Genau wie Manuela hatte sie ein einnehmendes Lächeln, das sie noch attraktiver aussehen ließ.

»Ich habe dich in den letzten Wochen hier nie gesehen«, stellte ich fest und wendete den Blick von ihr ab. War die Ähnlichkeit mit Manuela wirklich vorhanden, oder bildete ich mir das alles bloß ein?

»Das kann gut sein, denn ich war in letzter Zeit viel unterwegs«, meinte Hannah ausweichend. »Musste mich um mein kleines Geschäft kümmern.«

»Was machst du denn?«

»Wonach siehts denn aus?«, erwiderte Hannah einsilbig und schulterte ihren Beutel.

»Ich würde meinen, dass es mit Klettern zu tun hat«, schlussfolgerte ich.

»Bingo. Ich habe in Dunkelsteig gerade einen Klettershop eröffnet.

»Wieso ausgerechnet in Dunkelsteig? Dieser Ort ist das Letzte«, konnte ich mich nicht zurückhalten.

»Finde ich nicht. Ich mag die Berge, und hier bin ich zu Hause. Das ist meine Heimat«, erwiderte Hannah und schob trotzig das Kinn vor. »Ich kann jetzt verstehen, dass die Leute im Wirtshaus oft schlecht über dich reden, wenn du so über Dunkelsteig denkst.«

»Ich habe das nicht so gemeint«, lenkte ich ein. »Für mich ist dieser Ort eben nichts. Tut mir leid.«

»Muss es nicht.«

»Wie kommst du an neue Kunden?«, wechselte ich schnell das Thema und blickte Hannah fragend von der Seite an. Ich konnte mir nur schwer vorstellen, dass irgendjemand im Ausland jemals von Dunkelsteig gehört hatte.

»Freeclimber sind immer auf der Suche nach neuen Herausforderungen. Von den Salzburger Bergen ist viel in den Climbing-Magazinen zu lesen. Ich habe einige Videos von Freeclimbern hier in den Bergen ins Netz gestellt und poste Werbung auf meiner Instagram-Seite.«

»Verstehe«, sagte ich. »Aber sind die Berge wirklich so spektakulär? Da gibt es doch sicher weit anspruchsvollere Routen.«

»Die Climber kommen nicht wegen der Schwierigkeitsgrade hierher, sondern wegen einer ganz bestimmten Location. Darüber wird in unseren Foren viel diskutiert.«

»Was für eine Location?«, fragte ich neugierig.

»Na der mystische Teufelsspalt. Dort, wo deine Freundin vor zwanzig Jahren verschwunden ist und kürzlich dein Mann.«

»Mein Ex-Mann«, stellte ich klar. »Du bist ziemlich gut informiert.«

»Wirtshaustratsch.« Hannah zuckte mit den Schultern.

»Hätte ich mir denken können«, erwiderte ich. »Und was wird in den Kletterforen darüber diskutiert?«

Hannah blieb stehen und musterte mich von der Seite. »Na ja, es ist so eine Art Mutprobe, in den Spalt zu klettern und nicht zu wissen, ob man wieder zurückkehrt. Du fragst aber eine ganze Menge.«

»Sorry, ist eine Berufskrankheit. Ich bin Journalistin. Aber das weißt du sicher auch. Komm, ich begleite dich zurück ins Dorf«, antwortete ich. »Man trifft nicht viele interessante Leute hier, deshalb bin ich auch so neugierig. Ich hoffe, es macht dir nichts aus.«

»Ist schon okay.« Hannah beschleunigte ihre Schritte, und Fritz flog in eleganten Kreisen um sie herum. Inzwischen hatten wir den Wald erreicht und liefen zügig die Serpentinen nach unten. Hannah war einige Schritte vor mir und wirkte in dem fahlen Licht tatsächlich wie das mystische Mädchen, das mir schon öfter erschienen war.

»Wusstest du, dass mein Name ein Palindrom ist?« Hannah drehte ihren Kopf nach hinten. »Man kann ihn von vorn und von hinten lesen.«

»Ich dachte mir schon so was«, erwiderte ich.

»Eigentlich heiße ich ja Johanna, aber Hannah passt besser zu mir«, redete sie munter weiter. »Das sind zwei Seiten einer Persönlichkeit, die auf den ersten Blick identisch sind.«

»So habe ich das noch nicht gesehen«, gab ich zur Antwort. »Es gibt also zwei Hannahs.«

»Ach, was rede ich für Blödsinn. Das kommt davon,

wenn man den ganzen Tag alleine in der Wand hängt.« Hannah lächelte fröhlich.

Mittlerweile hatten wir Dunkelsteig erreicht und schritten die Hauptstraße entlang. Hier im Dorf dämmerte es bereits, obwohl es erst früher Nachmittag war.

»Ich habe den Laden dort drüben gemietet.« Hannah deutete auf die Mayerische Stoffhandlung, die seit dem Tod der Besitzerin leer stand. Der Laden war seit den Fünfzigerjahren nicht mehr renoviert worden. Wie alle Häuser in Dunkelsteig, so hatte auch dieses Geschäft ein gemauertes Erdgeschoss und darüber eine Holzetage mit Balkon. Die frühere Besitzerin hatte allerdings die ländliche Fassade verändert und ein großes, von einem Messingrahmen eingefasstes Schaufenster und eine mit Spiegeln und Messingplatten verzierte Eingangstür einbauen lassen.

Hannah holte einen Schlüssel an einem roten geflochtenen Band aus ihrer Windjacke und sperrte damit die Tür des Ladens auf. Als der Schlüssel im Schloss steckte, schwang das rote Band vor und zurück. Wie paralysiert starrte ich darauf.

»Woher hast du dieses Freundschaftsarmband?«, fragte ich und versuchte, völlig ruhig zu klingen. Ein Band wie dieses hatte ich Manuela geschenkt, und zwar in jener Nacht, in der sie im Teufelsspalt verschwunden war. Es sah so täuschend ähnlich aus, dass ich den Blick nicht davon losreißen konnte. »Das Band gefällt mir.«

»Das ist doch nur ein Schlüsselanhänger.« Hannah blickte mich irritiert an. »Ist damit etwas nicht in Ordnung?«

»Es erinnert mich an ein Freundschaftsarmband von früher«, erwiderte ich.

»Kann schon sein. Der Anhänger ist von einem

Bekannten aus dem Ort. Ich habe die schlechte Angewohnheit, immer meine Schlüssel irgendwo liegen zu lassen. Deshalb hat er mir das Band geschenkt, das lässt mich nichts verlieren.«

Ich nickte stumm und ließ die Vergangenheit Revue passieren. Das Flechten von Freundschaftsbändern war ein Hobby von mir gewesen, und ich hatte einige davon an meine Freunde verteilt. Aber nur zwei rote Bänder waren dabei gewesen. Das mit dem blauen Faden bekam Manuela, das zweite mit dem schwarzen Faden schenkte ich Adrian, und ich fragte mich, weshalb er es Hannah gegeben hatte.

»Willst du meinen Laden sehen?«

Hannahs Frage riss mich aus meinen Gedanken. »Ja, warum nicht.«

Bereitwillig hielt mir Hannah die Tür auf, und ich schlüpfte hinein. Dunkel konnte ich mich an den Stoffladen der alten Mayerin erinnern. Es hatte nach Mottenkugeln gerochen, und jeder verfügbare Fleck war mit Stoffen, Knöpfen und Bändern angefüllt gewesen. Jetzt war der Laden leer bis auf die Theke und die Regale dahinter. In dem großen Schaufenster standen einige Puppen, die mit Seilen umwickelt waren und wie eine moderne Installation wirkten. Fritz flog zielgerichtet zu einer Schaufensterpuppe und ließ sich auf ihrem vorgestreckten Arm nieder. Von dort beobachtete mich die Krähe mit ihren schwarzen Knopfaugen. Überall auf dem Boden standen Fallen, und in einer hing der Kadaver einer toten Maus.

»Ich werde mir wahrscheinlich eine Katze zulegen«, meinte Hannah, die meinen Blick bemerkte, und schob den Kadaver mit dem Fuß hinter den Tresen. »Fritz frisst manchmal Feldmäuse. Er ist sehr wählerisch.« Dann deutete sie zu dem Schaufenster. »Die Puppen werden noch angezogen«, erklärte sie. »Ich möchte auch Kletterausrüstung verkaufen. »Dazu Helme und die dünnen Spiderboots für die Freeclimber. Natürlich mache ich auch noch einen Online-Shop auf.«

»Klingt alles sehr interessant«, meinte ich und bemerkte erst jetzt den Schlafsack, der auf dem Boden hinter dem Tresen lag.

»Schläfst du hier?«, fragte ich. »Warum nicht bei deiner Mutter?«

»Wir sind ein wenig über Kreuz und brauchen etwas Abstand. Aber vielleicht besucht mich auch mein Tinder-Freund, wer weiß.«

»Tinder-Freund? Das heißt, du kennst ihn nur übers Internet und hast ihn noch nie live gesehen?«, fragte ich verblüfft.

Ehe Hannah antworten konnte, wurde die Tür aufgerissen, und ein Mann trat in den Laden. Mit einer fahrigen Bewegung schob er sich seine Locken aus der Stirn.

»Ich habe Licht gesehen, da dachte ich …« Er stutzte, als er mich erkannte.

»Hallo, Addi.« Was für ein Zufall. Vor zwanzig Jahren hatte ich ihm das Freundschaftsarmband geschenkt, das jetzt an Hannahs Schlüssel baumelte. Sollte ich das erwähnen?

»Feli, das ist aber eine Überraschung. Ich dachte nicht, dich hier zu treffen«, erwiderte Adrian verlegen.

»So schnell sehen wir uns wieder.« Ich spürte, wie sich mein Herzschlag beschleunigte. Noch immer war es mir nicht gleichgültig, wenn Adrian auftauchte.

»Ich habe Felicitas beim Klettern getroffen.« Hannah blickte von Adrian zu mir. »Adrian war früher ein guter

Freund meiner Mutter. Jetzt hilft er mir bei den Behördengängen. Er hat mir auch diesen Laden vermittelt.«

›Das Gerücht ist also doch wahr gewesen, dass Adrian und Sissi etwas miteinander gehabt hätten.‹ Kein Wunder, Adrian sah gut aus, und noch immer wirkte er in seiner Passivität ausgesprochen anziehend für eine gewisse Art von Frauen. Auch ich war auf diesen coolen Charme angesprungen und spürte so etwas wie verspätete Eifersucht in mir hochkriechen.

»Ich muss dann wieder los«, meinte ich und zog mein Handy hervor. »Ich erwarte einen dringenden Anruf aus der Redaktion«, log ich, um mich aus der Affäre zu ziehen. In Wirklichkeit war mein Artikel schon mehr als überfällig, denn ich hatte bereits eine Deadline verstreichen lassen. Aber das brauchten die beiden ja nicht unbedingt zu wissen. »Ich wünsche dir viel Glück mit deinem Business«, sagte ich zu Hannah.

Mit einem freundlichen Lächeln schob ich mich an Adrian vorbei aus der Tür. Als ich hinaus auf die Straße trat, konnte ich mir eine letzte Bemerkung allerdings nicht verkneifen.

»Es ist schön, dass du mein Freundschaftsband all die Jahre behalten hast. Obwohl es sich nicht zum Schlüsselanhänger eignet.«

KAPITEL FÜNFZEHN

Ich hatte mir vorgenommen, endlich den Artikel über den hippen Alpen-Lifestyle fertigzustellen, und öffnete am Morgen meinen Laptop. Als ich meine Mails abrief, bemerkte ich sofort eine Nachricht vom Chefredakteur meiner Zeitung, der BAZ.

»Ja, ich weiß, ich habe die Deadline versäumt, aber heute kriegst du endlich deinen Artikel«, seufzte ich und öffnete die Mail.

Liebe Felicitas, danke, dass du uns in dieser schwierigen Zeit so selbstlos unterstützt. Deine Kündigung bedeutet für uns eine finanzielle Entlastung und so trägst du dazu bei, dass wir auch weiterhin Qualitätsjournalismus betreiben können. Dein Ausscheiden aus dem Redaktionsteam tut uns sehr leid, und es entsteht eine große Lücke im investigativen Journalismus. Wir danken dir für deine vielen profunden Artikel und die gemeinsamen Jahre. Im Namen des gesamten Redaktionsteams wünsche ich dir nun das Allerbeste für deinen neuen

Lebensabschnitt und sage toi, toi, toi, dass dein Romanprojekt von Erfolg gekrönt wird. Gezeichnet: Nick Molte, Chefredakteur

Mit offenem Mund starrte ich auf die Zeilen, las immer wieder das Wort *Kündigung*. »Das muss ein Missverständnis sein«, murmelte ich und spürte, wie mir der Schweiß ausbrach. ›Oder ist das eine besonders perfide Strategie, um mich loszuwerden?‹ Spontan tippte ich eine Antwortmail, indem ich von einem Irrtum sprach. Kurz darauf trudelte die Antwort von Rieke aus der Buchhaltung ein. Auch sie gratulierte mir zu meinem Entschluss, einen Roman zu schreiben. Im Anhang schickte sie mir die Kopie meiner Kündigungsmail, die Abmeldung vom Dienstverhältnis und den Beleg für eine letzte ausstehende Zahlung in Höhe von dreihundert Euro.

»Ich habe keine Kündigung geschrieben«, stöhnte ich und hätte am liebsten das Notebook aus dem Fenster geworfen. »Das darf doch nicht wahr sein.«

Mit schweißnassen Händen griff ich nach meinem Handy, wählte die Nummer der Redaktion, zögerte aber dann, dort anzurufen. Ich wusste natürlich, dass ich keine Chance auf Wiedereinstellung hatte, nicht bei der finanziellen Schieflage der Zeitung. Doch wer hatte die Mail in meinem Namen geschrieben? Die Nachricht war eindeutig von meinem Account gesendet worden. Ich zermarterte mir den Kopf, wer in letzter Zeit mein Notebook benutzt hatte, aber außer Mutter, der ich einige Fotos gezeigt hatte, war niemand auch nur in die Nähe des Geräts gekommen.

Plötzlich wurde mir übel, ich stürzte ins Bad. Als ich meinen ganzen Frust herausgekotzt hatte, wankte ich zum

Waschbecken, stützte mich mit den Händen auf und blickte mit blutunterlaufenen Augen in den Spiegel.

»Was, wenn ich die Mail doch selbst geschrieben habe?«, flüsterte ich meinem verstörten Ich zu. »Bin ich vielleicht dabei, verrückt zu werden und weiß nicht mehr, was ich tue?«

Ich musste unbedingt mit jemandem darüber sprechen, doch es fiel mir niemand ein. Adrian und Johannes hielten mich ja jetzt schon für manisch wegen meiner Obsession, die Vorgänge rund um Manuelas Verschwinden aufzudecken. Und Mutter würde sich an die klaren Fakten halten: »Du hast gekündigt, also steh auch dazu. Wovon handelt denn dein Roman?«

Gute Frage, ich hatte nie vorgehabt, ein Buch zu schreiben. Die ganze Situation war so schlimm, als hätte man mir den Boden unter den Füßen weggezogen. Ich musste mir diese beschissene Situation in Ruhe durch den Kopf gehen lassen, und dafür war Manuelas Grab der geeignete Ort.

Hastig kleidete ich mich an, schlüpfte in Mutters altmodische Winterstiefel, zog Vaters beigen Anorak an und fühlte mich in dieser Verkleidung, als würde ich mein bisheriges Großstadt-Ich langsam auslöschen. Mit finsterer Miene schlich ich aus dem Haus und marschierte nach Dunkelsteig, das, zwischen den Bergen eingekesselt, wie ein Gefängnis auf mich wirkte und von dem ich mich nicht befreien konnte.

Während ich die Kündigungsmail immer wieder vor mich hin betete, stand ich mit einem Mal vor dem neuen Blumenladen, den eine Dorfbewohnerin im ehemaligen Postamt eröffnet hatte. Ich blieb kurz stehen und spähte durch die kleinen Fenster. Mein Blick blieb an einem Regal hängen, das mit blauen Blumen dekoriert war. Spontan trat ich ein.

»Grüß dich! Ich möchte bitte Vergissmeinnicht«, sagte ich bestimmt und zeigte auf die Blumentöpfe.

»Wie viele willst du, Felicitas?«, fragte die Verkäuferin freundlich. In diesem Ort kannte jeder jeden, und es hatte sich natürlich herumgesprochen, dass ich noch immer hier war.

»Alle.«

»Wie hübsch. Ein Beet mit Vergissmeinnicht. Schieß ein Instagram-Foto davon und tagg mich mit *Hashtag Dorfblüte*. So heißt mein Laden.«

»Das poste ich gern.« Ich bezahlte und verließ mit einem großen Sack den Laden. Der Föhnwind heulte unvermindert durch den Ort, und ich hatte plötzlich rasende Kopfschmerzen, als ich den Hügel hochging, wo sich der Dunkelsteiger Friedhof befand. Dort waren bereits zwei Menschen begraben, die in enger Beziehung zu mir standen. Auf der rechten Seite beim Eingang befand sich das Grab meines Vaters Franz, das ich zunächst besuchen wollte. Ich schleppte meinen Sack zu dem mit frischer Erde bedeckten Rechteck und riss Mutters gepflanzte Büsche aus dem harten Boden. Dann zog ich meine Vergissmeinnicht aus den Töpfen und grub sie mit einer Schaufel in die Erde. Als ich mit meinem Werk fertig war, stand ich auf und blieb schwer atmend vor der blauen Pracht stehen.

»Mutter hat mir alles gestanden. Deshalb haben wir beide uns auch so gehasst. Ich war dafür verantwortlich, dass du in Dunkelsteig als Lehrer versauert bist, anstatt in Wien als Philosoph gefeiert zu werden. Aber ich war doch ein kleines Kind und konnte nichts dafür. Es war dein Leben, das du verpfuscht hast. Du bist selber schuld gewesen.« Als ich geendet hatte, wischte ich mir mit einem Taschentuch eine einzelne Träne aus den Augenwinkeln. Väter und Töchter, das war häufig eine toxische Konstellation.

Deutlich erinnerte ich mich an Vaters Worte, als er die von mir liebevoll gepflanzten Vergissmeinnicht im Gartenbeet entdeckte: »Die blaue Blume ist ein Symbol für die Sehnsucht nach einem neuen Bewusstsein und nach neuen Horizonten. Hier in Dunkelsteig finde ich beides nicht. Deshalb hasse ich Vergissmeinnicht.« Ohne Vorankündigung schlug er auf die Blumen ein, köpfte sie, sprang auf und trampelte wie verrückt auf den blauen Blüten herum, bis nichts mehr von ihnen übrig blieb. Als er damit fertig war, knallte er den Spaten auf den Boden und verschwand in seiner Werkstatt.

»Jetzt schläfst du in einem Bett aus blauen Blumen«, sagte ich zu dem schlichten Holzkreuz, das in der Erde steckte. Dann zückte ich mein Handy und machte ein Foto vom Grab meines Vaters.

Ich fühlte mich schon ein wenig besser und schritt zwischen von der Witterung schwarz gefärbten Engeln zu Manuelas Grab. Nach langen Jahren der Ungewissheit hatte sich ihre Mutter Liesl schließlich doch dazu durchgerungen, ihre Tochter für tot zu erklären. In einer bizarren Zeremonie hatte man einen leeren Sarg beerdigt, anschließend hatte der Pfarrer ein paar Worte gesprochen. Außer Manuelas Mutter waren nur Adrian, Johannes, der Pfarrer Thomas und ein paar alte Gräberweiber anwesend gewesen. Das hatte mir Johannes bei Vaters Begräbnis vor ein paar Wochen erzählt.

Der Grabstein war durch Schnee und Regen schon ziemlich unansehnlich geworden. Die in den Stein gefräste Orchidee und Manuelas eingelassenes Porträt waren beinahe völlig unter dem Schmutz verschwunden. Vorsichtig wischte ich mit dem Ärmel das Foto sauber. Es zeigte Manuela, wie wir sie kannten. Fröhlich lächelnd und mit blitzenden Augen. Ihr ganzes Gesicht schien laut in die Welt hinauszuposaunen: »Das Leben ist schön!«

Ich schob die Hände in die Taschen des Anoraks und setzte mich auf die kleine Bank vor ihrem Grab.

»Was ist nur aus uns geworden, Manu?«, begann ich. »Du bist seit zwanzig Jahren verschwunden, und ich habe den Boden unter den Füßen verloren. Seit damals bin ich nur auf der Flucht und habe jetzt Angst, mich zu verlieren. Habe ich ein anderes Ich – so wie du? Gibt es eine düstere Felicitas, auf der ein Fluch lastet?«

Ich lauschte auf ihre Antwort, doch stattdessen sah ich das Mädchen in Weiß aus der Kapelle huschen. Ein Windstoß wirbelte ihr Kleid hoch, und wie mit Flügeln schwang sich das blonde Wesen in die Luft, wies mit ausgestreckten Armen ins Gebirge, wo sich der Teufelsspalt befand. Dort würde ich die Antwort finden.

Seufzend steckte ich wieder die Hände in die Taschen des Anoraks. Mit den Fingerspitzen tastete ich über ein Papier und zog es heraus. Es war ein Brief von Manuela, doch wie kam er in die Jacke meines Vaters? Hatte ich ihn unbewusst eingesteckt? Mit der Handfläche glättete ich das Papier und begann zu lesen:

Mein Brummbär, ich kann es kaum erwarten, mit dir allein zu sein und das Leben zu genießen. Wann verlässt du endlich deine dumme Familie. Du liebst doch nur mich, oder? Versprich es mir, sonst …

Ich ließ das Papier sinken und streckte den Kopf in den Nacken. Der Himmel war blau und durch den Föhn so niederdrückend nahe, dass ich glaubte, ihn mit den Fingerspitzen zu erreichen. Schwarze Alpenkrähen stolzierten zwischen den Gräbern umher und pickten mit ihren spitzen, roten Schnäbeln Würmer und Maden aus der Erde.

Ich drehte das Blatt um und las weiter.

Einmal war ich mit Feli oben beim Teufelsspalt und wir blickten in den Abgrund hinunter. Plötzlich hatte ich das Gefühl, als würde sich Feli wünschen, dass ich einen Schritt nach vorn mache und ins Nichts stürze. Kennst du Augenblicke wie diesen, mein Brummbär? Wenn sich ein Mensch, dem man bedingungslos vertraut, plötzlich in eine andere Person verwandelt, die man nicht mehr erkennt und vor der man zurückschreckt?

Eine heftige Bö fegte über die Gräberreihen, erfasste den Brief, ehe ich reagieren konnte, und wehte ihn den Kiesweg entlang. Hastig sprang ich auf und versuchte, das Papier wieder zu erwischen, doch der Wind trieb es wie bei einem Spiel vor mir her, und jedes Mal, wenn ich es fast erreicht hatte, wirbelte es hoch in die Lüfte und flatterte schließlich aus meiner Reichweite über die Gräberreihen zum Eingang.

Das eiserne Tor des Friedhofs öffnete sich quietschend, und eine dunkle Gestalt mit Hut und Wetterfleck trat zwischen die Gräber. Der Mann bemerkte das Blatt Papier und fixierte es mit seinem Schuh auf dem Boden. Dann warf er einen fragenden Blick in meine Richtung, ehe er sich bückte und den Brief aufhob.

KAPITEL SECHZEHN

Damals – Grafinger

Bezirksinspektor Leo Grafinger verließ den Polizeiposten und machte sich auf den Heimweg. Es war erst früher Nachmittag, aber trotzdem brannten in den Häusern von Dunkelsteig bereits die Lichter. Der Beamte schob sich die Dienstmütze ins Genick und blickte nach oben in den von weißen Schlieren durchzogenen Winterhimmel.

»Blumen für den Inspektor?«, hörte er eine Stimme und sah sich um. Neben dem Postamt stand Martha, das Kind einer Taglöhner-Familie, die sich mit dem Binden bunter Sträuße etwas dazuverdiente. Obwohl es empfindlich kalt war, trug sie nur eine löchrige Strickjacke, und ihre Lippen waren bereits blau angelaufen.

»Warum nicht. Gib mir den bunten Blumenstrauß da«,

sagte er zu Martha und deutete auf einen Bund mit leuchtenden Blüten.

»Gibts was zu feiern?«, fragte Martha neugierig, während sie den Strauß einwickelte. »Ihre Gattin kann sich glücklich schätzen, einen solchen Mann zu haben«, schwärmte sie und reichte Grafinger den hübsch eingewickelten Blumenstrauß.

»Ich möchte meine Frau überraschen und mich entschuldigen. Ab heute wird alles anders«, murmelte Grafinger, während er seine Börse aus der Uniformjacke zog und das Geld abzählte. »Der Rest ist für dich. Kauf dir mal eine ordentliche Daunenjacke.«

»Wie großzügig von Ihnen, Herr Revierinspektor.« Martha machte einen angedeuteten Knicks. »Grüße an die liebe Gattin.«

»Sie hat Blumen verdient.« Der Inspektor dachte an den letzten Abend, an dem ein Streit eskaliert war und er sich nicht unter Kontrolle gehabt hatte. Obwohl er ein ausgeglichener Mensch war, schaffte es Klara immer wieder, in ihm eine andere, eine dunkle Seite zu wecken.

Das kleine Haus seiner Familie lag nahe beim Dorfplatz von Dunkelsteig. Der Blick vom Wohnzimmer ging zur Kirche und zu der schroffen Felswand, deren Schatten das Haus in den Boden drückte. Vom Schlafzimmer aus auf der Rückseite hatte man die Berge so nahe, dass der Raum in einem ständigen Dunkel lag und man oft nicht wusste, ob es Tag oder Nacht war.

»Grüß euch, ich bin wieder da!« Grafinger warf die Tür hinter sich ins Schloss und legte den Schlüssel auf das Bord. Erst jetzt fiel ihm auf, dass es im ganzen Haus finster war.

»Klara?«, rief er in das Dunkel hinein.

Stille. Es war eine beunruhigende Stille wie vor einer

Katastrophe, wenn die Vögel plötzlich verstummen und die Natur den Atem anhält. Genauso wirkte es in dem Raum. Das leere Haus verhöhnte ihn und die Wände schwiegen. Weder Klara noch das Kind waren zu hören. Grafinger nahm die Dienstmütze ab und hängte sie auf den Haken. Dann schlüpfte er aus der Uniformjacke und trat in das Wohnzimmer. Er schaltete das Licht an und blickte sich um. Die Kissen waren aufgeschüttelt und die Bücher im Regal der Größe nach geschlichtet. Doch etwas war anders. Der Beamte strich sich den schwarzen Schnauzbart und blickte umher. Da sah er den Bilderrahmen auf dem Boden. Das Glas war zerbrochen und das Verlobungsfoto von ihm und Klara fehlte. Er brauchte nicht lange, um es zu finden. Es lag in zwei Hälften zerrissen auf dem Couchtisch. Erst jetzt wurde Grafinger bewusst, dass etwas Endgültiges geschehen war, und sein Herz zog sich zusammen.

»Mach das nicht, Klara«, stöhnte er und schlug den Blumenstrauß wütend auf den Couchtisch. Blüten segelten durch den Raum und verteilten sich wie ein bunter Teppich auf dem Boden. Er atmete tief durch und griff nach einem Fotorahmen, der im Regal stand. Es zeigte die ganze Familie. Lange blickte Grafinger auf die Aufnahme, dann schleuderte er sie gegen die Wand. Mit einem hellen Klirren zersprang das Glas, und die Splitter flogen wie feiner Sternenstaub durch die Luft.

»Das kannst du mir nicht antun.« Er knirschte mit den Zähnen und hätte am liebsten alle Bücher aus dem Regal gefegt. Doch dann stieg ihm der Duft nach frischem Essen in die Nase. Wie ferngesteuert tappte er in die Küche.

Auf dem Herd köchelte eine Suppe und im Rohr stand eine Backform. Verwundert legte Grafinger die Blumenreste auf den Tisch und schlurfte zum Herd. Hob den Deckel und sog tief den Duft der Fleischstrudelsuppe ein. Dann bückte er sich und öffnete das Backrohr. »Schinkenfleckerl«, murmelte er nach einem Blick in die Backform. »Mein Lieblingsessen. Wo seid ihr?« Beunruhigt trat er aus der Küche und stieg die Treppe zum Schlafzimmer hoch. Aber auch dieser Raum war leer. Die Betten waren frisch bezogen und die hübsche Tagesdecke darübergebreitet. Doch keine Spur von seiner kleinen Familie. Grafinger stieg die nächste Treppe hoch und betrat sein Arbeitszimmer in der Dachschräge. Vom Fenster aus sah er die erdrückend nahen Felswände und erahnte den letzten Rest Sonne auf den schneebedeckten Gipfeln. Doch hier im Tal kroch bereits die Dunkelheit aus ihrem Versteck, legte sich wie ein schwarzer Mantel über die Täler und erstickte alles Leben darunter.

»Wo bist du nur, Klara?«, zischte Grafinger. Er ballte die Fäuste und stützte beide Hände auf der Schreibtischplatte auf. Weit oben bei den Ausläufern der Berge entdeckte er plötzlich eine Bewegung. Grafinger nahm seinen Feldstecher vom Schreibtisch und stellte ihn scharf. Kein Zweifel, dort oben stapften zwei Personen durch den Schnee. Eine Frau und ein Kind. Die Frau trug einen Rucksack, während das Kind Schneeschuhe an den Füßen hatte.

»Ihr könnt mich doch nicht alleine lassen!« Er hastete aus dem Zimmer zur Stiege, nahm zwei Stufen auf einmal, stolperte in der Hektik, krallte sich am Geländer fest, versuchte, den Sturz zu verhindern, aber der hölzerne Handlauf brach unter seinem Gewicht, und er krachte die Treppe nach unten. Dort lag er benommen einige Sekunden, ehe er sich wieder aufrappelte und schwankend auf die Beine kam. Ein stechender Schmerz im Knöchel durchzuckte ihn. Stöhnend hinkte er in den Flur, griff nach seiner Jacke, steckte eine Taschenlampe ein und verließ sein Haus.

Mühsam stapfte er durch den Schnee, der verletzte Knöchel pochte wie verrückt, doch er unterdrückte den Schmerz. Als er den Wald erreichte, war es fast vollständig dunkel geworden, der Himmel färbte sich purpurn, und die winterliche Stille war überwältigend. Grafinger schaltete seine Taschenlampe ein und bahnte sich wie ein verwundetes Raubtier seinen Weg durch das Unterholz. Das Pochen in seinem Knöchel war in einen gleichmäßigen Schmerz übergegangen, der ihn unablässig vorwärtstrieb. Seine Taschenlampe warf ihren hellen Schein über die Spuren im Schneeteppich, die von Klara und dem Kind stammten. Der Teufelsspalt war nicht mehr weit entfernt, und Grafinger konnte die mystische Aura bereits spüren. Mit einem Mal tauchte ein schwarzer Gedanke in seinem Kopf auf, breitete sich aus, und er wusste, dass er zu spät kommen würde, dass er diesmal übertrieben hatte. Dass keine Blumen der Welt die Wogen glätten, die Wunden heilen würden. Dass ihm keine Versprechen Klara und das Kleine zurückbringen würden.

Ein eisiger Wind pfiff über die Hochfläche und trieb ihm den Schnee ins Gesicht. Der dünne Lichtstreifen seiner Lampe schaffte es fast nicht, die Finsternis zu durchdringen. Weit vorne, in den letzten Ausläufern des Strahls, erahnte er den Teufelsspalt, der sich wie eine klaffende Wunde öffnete. Eine Wunde, die der Teufel mit einem Messer in das Gestein geschnitten hatte, so lautete die Sage. Am Rande dieses Abgrunds bemerkte er einen dunklen Fleck, den der fahle Schein der Lampe nur undeutlich aus dem Schwarz schälte. So sehr er sich auch bemühte, Grafinger konnte nicht erkennen, was dieses Ding war. Mit klopfendem

Herzen stapfte er näher und erstarrte. Es war Klaras Rucksack. Daneben lagen ordentlich ausgerichtet die Schneeschuhe des Kindes.

Mit einem lauten Stöhnen sank Grafinger auf die Knie und streckte sein schmerzverzerrtes Gesicht in die Dunkelheit. Dann packte er den Rucksack, nahm die Schneeschuhe und warf alles in den Teufelsspalt. Langsam kehrte er zurück in sein Leben, das nicht mehr so wie früher war.

KAPITEL SIEBZEHN

Bedacht glättete der Mann das Schreiben und begann zu lesen. Dabei schob er sich den Hut aus dem Gesicht und strich sich über seinen grauen Schnurrbart. Es war Leo Grafinger. Er war damals Bezirksinspektor gewesen, aber seit einigen Jahren bereits in Pension.

»Ach du bist es, Grafinger. Gib mir bitte den Brief zurück«, sagte ich zu ihm. »Der Inhalt ist privat.«

»Grüß Gott, Felicitas! Ein interessanter Aspekt, den Manuela da anspricht«, meinte er, ohne sich um meinen Einwand zu kümmern.

»Was meinst du?«

»Sie hatte die Befürchtung, von dir in den Teufelsspalt gestoßen zu werden.« Langsam faltete Grafinger den Brief zusammen, zögerte kurz und hielt mir dann das Blatt hin.

»Ich hatte nie nur einen Gedanken daran«, empörte ich mich.

»Immerhin sind bereits zwei Personen aus deinem Umfeld im Teufelsspalt verschwunden. Waren es wirklich Unfälle? Vielleicht lastet auf dir tatsächlich ein Fluch, wie man sich im Dorf erzählt.«

»Das sind Ammenmärchen, die nur alte Weiber und pensionierte Polizisten glauben.«

»Spar dir diesen Zynismus, Felicitas.« Er tippte auf den Brief, den ich noch immer in der Hand hielt. »Der Mann, von dem Manuela erzählt, scheint älter als sie gewesen zu sein.« Er setzte sich auf die Bank, und ich nahm neben ihm Platz.

»Ja, das glaube ich auch. Er ist verheiratet und hat Familie. Das ist kein junger Typ«, stimmte ich Grafinger zu.

»Hast du irgendeinen Verdacht?«, fragte er und beobachtete meine Reaktion.

»Na ja«, meinte ich lang gezogen. Sollte ich ihm von meiner Vermutung erzählen? Aber was war, wenn ich falschlag? Dann würde wieder unnötig Staub aufgewirbelt werden.

»Ich sehe dir an, dass du an jemand Bestimmten denkst.« Grafinger rückte näher an mich heran.

»Vielleicht habe ich meinen Vater im Verdacht«, antwortete ich hastig. Ich erinnerte mich an die bewundernden Worte, die Vater immer für Manuela gehabt hatte. Oft verglich Franz mich mit ihr, und dabei zog ich selbstverständlich den Kürzeren. Ein Wunder, dass die Freundschaft zu ihr diese Demütigungen ausgehalten hatte. »Manuela ist schon etwas Besonderes«, hatte mein Vater oft gesagt, wenn sie vor dem Haus auf mich wartete.

»Woher hast du eigentlich diesen Brief?«

»Den habe ich zufällig im Anorak meines Vaters gefunden.« Ich tippte auf das Kleidungsstück. »Kann aber auch sein, dass ich ihn unbewusst eingesteckt habe.« Dann erzählte ich von der verborgenen Nische hinter dem Erste-Hilfe-Kasten, wo ich die anderen Briefe gefunden hatte, erwähnte aber vorsichtshalber nichts von den Herztropfen.

»Dann kannst du mit deiner Vermutung recht haben. Und es ist ganz einfach«, kombinierte Grafinger. »Deine Mutter hat die Briefe im Nachlass deines Vaters gefunden und wollte sie in Ruhe lesen oder einfach nur verstecken. Wo befinden sie sich jetzt?«

»Ich habe sie an mich genommen«, antwortete ich. »Vielleicht finde ich doch noch etwas Interessantes, was mit Manus Verschwinden zu tun hat.«

»Weshalb? Damit sich dein Verdacht bestätigt? Du hast deinen Vater ja nie besonders gemocht.«

»Manu wollte, dass der Mann seine Familie verlässt«, sagte ich und dachte nach. ›Kann es sein, dass mein Vater etwas mit Manus Verschwinden zu tun hat?‹

Grafinger hatte anscheinend den gleichen Gedanken. »Und dein Vater wollte seine Familie nicht verlassen. Also war ihm Manuela im Weg.« Er machte eine bedeutungsvolle Pause, ehe er weiterredete. »Ragnis konnte sich nicht mehr an den Vorfall erinnern und widerrief ihre Aussage. Deshalb bleibt das Verschwinden deiner Freundin noch immer ungeklärt. Es gibt nach wie vor viele Ungereimtheiten. Es könnte ja alles ganz anders gewesen sein. Aber damit habe ich jetzt nichts mehr zu tun.« Der ehemalige Beamte schob sich den Hut in die Stirn und stand auf. »Wenn du deinen Vater verdächtigst, dann solltest du dich einmal mit deiner Mutter eingehend unterhalten, Felicitas«, meinte er.

»Sie wird Vaters Andenken nicht in den Schmutz ziehen«, gab ich zu bedenken.

»Möglicherweise …« Grafinger wollte noch etwas sagen, doch ich bedeutete ihm, zu schweigen.

»Psst. Hast du das Geräusch gehört?«, flüsterte ich. »Da raschelt es im Gebüsch.«

»Das wird der Wind sein«, erwiderte Grafinger und betrachtete mich skeptisch.

»Nein, jemand belauscht uns.« Ich sprang hoch und lief zu den Büschen, die eine Gräberreihe abgrenzten. »Da ist nichts!«, rief ich enttäuscht, als ich die Zweige auseinanderschob. Doch dann erblickte ich undeutlich eine Gestalt, die gerade bei der Kapelle um die Ecke bog.

»Da ist doch jemand!« Wie in einem Hindernislauf sprang ich zwischen die Gräber, erreichte die Kapelle, lief an der Mauer entlang, gelangte zu dem Weg, der hinunter ins Dorf führte, doch der Weg war leer. »Verdammt!« Keuchend blieb ich stehen und stützte mich mit den Händen auf den Oberschenkeln ab. Langsam näherte ich mich wieder der Kapelle, und da sah ich wieder eine Gestalt. Es war ein Mann, und diesmal würde er mir nicht entwischen.

»Halt!«, rief ich, und der Mann blieb wie angewurzelt stehen. »Warum verfolgen Sie mich?«

»Wie bitte?« Langsam drehte sich der Mann um, und ich blickte in das überraschte Gesicht unseres Pfarrers. »Ist etwas geschehen, Felicitas? Wolltest du mich sprechen?«

»Nein«, winkte ich enttäuscht ab. »Alles ist gut.« Mit gesenktem Kopf lief ich wieder zurück zu Grafinger, der noch immer auf der Bank saß und mich genau beobachtete.

»Ich habe niemanden gesehen. Du musst dich getäuscht haben.«

»Nein, jemand verfolgt mich und will meine Existenz vernichten. Und ich habe keine Ahnung, wer das ist und warum er das macht.«

»Dann solltest du zur Polizei gehen«, riet mir Grafinger.

»Ach, das bringt doch nichts«, antwortete ich pessimistisch. »Ich kann nichts beweisen. Es passieren seit kurzer Zeit nur merkwürdige Dinge, so wie jetzt eben.«

»Kann es sein, dass du ein wenig überreagierst?«, fragte Grafinger vorsichtig.

Als ich seine skeptische Miene sah, wechselte ich schnell das Thema. Es hatte keinen Sinn, ihm von der Kündigung zu erzählen. »Was machst du eigentlich hier?«

»Ich besuche öfter das Grab meiner Frau und meines Kindes«, antwortete Grafinger und deutete unbestimmt zur Friedhofsmauer.

»Ich wusste gar nicht, dass deine Familie hier begraben ist.« Doch plötzlich fiel mir etwas ein und ich stutzte: »Sag mal, deine Frau und dein Kind sind doch verschwunden, soweit ich weiß. Wieso existiert dann ein Grab?«

»Gibt es auch nicht«, antwortete Grafinger. »Komm mit, ich zeige dir etwas.«

Schweigend schritten wir über den Kiesweg, bis wir zu einem Grab kamen, das sich direkt an der Friedhofsmauer befand. Eine verwitterte Tafel hing an der Wand. Doch darauf stand kein Name, sondern es war nur ein Kreuz eingraviert.

»Diese Ruhestätte habe ich für mich reserviert. Ich stelle mir vor, dass meine kleine Familie bereits hier begraben wäre. Dann hätte die Ungewissheit ein Ende. Dann weiß ich, wo sie sind.«

»Was ist eigentlich mit ihnen passiert? Hier im Dorf erzählt man nur, dass sie eines Tages verschwunden waren. Hast du nie nachgeforscht?«

»Das reicht«, winkte Grafinger unwirsch ab. »Mein Leben geht dich überhaupt nichts an.«

Er wirkte mit einem Mal völlig verändert. Der ehemalige Bezirksinspektor stapfte über den Kiesweg auf den Ausgang zu. Dort drehte er sich noch einmal um und brummte: »Du siehst ziemlich gestresst aus, Felicitas. Das Leben hier in Dunkelsteig bekommt dir gar nicht gut.«

KAPITEL ACHTZEHN

Meine Großmutter hatte bei meiner Geburt vor unserem Haus eine Silbertanne gepflanzt, die gemeinsam mit mir wachsen und gedeihen sollte. Das war eine schöne Tradition, und ich kümmerte mich auch lange Zeit hingebungsvoll um den Baum. Manchmal, wenn ich von der Schule nach Hause kam, umarmte ich den Stamm und drückte meine Wange an die schartige Rinde. Flüsterte meine kleinen Geheimnisse in die Runzeln und Narben. Im Grunde wusste die Tanne mehr von meinem Leben und meinen Stimmungen als meine Eltern.

Jetzt war der Baum weg, nur noch der verrottete Baumstrunk, der wie ein amputierter Armstumpf aus dem Boden ragte, erinnerte an seine einstige Pracht. Als ich nach Manuelas Verschwinden Hals über Kopf nach Berlin geflohen war, hatte mein Vater seine Axt geholt, die Tanne gefällt und damit auch jede Verbindung zu mir gekappt.

Nachdem ich den vermoderten Baumstrunk mit der

Hand berührt hatte, schloss ich die Eingangstür auf. Im Inneren des Hauses war es noch kälter als draußen. Ich rieb meine Hände aneinander, um mich aufzuwärmen, und betrat die Küche. Im Schein der Lampe betrachtete ich mein Gesicht in der Fensterscheibe. Meine Haut war fahl, und zwei Falten zogen sich von der Nase zu den Mundwinkeln hinunter. Ich hatte dunkle Schatten unter den Augen, sah müde und abgespannt aus. Meine halblangen Haare waren stumpf und mussten wieder in Form geschnitten werden. ›Grafinger hat recht, ich sehe gestresst aus, und Dunkelsteig bekommt mir nicht.‹

Während ich mein Spiegelbild betrachtete, hörte ich plötzlich oben eine Tür zuschlagen.

»Mutter, bist du das?«, rief ich in den Flur hinaus, erhielt aber keine Antwort. ›Wahrscheinlich sucht sie wieder nach alten Kleidern in den Schränken, um sie zum Flohmarkt nach Schwarzach zu bringen‹, dachte ich und füllte den Wasserkessel, um mir einen heißen Tee zuzubereiten. Während ich darauf wartete, dass endlich das Wasser kochte, öffnete ich mein Notebook und tippte den Namen der Herztropfen in eine Suchmaske. Sekunden später hatte ich über sechshundert Artikel, die ich der Relevanz nach ordnete. Wie ich vermutet hatte, durften die Tropfen nur von einem Arzt verschrieben werden. Damit stimmte auch Mutters Aussage, dass Karl sie ihr verordnet hatte. Trotzdem blieb ein leiser Zweifel in meinem Hinterkopf bestehen: Weshalb versteckte Erika die Tropfen zusammen mit den Briefen? Hatte Mutter vielleicht etwas über Franz und Manuela herausgefunden, dass die beiden ein Verhältnis hatten? Irgendetwas stimmte hier nicht. Das musste ich Mutter selbst fragen, und ich würde auch Karl in seiner Ordination besuchen.

Der Teekessel sang, und ich suchte in der Dose nach Teebeuteln. Zu meinem Erstaunen hatte Mutter Ayurveda-Tee, der beruhigend wirkte. Ich nahm einen Beutel und goss das kochende Wasser in eine Tasse. Plötzlich hörte ich Schritte, die sich schnell im oberen Stockwerk bewegten. Ich erstarrte und konzentrierte mich auf das Geräusch. Nein, eine Täuschung war nicht möglich. Jemand befand sich im oberen Stock.

»Wer ist da?« Ich ging in den Flur hinaus und blickte die Treppe nach oben. »Mutter?«, rief ich halbherzig, denn die Schritte hatten nicht nach dem trippelnden Gang von Erika geklungen.

Als ich keine Antwort erhielt, gab ich mir einen Ruck und schlich vorsichtig in das obere Stockwerk. Hier war es dunkel und kalt. Ich knipste das Licht an und stieß die Tür zu meinem Zimmer auf. Es war leer und wirkte auf den ersten Blick genauso, wie ich es am Morgen verlassen hatte. Auch die beiden anderen Räume auf dieser Etage machten einen völlig unbenutzten Eindruck.

›Vielleicht war es doch eine Einbildung‹, redete ich mir ein, um mich zu beruhigen, wurde aber trotzdem das Gefühl nicht los, dass jemand im Haus herumstrich und sein Psychospiel mit mir trieb. Plötzlich verspürte ich einen kalten Luftzug in meinem Nacken. Langsam drehte ich mich um und sah, dass die Tür zum Badezimmer einen Spalt breit offen stand. Auf Zehenspitzen näherte ich mich, tippte mit den Fingerspitzen an die Tür und stieß sie fest auf. Die Klinke schlug gegen die Kacheln, und der Lärm löste die Spannung. Ich drückte den Lichtschalter, und im Schein der kalten Neonröhre bemerkte ich, dass ein schmales Fenster geöffnet war. Mit einem erleichterten Seufzer schloss ich es. Als ich den Raum verlassen wollte, fiel mein Blick auf den Badezimmerspiegel, und ich erstarrte. Wie hypnotisiert bewegte ich mich auf den Spiegel zu, in dem ich mit einem Mal das Gesicht von Manuela erblickte, die mich traurig anblickte.

»Manu, wo bist du?«, flüsterte ich und drückte meine Hand auf das Glas. In diesem Moment begann das Gesicht im Spiegel zu weinen, blutrote Tränen tropften über die Fläche, formten sich zu Worten, und als ich meine Hand wegzog, las ich deutlich einen Satz, der mit rotem Lippenstift auf den Spiegel geschrieben war: Du bist schuld!

Verstört zuckte ich zurück und blickte auf meinen Lippenstift, der geöffnet auf dem Waschbecken lag. Dann starrte ich wieder gebannt in den Spiegel, in dem mein Gesicht zerteilt von den Worten wie ein zerschnittenes Ich wirkte.

»Nein, das habe ich nicht geschrieben«, flüsterte ich und schüttelte den Kopf. »Wer hat es auf mich abgesehen und will mich verrückt machen?«

Der Raum begann sich zu bewegen und zu flackern wie ein alter Super-8-Film. Meine Beine gaben nach, und ich musste mich auf den Rand der Badewanne setzen. Die Erscheinung mit den blonden Haaren war nur ein entfernter Schatten, aber ich konnte erkennen, dass sie ihre Hand auf die Stirn legte.

»Man will dir schaden. Wer kann das sein? Denk nach!« Ich presste meine Handballen gegen die Schläfen, konzentrierte mich auf meine Atmung und versuchte, kühl und analytisch vorzugehen.

Ein leises Scharren, das aus dem Erdgeschoss kam, riss mich aus meinen Gedanken. Jemand war noch im Haus. Ich sprang auf und griff nach der Schere, die auf dem Bord unter dem Spiegel lag. Mein Blick fiel wieder auf den blutroten Satz Du bist schuld. Dahinter verborgen mein verstörtes Gesicht. Panik kroch meine Eingeweide hoch. Entschlossen riss ich mich von meinem Spiegelbild los und stürmte die Treppe nach unten. Die Schere hielt ich wie ein Messer in der erhobenen Hand, bereit zuzustechen, wenn es nötig wäre. Die Wohnküche war leer, und draußen hatte bereits die Nacht den Tag gefressen. Ich presste mein Gesicht an die Scheibe, um in der Dunkelheit etwas zu erkennen. Alles war schwarz und unheimlich, nicht einmal die Lichter von Dunkelsteig konnte ich sehen. Plötzlich tauchte ein Gesicht direkt vor dem Fenster auf. Ich stieß einen lauten Schrei aus, wich zurück, warf ein paar Stühle um, prallte gegen den Küchentisch, und die Schere fiel mir aus der Hand. Hektisch bückte ich mich, knallte mit dem Kopf gegen die Tischplatte. Doch dann kam mir die offene Haustür in den Sinn, und ich hatte keine Zeit mehr, die Schere aufzuheben. Sofort lief ich aus der Küche in den Flur, um die Eingangstür zu versperren. Zu meinem Entsetzen war sie weit geöffnet, und die Nacht mit ihren tödlichen Gefahren lauerte wie der Höllenhund draußen, bereit, mich mit ihren Klauen zu verschlingen.

Zum Hintereingang! In Windeseile drehte ich um, hastete den Gang zurück, durchquerte die Waschküche, die von einer Warnleuchte der Maschine in ein blutrotes Licht getaucht wurde und jetzt wie eine Folterkammer wirkte. An der rückwärtigen Wand war der niedrige Ausgang zu Erikas Gemüsegarten, aber die Tür war abgeschlossen. Ich rüttelte an der Klinke, begriff dann, dass der Schlüssel im Schloss steckte.

Von überall hörte ich jetzt die Schritte, die sich unaufhaltsam näherten. Ich wusste, dass ich sofort aus dem Haus verschwinden musste. Doch ich war so nervös, dass ich es nicht auf Anhieb schaffte, aufzusperren. Immer wieder rutschten meine schweißnassen Finger an dem Schlüssel ab, erst nach dem dritten Versuch konnte ich die Tür aufstoßen und stürzte ins Freie. Umgeben von undurchsichtiger Finsternis rannte ich direkt einem Mann in die Arme. Es war Markus.

KAPITEL NEUNZEHN

Damals – Markus

Das Leben im Wald verlor seinen Reiz, als er das bezaubernde Mädchen zum ersten Mal erblickte. Sie trug ein weißes Kleid, und ihre langen blonden Haare leuchteten in der Sonne, als wären sie von Goldfäden durchzogen. Ab diesem Moment konnte er an nichts anderes mehr denken, und in seinen Nächten geisterte das Mädchen leichtfüßig durch seine Träume.

Früher hatte er durch den Feldstecher seines Vaters die Rehe und Bergziegen beobachtet, doch jetzt zog es ihn immer öfter nach Dunkelsteig, um durch das hell erleuchtete Fenster zu spähen. Von seinem Geld, das er als Lehrling verdiente, hatte er sich eine kleine Kamera gekauft, denn er wollte sie heimlich fotografieren, um so auch die Seele dieser jungen Frau zu besitzen.

Markus stand auf dem Bahnsteig der Lokalbahn und schlenderte müßig hinter der Clique her. Auf den ersten Blick wirkte es, als würde er Musik aus seinem Walkman hören, doch bei genauerem Hinsehen konnte man erkennen, dass er den Gesprächen der vier jungen Leute vor sich lauschte.

»Meine Mutter ist heute in Wien bei ihrem Galeristen«, hörte er Manuela. »Wir können uns im Atelier treffen und ein bisschen Spaß haben.«

»Super, ich bin dabei«, antwortete Felicitas aufgekratzt.

»Wir organisieren ein richtiges Künstler-Gschnas«, sagte Manuela.

Sie schüttelte ihr blondes Haar, und Markus sog gierig den Duft ein, der bis zu ihm wehte. Denn besonders auf Manuela hatte er ein Auge geworfen. Sie war nicht nur gut aussehend, sondern es umgab sie auch eine geheimnisvolle Aura, die er sehr aufregend fand. Sie hing meistens mit Adrian und Johannes ab, doch an manchen Tagen nahm sie die Bahn nach Schwarzach. Dort stieg sie in ein Taxi, verschwand zwischen den Häusern, und Markus blieb ratlos am Bahnhof zurück. Aber irgendwann würde er ihr Geheimnis aufdecken und herausfinden, was sie trieb.

»Ein Künstler-Gschnas, da sind wir dabei. Nicht wahr, Addi?« Johannes knuffte seinem Freund Adrian in die Seite, und dieser nickte verhalten.

Lachend machten sich alle vier auf den Weg zu dem modernen Ateliergebäude, das sich Liesl Köstlinger durch den Verkauf ihrer Bilder finanziert hatte. Markus war so in Gedanken versunken, dass er immer näher zu der Clique aufschloss. Im letzten Moment bog er in einen Feldweg ab, aber niemand hatte auch nur die geringste Notiz von ihm genommen. So war das immer. Manchmal hatte Markus das Gefühl, als wäre er unsichtbar.

Ein einziges Mal hatte er mit Manuela getanzt. Es war bei einer Party im Wirtshaus gewesen, und sie hatte ihn sogar flüchtig auf die Wange geküsst. Noch tagelang spürte er ihre weichen Lippen auf seiner Haut und ihre Berührungen während des Tanzes. Zugegeben, sie hatten beide ziemlich viel getrunken, aber trotzdem kränkte es ihn, dass sie sich überhaupt nicht mehr an ihn erinnerte. Wenn er neben ihr am Bahnsteig stand und sie grüßte, dann nickte sie bloß abwesend und redete weiter mit Felicitas, ihrer besten Freundin. Mit gesenktem Kopf setzte er sich dann hinter die beiden in den Waggon und beobachtete in der Scheibe Manuelas Profil. Ihre Schönheit war so erdrückend, dass er sich neben ihr ganz klein fühlte. Doch dann überkam ihn eine große Wut. Wie eingebildet sie doch war. Hielt sich für etwas Besseres, bloß weil sie das Gymnasium besuchte und er nur einen Hauptschulabschluss hatte. Aber eines Tages würde er ihr schon zeigen, was in ihm steckte.

Markus wartete und versteckte sich hinter einem Baum, bis die Clique es sich im Atelier gemütlich gemacht hatte. Als er sicher war, dass kein später Gast mehr auftauchen und ihn überraschen konnte, schlich er zu dem Haus. An der Vorderseite hatte der Betonbau bodentiefe Fenster, aber an der Rückseite gab es nur eine schmale verglaste Öffnung, die weit oben horizontal über die ganze Breite der Wand lief. Es war der ideale Beobachtungspunkt. Doch wie sollte er da hinaufkommen? Suchend blickte er umher, konnte aber nirgends eine Leiter finden. Doch dann entdeckte er in der Garage ein paar leere Weinkisten. So leise wie möglich schleppte er einige davon zu der Wand, türmte sie aufeinander und kletterte dann hoch.

»Perfekt«, murmelte Markus, als er von seinem Beobachtungsposten ins Atelier blickte. »Das ist wie auf dem Hochsitz im Wald.« Leise zog er seinen Fotoapparat hervor und stellte die Linse scharf. Manuela und Felicitas lagen auf marokkanischen Teppichen und tranken Cola-Rum, während Adrian und Johannes Joints rollten.

»Mama hat einen ganzen Schrank voller Kleider«, sagte Manuela plötzlich und sprang auf. »Liesl leiht sie immer ihren Models, damit sie sich verkleiden können. Los, komm!« Sie packte Felicitas an der Hand und zog sie hoch. »Was ist mit euch?«

Adrian und Johannes schüttelten die Köpfe. »Wir bleiben lieber hier und rauchen.«

»Wie ihr wollt.« Die Mädchen verschwanden, und Markus kletterte schnell von den Kisten. Gebückt huschte er an der Mauer entlang, bis er Manuelas Zimmer erreicht hatte. Wieder musste er auf eine Kiste steigen, um etwas zu sehen. Vorsichtig zog er sich hoch und linste hinein. Die Mädchen kamen gerade mit einem Berg Kleider zur Tür herein. Manuela warf einen Blick zum Fenster, und Markus duckte sich blitzschnell. Mit angehaltenem Atem wartete er, ob sie das Fenster öffnete, aber sie hatte ihn nicht entdeckt. Nach einigen Minuten hob er wieder den Kopf. Die Mädchen hatten sich bereits umgezogen. Beide sahen überwältigend aus. Vorsichtig hob Markus die Kamera und zoomte das Gesicht von Manuela näher. Sie hatte die Augen geschminkt und feinen Goldstaub auf ihre Wangenknochen gelegt. Ihre blonde Mähne wirkte mit dem breiten Haarreif noch mächtiger als sonst, und sie trug ein langes weißes Kleid aus so dünnem Stoff, dass Markus ihre Brüste erahnen konnte. Langsam drehte sie sich jetzt zum Fenster und glättete mit einer lasziven Handbewegung ihr Kleid.

›Sie ist eine Elfe‹, dachte Markus und knipste in schneller Folge Fotos von ihr. Felicitas war das genaue Gegenteil. Ihre brünetten Haare waren mit goldenen Bändern zu Zöpfen geflochten und wirkten wie Dreadlocks. Dazu trug sie einen schwarzen Kaftan, in dem sie wie eine Hohepriesterin aussah. Doch schnell konzentrierte er sich wieder auf Manuela. Zoomte ihr Gesicht mit dem goldenen Glitter näher heran. Beinahe lösten sich die Konturen auf. Langsam schwenkte seine Kamera über Manus Gesicht hoch zu ihren Augen. Plötzlich hob sie den Kopf und schaute direkt in die Kamera. Auf Markus machte es den Eindruck, als hätte sie ihn entdeckt. Vor Schreck zuckte er zurück, verlor das Gleichgewicht, flog von der Kiste auf den Boden.

»Was war das?«, hörte er Manuelas Stimme. Markus hechtete hinter einen Busch, als das Fenster aufgerissen wurde. Mit angehaltenem Atem beobachtete er Manuela, die auf die Kiste deutete. »Da hat uns jemand beobachtet!«, rief sie nach hinten zu Felicitas. »Die Jungs sollen mal im Garten nachsehen, ob da jemand ist.«

Markus spürte, wie sein Herz zu rasen begann. Panisch rappelte er sich hoch, huschte in die Garage und kroch im letzten Moment unter den Geländewagen von Manuelas Mutter, ehe Adrian und Johannes auftauchten. Von dort aus beobachtete er, wie beide durch den Garten liefen, die Büsche inspizierten, schnell im Schuppen und der Garage nachsahen, um dann wieder zu verschwinden.

»Entwarnung!«, hörte er gleich darauf Johannes rufen. »Es sind nur ein paar Weinkisten durch den Wind umgefallen.«

Markus wartete, bis sich sein Pulsschlag beruhigt hatte. Mit der Hand zog er die Kamera aus seiner Hosentasche und betrachtete das letzte Bild auf dem Display. Es waren Manuelas Augen und ihr Blick, der ihn herausforderte. Etwas später kroch er unter dem Wagen hervor und lief auf Umwegen zurück in den Wald. In einem Holzschuppen hatte er sich eine Dunkelkammer eingerichtet und konnte es kaum erwarten, die Aufnahmen zu entwickeln und dann zu bewundern. »Sie weiß sicher, dass ich sie beobachte. Das ist ein geheimes Spiel zwischen uns«, murmelte er. »Du liebst es, wenn ich dich im Verborgenen fotografiere.« Es konnte nicht anders sein. Ihr Blick war so durchdringend gewesen und hatte ihn direkt ins Herz getroffen.

KAPITEL ZWANZIG

In der mondlosen Finsternis verharrte ich wie paralysiert in den Armen von Markus, unfähig, mich loszureißen oder laut aufzuschreien. Erst nach dieser Schrecksekunde, die für mich unendlich lange dauerte, zuckte ich zurück und streckte meinen Arm aus, um ihn auf Abstand zu halten. Es war eine groteske Situation. Stocksteif standen wir uns in Mutters Gemüsegarten auf Strohmatten gegenüber, die als Frostschutz für die Pflanzen überall ausgelegt waren.

»Was machst du hier?«, fragte ich und war nicht in der Lage, das Beben in meiner Stimme zu unterdrücken.

»Habe ich dich erschreckt?«

Ich glaubte, einen spöttischen Unterton in seiner Stimme zu hören, deshalb riss ich mich zusammen. »Nicht im Geringsten«, antwortete ich tapfer. »Beantworte bitte meine Frage: Was machst du hier um diese Zeit?«

»Also gut«, gab sich Markus gönnerhaft. »Ich habe dir eine Nachricht geschrieben, dass ich vorbeikomme, um dir das neue Projekt zu zeigen, das ich mit einem Investor plane.«

»Was habe ich damit zu tun?«

»Können wir das vielleicht bei einem Glas Bier besprechen? Mir wird nämlich langsam kalt.«

»Lass uns bitte ein andermal darüber reden. Ich hatte einen anstrengenden Tag und bin müde«, winkte ich ab.

»Ich habe ein lukratives Angebot, das dich als Journalistin interessieren könnte«, warf Markus geschickt seinen Köder aus.

»Und was wäre meine Aufgabe?« Sofort musste ich an die Kündigungsmail denken, die jemand in meinem Namen verfasst hatte. War es Zufall, dass Markus ausgerechnet jetzt mit einem Jobangebot zu mir kam?

»Das möchte ich dir gern anhand des Projekts erklären«, ließ sich Markus nicht in die Karten schauen.

Die Vorstellung, jetzt wieder in das kalte Haus zurückzukehren, schreckte mich ab. Immer wieder musste ich an den Satz denken, der auf den Spiegel im Badezimmer geschrieben worden war. Wieder sah ich Manuelas Bluttränen vor mir, die über ihre bleichen Wangen liefen, um sich schließlich zu der Anklage Du bist schuld! zu formen.

»Was ist? Du wirkst so abwesend, Felicitas?«, hörte ich Markus' Stimme aus weiter Ferne.

»Okay, ich komme mit. Du hast mich neugierig gemacht.« In meinen Ohren hörten sich die Worte blechern an, als wäre ich ein Automat. »Ich hole nur noch meinen Anorak. Warte vorn bei deinem Wagen auf mich.«

Mit vor der Brust verschränkten Armen eilte ich zur Haustür. Noch immer stand sie weit offen, und die kühle Luft hatte von dem ganzen Haus Besitz ergriffen und den letzten Rest an Wärme vertrieben. Vor Kälte bibbernd schlüpfte ich in den hässlichen Anorak, aber es war das ideale Kleidungsstück für diesen frostigen Ort.

Als ich nach draußen trat, saß Markus bereits bei laufendem Motor in seinem Land Rover.

»Das Projekt wird dir gefallen«, murmelte er und legte den Gang ein.

»Ich lasse mich überraschen«, antwortete ich vage. Als wir auf der Landstraße nach Dunkelsteig fuhren, hatte ich plötzlich Zweifel an meiner Entscheidung. ›Ist es clever, mit Markus in der einsamen Nacht zu fahren? Was, wenn er hinter der Botschaft am Spiegel und allem anderen steckte? Aber welches Motiv sollte er haben?‹ Eine vage Idee schwebte wie ein Blatt im Wind durch meine Gedanken. Konnte es sein, dass diese unheimlichen Vorkommnisse mit Manuelas Verschwinden zu tun hatten? Einmal gedacht, verfestigte sich diese Möglichkeit in meinem Kopf, und ich war richtig froh, als mich Markus mit einer Frage aus diesen Überlegungen riss.

»Was war denn vorhin bei dir los? Im Haus hat es gerumpelt, und du bist zitternd und bleich aus der Tür gestürzt.«

»Ich dachte, ein Einbrecher sei im Haus«, redete ich mich heraus. »Aber wahrscheinlich habe ich mich geirrt.«

Wir passierten den Blumenladen und das ehemalige Stoffgeschäft, das Hannah gemietet hatte, fuhren am Hirschen Wirt und an der Kirche vorbei, mitten in die Nacht hinein.

Markus bremste den Land Rover ab und bog von der Landstraße in einen unbefestigten Güterweg ein. Die Scheinwerfer des Geländewagens zerschnitten die Finsternis wie Laserstrahlen. Am Rand des Wegs verharrte zitternd ein Reh und starrte direkt in das grelle Licht. Markus drückte auf die Hupe, und das scheue Tier sprang mit eleganten Sätzen zurück in den Wald.

Markus brauste immer schneller. Mein Magen zog sich zusammen und ich spürte, wie mir der Schweiß auf die Stirn trat. Links und rechts flitzten die Bäume vorbei, ich konnte mich nicht mehr orientieren. Der Güterweg führte steil nach oben, und im Scheinwerferlicht tauchten die Umrisse eines riesigen Gebäudes auf. Markus fuhr direkt darauf zu und bremste den Geländewagen auf einem Schotterparkplatz ab.

»Da sind wir«, sagte er und öffnete die Tür.

»Was ist das für ein Bau? Sieht aus wie eine Fabrik.« Der Komplex bestand aus einem zweistöckigen Haus, an das sich eine lang gestreckte Halle anschloss. Als ich näher trat, sah ich, dass alle Wände mit kleinen Schindeln bedeckt waren.

»Die komplette Fabrik ist aus Holz gebaut«, antworte Markus mit einem gewissen Stolz in der Stimme. »Es war das alte Sägewerk von Dunkelsteig.«

»Ach, hier sind wir gelandet.« Jetzt hatte ich die Orientierung wieder erlangt. Ich erinnerte mich an die Zeit, als wir mit einer Rodel die Bobbahn, wie wir die steile Rinne nannten, auf der die Baumstämme nach unten geschoben wurden, hinuntergerast und kurz vor dem Sägewerk zum Stehen gekommen waren. Schon damals war der Betrieb nicht mehr rentabel gewesen, und kurz darauf wurde die Firma geschlossen. »Möchtest du das Sägewerk wieder reaktivieren?«

»Nein, mein Partner hat die Anlage gepachtet, um dort unser Projekt zu präsentieren«, erklärte Markus und öffnete eine Schiebetür, die mit einer schweren Kette gesichert war.

»Es wird ein neues Zeitalter für Dunkelsteig anbrechen, wenn ich erst einmal Bürgermeister bin.«

Markus schritt dicht hinter mir, und ich konnte seinen Atem in meinem Nacken spüren. Wieder hatte ich ein ungutes Gefühl im Magen, und die feinen Härchen auf meiner Haut sträubten sich.

»Gleich gibts Licht.« Markus trat neben mich und zog an einer dünnen Kette, die von der Decke baumelte. Mit einem leisen Klacken flammten Neonröhren in der ganzen Halle auf. Verwundert blickte ich umher. Wir standen neben einem langen, verstaubten Förderband, das direkt zu einer glänzenden Maschine mit einem im Neonlicht blitzenden Sägeblatt führte. Ansonsten gab es in der Halle nur noch ein modernes Stahlpodest, auf dem ein riesiges, maßstabgetreues Modell von Dunkelsteig stand, komplett mit den düsteren, einschüchternden Bergen und dem Teufelsspalt.

»Wow, das sieht ja beeindruckend aus«, sagte ich und trat näher. Ich entdeckte mein Elternhaus mit der Tanne davor, ließ den Blick zu Liesls Atelier schweifen und sah eine kleine Puppe mit blonden Haaren, die zur Tür herauswinkte.

»Das ist Manuela«, sagte Markus verklärt. »Sie freut sich, mich zu sehen.« Er wies auf eine Puppe mit Bart, die einen Walkjanker trug.

»Ich finde das etwas geschmacklos«, konnte ich mich nicht zurückhalten und bedachte Markus mit einem scheelen Seitenblick. »Wen hast du denn sonst noch verewigt?«

»Dich natürlich mit Adrian.« Markus deutete auf den dunkelbraunen Bauernhof von Adrian. Ich beugte mich näher heran. Auf einer winzigen Bank saßen zwei Puppen, eine mit schwarzen Locken, die andere mit geflochtenen Zöpfen und einem breiten roten Mund. Beide hielten sich an den Händen und hatten die Köpfe zueinander gedreht. Der Anblick war so unheimlich, dass es mich vor Grusel schüttelte.

»Fehlt nur noch Johannes.« Markus wies auf ein klassisches Haus am Dorfrand, wo eine blonde Puppe vor einem Mann im Anzug kniete. »Johannes' Vater war sehr streng zu ihm.« Dann deutete er auf das Modell eines Gebäudes knapp unterhalb eines Berggipfels. »Erkennst du es wieder?«

»Sieht aus wie das alte Berghotel.«

»Ja, genau. Wir werden es *Berghotel Sonnensteig* taufen«, erklärte Markus mit stolzgeschwellter Brust. »Klingt doch gut. Und jetzt zu deiner Aufgabe bei unserem Projekt.« Markus machte eine Pause und musterte mich mit einem kleinen Lächeln.

»Da bin ich jetzt gespannt.«

»Dunkelsteig soll als nachhaltiger Tourismusort vermarktet werden – mit dem Hotel als Vorzeigeprojekt. Dafür brauchen wir eine professionelle Werbe-Beratung. Und wer wäre dafür besser geeignet als du? Was sagst du dazu?«

»Eine interessante Herausforderung«, antwortete ich gedehnt. Obwohl ich eigentlich nichts mit ihm zu tun haben wollte, würde mich der Job als PR-Beraterin für einige Zeit meiner finanziellen Sorgen entledigen. Und eine andere Möglichkeit, in Dunkelsteig Geld zu verdienen, war so gut wie ausgeschlossen. »Bis wann muss ich mich entscheiden?«

»Wir brauchen deine Zusage bis morgen.«

»Das ist aber kurzfristig. Ich arbeite noch für die Berliner Zeitung.« Natürlich stand ich mit dem Rücken zur

Wand, aber das brauchte Markus ja nicht unbedingt zu wissen. Deshalb wollte ich ein wenig taktieren und das Angebot nicht sofort annehmen.

»Ach Felicitas, das mit der Zeitung wird sich schon lösen.« Markus zwinkerte mir gönnerhaft zu. »Trinken wir auf deinen neuen Job«, sagte er und fischte zwei Dosen Bier aus seinem Walkjanker.

»Noch habe ich nicht zugesagt.« Mit einem Zischen öffnete ich die Dose. Steckte Markus hinter meiner Kündigung? Vielleicht war er auch in meinem Haus gewesen und hatte die Botschaft auf den Spiegel geschrieben? Zuzutrauen wäre es ihm, besonders, nachdem ich die gruselige Puppenstadt gesehen hatte. Diese Gedanken gingen mir durch den Kopf, als ich ihm zuprostete.

»Überleg nicht zu lange«, meinte Markus selbstbewusst und trank einen großen Schluck. »So eine Chance kommt nicht wieder.«

KAPITEL EINUNDZWANZIG

Der Satz Du bist schuld! schrie mir entgegen, als ich nach meiner Rückkehr das Licht im Bad andrehte. Ich packte den roten Lippenstift und warf ihn in den Müll. Dann suchte ich ein Glasputzmittel und begann, wie besessen den Spiegel zu reinigen.

»Felicitas, bist du im Bad?«, hörte ich plötzlich Erika rufen.

»Ja Mutter, ich bin müde und gehe gleich zu Bett.«

Als ich alle Spuren getilgt hatte, setzte ich mich auf den Rand der Badewanne und atmete tief durch. Ich durfte mich nicht verrückt machen lassen. Jemand trieb ein böses Spiel mit mir, und ich wusste nicht, warum. Deshalb konnte ich nur reagieren, anstatt zu agieren. Wie hieß es doch in einem schlauen Buch so treffend: *Befolge das Gesetz des Handelns und zwinge dem Gegner deine Regeln auf.* Morgen würde ich einen IT-Bekannten in Berlin anrufen, damit er meinen Mail-Account überprüfte. Mit diesem Vorsatz legte ich mich ins Bett und schlief sofort ein.

Als ich am nächsten Morgen erwachte, verschwamm das Zimmer vor meinen Augen. Blinzelnd drehte ich den Kopf zur Seite und sah das Mädchen in dem weißen Kleid auf der Fensterbank sitzen. Mit seinem nackten Fuß tippte es auf meinen Rucksack, der unter dem Fenstersims am Boden lag. Dann warf sie mir einen traurigen Blick zu und ließ sich zurückfallen. Ich sprang aus dem Bett und beugte mich weit aus dem Fenster. In der Nacht hatte es geschneit, und eine dünne Schneedecke bedeckte den Boden. Doch so sehr ich mich auch bemühte, ich konnte keinen Hinweis entdecken. Das Mädchen hatte keine Spuren im Schnee hinterlassen.

»Was willst du mir sagen?«, murmelte ich und öffnete meinen Rucksack. Darin hatte ich Manuelas Briefe und die Herztropfen verstaut. Nachdenklich betrachtete ich das Fläschchen. War es das, worauf mich die Erscheinung aufmerksam machen wollte? Sollte ich Karl fragen, ob die Tropfen tatsächlich für Erika bestimmt waren?

Kurz darauf stand ich vor dem Haus des Gemeindearztes. Das Erdgeschoss war aus Flusssteinen gebaut, die man weiß getüncht hatte und die wie Warzen aus der Wand ragten. Hier befand sich die Ordination, und in dem hölzernen Geschoss darüber wohnte Karl.

Im Kopf rekapitulierte ich noch einmal meine Fragen, die ich ihm stellen wollte. Ich wusste, dass ich äußerst subtil vorgehen musste, konnte nicht einfach mit der Tür ins Haus fallen. Und auf gar keinen Fall durfte ich seine ärztliche Kompetenz in Zweifel ziehen.

Das Wartezimmer der Ordination war eng und die Luft abgestanden. Karl hatte keine Sprechstundenhilfe, sondern vereinbarte mit den Dorfbewohnern persönlich die Termine. Er war eben ein Gemeindearzt vom alten Schlag und nahm sich für jeden Patienten ausführlich Zeit. Das bedeutete aber auch, dass sein Wartezimmer ständig überfüllt war.

»Grüß Gott«, sagte ich und lehnte mich an die Wand, da kein Sitzplatz frei war. Alle Augenpaare richteten sich auf mich, doch niemand erwiderte meinen Gruß. Nur ein kleiner Junge mit einem feuerroten Ausschlag im Gesicht winkte mir zu, doch als seine Mutter es bemerkte, klopfte sie ihm auf die Finger. Die Frau flüsterte ihm etwas ins Ohr und deutete dabei auf mich. Mit schreckgeweiteten Augen stierte mich der Bub an und begann dann zu weinen.

»Du bist schuld«, stotterte der Kleine und tappte mit dicken Fingern über sein mit Pusteln übersätes Gesicht.

»Was sagst du da?« Erschrocken starrte ich auf das Kind. Manuelas Gesicht mit den Bluttränen, der Spiegel, die rote Schrift darauf, alles türmte sich in meinem Kopf auf, und ich taumelte am Rand eines Nervenzusammenbruchs entlang. Der Junge hatte genau den gleichen Satz gesagt. ›Kann es sein, dass sich einige der Dorfbewohner gegen mich verschworen haben und jetzt mit Psycho-Spielchen versuchen, Druck auf mich auszuüben, damit ich endlich Dunkelsteig verlasse? Oder ist das alles nur ein dummer Jux?‹

»Woher hast du diesen Satz? Los, sag schon!«, herrschte ich das Kind an, das sich jetzt hinter der Jacke seiner Mutter verbarg.

»Psst«, maßregelte mich ein alter Mann. »Das ist eine Ordination.« Der Grauhaarige drehte sich zu seinem Nachbarn, und die beiden alten Männer tuschelten mitsammen. Nach einer Weile betrachteten sie mich ungeniert von oben bis unten. Einer von ihnen schielte dabei so stark, dass mir beinahe schwindelig wurde. »Sie ist am Verschwinden schuld«, hörte ich die Männer leise flüstern.

Ich ignorierte die Bemerkung und verfolgte mit den Augen eine Fliege, die über die weiß getünchten Wände krabbelte, dann an den beiden Männern vorbeisummte. Blitzschnell streckte einer von ihnen die Hand aus und fing das Insekt. Provozierend blickte er zu mir und steckte sich dann die Fliege in den Mund. Angeekelt verzog ich das Gesicht, und das war genau die Reaktion, die er erwartet hatte. Mit einem hämischen Grinsen öffnete er die Hand, und die Fliege stob hektisch davon.

›Ein billiger Taschenspielertrick‹, dachte ich und zog mein Handy aus der Tasche, da ich überprüfen wollte, ob mir Markus tatsächlich gestern eine WhatsApp-Nachricht geschickt hatte. Natürlich gab es sie, sogar die Uhrzeit stimmte.

Während ich die banalen Worte wie eine Offenbarung studierte, hörte ich lautes Rascheln, das die angespannte Stille im Wartezimmer wie eine Kreissäge durchschnitt. Eine Frau hatte eine zerlesene Zeitschrift auf dem Schoß liegen und riss kleine Quadrate aus den Seiten. Außer mir schien es keinen der Patienten zu stören, dass die Frau die Zeitung zerfetzte. Mit einem Mal stoppte sie und betrachtete interessiert die Papierfetzen auf ihrem Rock.

Plötzlich erblickte ich das blonde Mädchen in dem weißen Kleid draußen auf der Straße. Mit fliegenden Haaren eilte es an den Häusern entlang, stoppte dann vor der Ordination und blickte durch das Fenster. Unmerklich nickte die Erscheinung mir zu, und ich hatte mit einem Mal das Gefühl, dass es richtig war, Karl nach den Tropfen und der Todesursache meines Vaters zu befragen. Ich senkte den Blick, und als ich kurz darauf wieder aus dem Fenster sah, war das Mädchen verschwunden, und auf der Straße regierten wieder die dunklen Schatten.

Jemand räusperte sich. Unwillkürlich musste ich in diese Richtung blicken. Es war ein Mann mit dickem Schnurrbart, der einen eingegipsten Arm hatte. Auf den Gips hatte jemand *Manuela* geschrieben und dazu ein Herz gemalt. Für einen kurzen Augenblick war ich verwirrt, doch dann sagte ich mir, dass es sicher bloß ein Zufall war.

Endlich wurde die Tür zum Behandlungsraum geöffnet, und der Gemeindearzt trat in das Wartezimmer. Er trug wie immer einen weißen Mantel und wirkte sehr dynamisch.

»Der Nächste bitte«, sagte er mit autoritärer Stimme und blickte umher. Als er mich entdeckte, hob er überrascht eine Augenbraue. »Bist du krank, Felicitas?«

»Nein, ich wollte dich nur etwas fragen. Hast du kurz Zeit?«

»Hat das nicht bis abends Zeit? Du siehst doch, dass ich ziemlich beschäftigt bin. Ich kann meine Patienten nicht warten lassen.«

»Bitte! Es dauert nicht lange«, ließ ich mich nicht abwimmeln. »Ich habe nur eine einzige Frage.«

»Na gut«, seufzte Karl und gab mir einen Wink, dass ich ihm ins Behandlungszimmer folgen sollte.

»Wie kann ich dir helfen?«, fragte der Arzt sofort, nachdem er die Tür hinter sich geschlossen hatte.

»Hat Mutter ein Herzleiden?«, kam ich gleich auf den Punkt.

»Wie kommst du darauf?«, fragte er mit einem lauernden Gesichtsausdruck.

»Weil ich das bei ihr gefunden habe.« Ich zog die Arzneiflasche aus meinem Anorak und zeigte sie Karl.

»Ach, die Tropfen«, meinte er dann gedehnt. »Stimmt, die habe ich Erika vor einiger Zeit verschrieben, sie hat über Herzschmerzen geklagt. Und regt sich immer über alles so auf. Wäre damit alles geklärt? Gib mir das Fläschchen, ich glaube, das Ablaufdatum ist schon überschritten.« Karl streckte die Hand aus, doch ich steckte die Flasche wieder in meinen Anorak.

»Die Tropfen behalte ich. Danke für die Auskunft, Karl.« An der Tür drehte ich mich noch einmal um. »Woran genau ist eigentlich mein Vater gestorben?«

»Herzinfarkt. Aber ehe du weiterfragst, Franz hatte keine Beschwerden.«

»Könnte es sein, dass Vater aus Versehen die starken Herztropfen zu sich genommen hat?«

»Was willst du damit andeuten? Unterstellst du Erika irgendetwas? Versündige dich nicht, Felicitas«, entgegnete Karl vorwurfsvoll. »Das Herz kann sehr schnell den Betrieb einstellen, wenn man sich aufregt. Und Franz war ein sehr impulsiver Mann, genauso wie Erika. Und jetzt entschuldige mich bitte, ich habe das Wartezimmer voller Patienten.«

»Danke, dass du dir Zeit genommen hast.«

»Keine Ursache. Franz hatte übrigens einen Sekundentod. Kommt häufiger vor, als man denkt. Der Betroffene ist von einem Augenblick zum nächsten tot. Für die Hinterbliebenen ist das natürlich ein Schock.« Karl geleitete mich zur Tür, öffnete sie und schob mich hinaus.

»Übrigens«, sagte ich und blieb stehen, »hast du Franz einmal oder öfter mit Manu zusammen gesehen?«

»Natürlich, Dunkelsteig ist ein kleiner Ort, da trifft man sich doch ständig«, antwortete Karl, ohne mit der Wimper zu zucken.

Noch viele Fragen lagen mir auf der Zunge, als ich das Wartezimmer verließ und endlich wieder frische Luft schnappen konnte. Ich zog mein Handy aus der Tasche und tippte eine Mail an meinen IT-Bekannten, in der ich ihn bat, meinen Account auf einen möglichen Hackerangriff zu überprüfen. Für die vermeintliche Kündigung und den Satz auf meinem Badezimmerspiegel musste es eine Erklärung geben. So leicht würde ich mich nicht einschüchtern lassen.

KAPITEL ZWEIUNDZWANZIG

Der Schatten eines Zweifels spukte durch meinen Kopf, als ich Karls Praxis verließ. Die Tropfen waren für meine Mutter wegen ihrer angeblichen Herzschwäche, aber warum hatte sie das Fläschchen zusammen mit den Briefen versteckt? Das wollte mir einfach nicht einleuchten.

Doch ich kam nicht dazu, länger darüber nachzudenken, denn mein Handy klingelte. Es war Markus. Sofort hatte ich wieder das Modell von Dunkelsteig vor Augen mit den eigenartigen Puppen, die mich an Voodoo erinnerten. Ob Markus in Vollmondnächten Nadeln in die kleinen Holzkörper stach? Zuzutrauen war es ihm.

»Felicitas, ich kann dich nicht hören.«

»Ich habe auch noch nichts gesagt.«

»Ach so. Wie sieht deine Entscheidung aus?«, fragte Markus ohne Umschweife.

»Eigentlich wollte ich noch ein wenig darüber nachdenken, aber ich mache den Job«, erwiderte ich schnell, damit ich es mir nicht doch noch überlegen konnte. Und das alte Berghotel zu vermarkten, war sicher interessant. Außerdem brauchte ich selbst in Dunkelsteig ein wenig Geld zum Leben.

»Wie schön«, schnurrte Markus zufrieden. »Dann kannst du dir heute gleich einen Eindruck vom Hotel verschaffen. Ich hole dich in einer Stunde ab.«

»Alles klar«, antwortete ich und trennte die Verbindung. Auf dem Weg nach Hause kam ich an Hannahs Laden vorbei und warf einen Blick in das Schaufenster. Fritz, die zahme Alpenkrähe, hockte auf dem Kopf einer Puppe und wirkte wie ausgestopft. Doch als sie mich entdeckte, begann sie mit den Flügeln zu schlagen und pikste mit ihrem roten Schnabel gegen die Scheibe. Irgendwie hatte ich das Gefühl, dass mich die Krähe nicht ausstehen konnte, denn jedes Mal, wenn sie mich entdeckte, begann sie ihren aggressiven Tanz.

Zu Hause checkte ich meine Mails und versteckte das Fläschchen gemeinsam mit den Briefen in dem Hohlraum hinter einer lockeren Fliese in meinem Badezimmer. Kurz darauf hörte ich schon eine Autohupe. Als ich aus dem Fenster blickte, sah ich den Land Rover von Markus vor der Tür stehen.

Er war nicht alleine gekommen. Neben ihm saß Luis, der Investor, und zu meiner Überraschung entdeckte ich Adrian auf der Rückbank.

»In dieses Hotelprojekt ist anscheinend der ganze Ort involviert«, stellte ich fest, als ich in den Wagen stieg.

»Ja, ganz Dunkelsteig zieht an einem Strang. Es ist eine einmalige Chance für den Ort«, meinte Markus gut gelaunt und gab Gas.

»Du beteiligst dich auch an dem Hotelprojekt?« Ich

drehte mich zu Adrian, der schweigend und mit finsterer Miene neben mir saß.

»Nein, ich transportiere bloß einen ganzen Bienenstaat zum Hotel. Dort produzieren meine Bienen dann ihren Honig, und die Gäste können das live beobachten.«

»Bienen auf fast 1.800 Metern Seehöhe?«, fragte ich zweifelnd. »Überleben die in dem Klima und der dünnen Luft?«

»Natürlich. Es gibt sogar eine Bienenzucht am Fuß des Mount Everest. Bienen sind widerstandsfähiger, als man allgemein annimmt.«

»Wie läuft eigentlich der Verkauf deines Honigs?«

»Hör jetzt endlich mit deiner Fragerei auf«, antwortete Adrian genervt und verfiel wieder in ein dumpfes Schweigen.

»Bist du heute mit dem falschen Fuß aufgestanden?«, fragte ich trotzdem, denn seine schlechte Laune ging mir auf die Nerven und vergiftete die Atmosphäre im Wagen.

»Nein, ich habe etwas Stress mit meiner Firma«, murmelte er leise, damit Markus und Luis nichts hören konnten. »Ein Großauftrag wurde storniert, angeblich wegen Giftstoffen in meinem Honig. Jetzt habe ich auch die Lebensmittelbehörde am Hals.«

»Na ihr Turteltäubchen, was gibts da zu flüstern?«, fragte Markus, der uns im Rückspiegel beobachtete.

»Wir haben gerade unseren Hochzeitstermin fixiert«, antwortete ich schlagfertig.

»Wirklich, ihr wollt heiraten?« Luis drehte sich nach hinten und sah mich mit seinen hellen Augen überrascht an.

»War bloß ein Scherz«, winkte ich ab. Täuschte ich mich, oder hatte Luis bestürzt gewirkt?

Während wir die gewundene Straße entlangfuhren,

schwärmte Luis von dem Hotel. »Die Aussicht ist phänomenal, und man fühlt sich wie auf dem Dach der Welt.«

»Warum steht das Hotel schon so lange leer?« Ich wunderte mich, dass nicht schon früher jemand auf die Idee gekommen war, es wieder in Betrieb zu nehmen.

Luis warf einen schnellen Blick zu Markus, und dieser nickte fast unmerklich. Die beiden tauschten sich schweigend aus. Etwas stimmte mit diesem Hotel nicht, das spürte ich.

»Ein paar Jahre, nachdem eure Freundin Manuela verschwunden ist, hat sich der letzte Besitzer im Speisesaal erhängt«, erzählte Markus nach einer kurzen Pause. »Hast du davon nie etwas gelesen?«

»Nein, da war ich doch schon längst in Berlin. Was war denn der Auslöser für diese Tragödie?«

»Der Teufelsspalt, was sonst«, meinte Adrian mürrisch. »Erzähl Feli die ganze Geschichte«, forderte er Markus auf.

»Das Hotel war vor der beginnenden Wintersaison noch geschlossen. Alois, der Besitzer, hatte viel zu tun und holte seine Frau Vroni aus Dunkelsteig und seine Zwillinge hinauf ins Hotel. Sie putzten die Zimmer, reinigten das Silber und saugten die Teppiche. Dann kam plötzlich ein Schneesturm auf, und das Hotel war eingeschneit. Die vier saßen in dem düsteren Gebäude und warteten, dass der Sturm sich legte. Doch es schneite ununterbrochen, und der Wind rüttelte an den Fensterläden. Langsam ging das Holz zur Neige, und in der Speisekammer herrschte Ebbe. Durch den starken Schneefall gab es auch keine Verbindung mehr zum Dorf. Unter der Schneelast knickten die Leitungsmasten, der Strom fiel aus, ebenso das Telefon. Vroni hörte in der Nacht unheimliche Stimmen im Hotel und sah eigenartige Gäste im Speisesaal neben den Tischen tanzen. Auf dem

Flur traf sie auf ihre verstorbene Großmutter und alles war so real, dass sie Angst hatte, langsam verrückt zu werden. Deswegen wollte sie so schnell wie möglich zurück ins Dorf, was aber aufgrund der Witterung unmöglich war. Eines Tages ließ der Sturm nach, und Vroni stellte ihrem Mann ein Ultimatum.

Entweder du bringst mich und die Kinder ins Dorf oder ich verschwinde von hier, waren ihre Worte.

Ich kann nicht weg. Das Hoteldach muss laufend freigeschaufelt werden, sonst stürzt es ein. Außerdem ist zu viel Schnee gefallen und der Weg deshalb sehr gefährlich, warnte Alois sie. *Es gibt Lawinen und vom Schnee verwehte Gebirgsspalten.*

Keine Minute länger halte ich es hier aus. Es spukt in diesem Hotel.

Du spinnst und machst unsere Töchter noch ganz verrückt. – Ich habe diese Gespenster gesehen, sie waren durchsichtig, aber doch irgendwie wirklich.

Beruhige dich, bald kommt ein Hubschrauber und holt uns.

Doch Vroni wollte nicht warten. Unbemerkt verschwand sie aus dem Hotel, und Alois sah sie nie wieder.«

»Woher weißt du das alles so genau?«, fragte ich.

»Alois hat einen ausführlichen Brief hinterlassen, in dem genau stand, was sich zugetragen hat«, antwortete Markus. »Als sich das Wetter besserte, alarmierte er die Bergrettung. Man fand Vronis Mantel beim Teufelsspalt, aber sonst nicht die geringste Spur von ihr. Vier Tage und Nächte haben Helfer und Freiwillige nach ihr gesucht. Am fünften Tag ist die Bergrettung abgezogen. In dieser Zeit ist Alois um Jahre gealtert. Er wollte nicht mehr zurück ins Dorf, sondern blieb mit den Zwillingen im Hotel. Eines Nachts hat er den Kleinen eine Überdosis Schlaftabletten verabreicht und ist an ihrem Bett gesessen, bis sie tot waren. Dann ist er in den Speisesaal gewankt, auf einen Tisch geklettert, schlang sich ein Seil um den Hals, befestigte es an einem Lüsterhaken und sprang vom Tisch. Er war auf der Stelle tot.«

»Der Teufelsspalt hat Schuld«, ergänzte Adrian düster. Er schlug die Mappe auf, die neben ihm auf dem Sitz lag. »Das ist ein Foto von Alois, Vroni und den Zwillingen.«

Lange betrachtete ich die Aufnahme. Alois war ein gemütlich aussehender Mann mit breiten Koteletten, Vroni eine südländisch aussehende, filigrane Frau. Die kleinen Mädchen waren identisch in rosa Dirndl gekleidet. Mit weit aufgerissenen Augen starrten alle vier in die Kamera. Auf mich wirkte es, als würden sie bereits das Unheil herannahen sehen.

KAPITEL DREIUNDZWANZIG

Das Drama um Alois und seine Familie spukte unentwegt in meinem Kopf herum, und ich hatte die dumpfe Ahnung, dass dieses Hotelprojekt unter keinem glücklichen Stern stand. Doch ich hütete mich, den anderen gegenüber auch nur ein Wort von meinen Gedanken zu verlieren.

Der Wald lichtete sich, und Markus lenkte den Geländewagen über eine Geröllpiste, an deren Rand eine verlassene Liftstation mit einem Pultdach stand.

»Endstation«, sagte er und stellte den Motor ab. »Hier komme ich mit dem Wagen nicht mehr weiter.«

»Wie erreichen wir denn das Hotel?«, fragte ich und wies auf den steilen Berg, an dessen Spitze sich das Gebäude befand und auf uns herunterstarrte.

»Wir fahren mit der Materialseilbahn.« Markus sperrte die Tür der Liftstation auf. »Von hier aus können wir sie in Betrieb setzen.«

Gemeinsam mit Markus trat ich in die Station und wies

auf ein altmodisches Kontrollboard, auf dem sich mehrere Schalter, Regler und Kontrolllämpchen befanden.

»Und das funktioniert noch?« Ich hatte so meine Zweifel, als ich die vorsintflutliche Technik begutachtete.

»Ein Techniker hat das System vor einigen Tagen überprüft. Später wird natürlich alles erneuert, und ein Sessellift bringt die Gäste bequem zum Hotel«, beruhigte mich Luis. »Doch jetzt müssen wir noch mit diesen Transportbehältern vorliebnehmen.«

Ich ging mit Luis und Markus um das Gebäude herum, während Adrian im Kontrollraum blieb. Skeptisch betrachtete ich die dicken Stahlseile, die hoch zu dem Hotel führten. Große Transportkisten und stabile Drahtkörbe waren mit Eisengestellen daran befestigt.

»Das ist nicht euer Ernst«, meinte ich. »Der Seitenrand dieser Transportkisten ist ja nicht einmal einen Meter hoch. Darin kann doch unmöglich ein Mensch sitzen.«

»Wir benutzen natürlich die Körbe«, wischte Luis meine Bedenken beiseite. »Sieh mal, ich bin größer als du und habe bequem Platz.« Zur Demonstration kletterte er in einen Korb und lehnte sich über den Rand. »Du stehst ganz bequem und kannst während der Fahrt sogar die Landschaft bewundern.«

»Gibt es keine andere Möglichkeit, zum Hotel zu gelangen?«, fragte ich verunsichert.

»Wir können natürlich auch zu Fuß marschieren, aber das dauert ein paar Stunden«, ergänzte Adrian, der zu uns getreten war und ebenfalls alles begutachtete. »Keine Sorge, die Drahtkörbe sind stabil. Es dürfte also kein Problem geben. Wer fährt zuerst?«, fragte er in die Runde.

»Ich.« Luis stieg in einen Korb, Markus legte einen Schalter um, und die kleine Seilbahn setzte sich in Bewegung. Ruckartig entfernte sich die Kabine vom Boden, und Luis winkte vergnügt zurück. »Das ist wie in einer Freiluftgondel!«, rief er enthusiastisch.

Schon bald war er nur noch ein kleiner Punkt in der Felswand, alles schien in Ordnung zu sein, als plötzlich auf dem Kontrollboard eine rote Lampe aufblinkte.

»Ist das ein Alarmzeichen?«, fragte ich besorgt.

»Nein, das bedeutet nur, dass Luis oben angelangt ist. Jetzt bist du an der Reihe.« Markus wies zu einem Korb mit rostigem Drahtgestell.

»Okay, dann wollen wir.« Zu meiner Überraschung erwies sich der Korb als ziemlich stabil. Luis hatte recht gehabt. Es war wie in einer kleinen Open-Air-Gondel. Mit einem Ruck setzte sie sich in Bewegung. Ich wurde an die rückwärtige Begrenzung gedrückt und hielt mich mit beiden Händen am seitlichen Geländer fest. Das Seil knirschte laut, und wenn ich mich bewegte, begann der Korb leicht zu schaukeln. Noch waren die Felsen unter mir so nahe, dass ich glaubte, sie mit den Händen greifen zu können. Doch nach und nach wurde die Landschaft immer kleiner. Vorsichtig drehte ich den Kopf und blickte zurück. Die Häuser von Dunkelsteig wirkten wie Spielzeuggebäude und erinnerten mich an das Modell von Markus. Doch durch meine Bewegungen begann die Drahtkabine zu schwingen und wippte wie eine Kinderschaukel auf und ab. Das Seil ächzte und gab ein sirrendes Geräusch von sich. Ich bemühte mich, das Gleichgewicht zu halten, indem ich vorsichtig in die Mitte trat. Der Korb schwebte gerade über einem tiefen Einschnitt in der Felswand.

»Es ist gleich vorbei«, murmelte ich und schloss die Augen, um nicht in den Abgrund blicken zu müssen. Doch plötzlich gab es einen heftigen Ruck – und die Welt stand still. Das Sirren des Seils war verstummt, alles, was ich vernahm, war das Rauschen des erwachenden Föhns, der jetzt heftig an dem Korb rüttelte.

»Nur keine Panik«, machte ich mir selbst Mut und zog mein Handy aus dem Anorak. Ich wollte Markus fragen, ob es ein Problem gab, doch ich hatte keine Verbindung. Der Wind nahm an Stärke zu, und der Korb schwankte immer heftiger. Verzweifelt versuchte ich, die Balance zu halten, doch der Korb wurde durch die Windböen wie ein Blatt hin und her gewirbelt.

»Hilfe, ich stecke hier fest! So tut doch was!«, rief ich aus Leibeskräften, obwohl es völlig sinnlos war. Auf dem Boden des Korbs lag ein Tau, und ich überlegte, ob ich mich damit vielleicht abseilen könnte. Vorsichtig beugte ich mich über den Rand des Korbs, um die Entfernung nach unten zu bemessen. In diesem Moment erfasste ein heftiger Windstoß die Drahtgondel und kippte sie seitlich um. Ich verlor das Gleichgewicht, rutschte mit dem Oberkörper über das Geländer und hing halb in der Luft. Adrenalin schoss durch meine Venen, und mein Puls spielte verrückt. Unter Aufbietung all meiner Kräfte schob ich mich zurück. Zum Glück ließ der Wind nach, und der Korb hob sich ein wenig. Ich presste mich gegen die Rückwand, verlagerte den Schwerpunkt, und langsam richtete sich der Korb wieder völlig auf. Regungslos verharrte ich in der Mitte und wagte kaum zu atmen. Plötzlich ächzte das Seil, ruckte, und die Materialseilbahn setzte sich wieder in Bewegung.

Der Föhnwind war nach wie vor heftig, und die Gondel schwankte auf und nieder wie ein Schiff in stürmischer See. Endlich kam die Bergstation in greifbare Nähe, und ich atmete auf. Auf einer betonierten Plattform unter einem hölzernen Vordach befand sich das riesige Schwungrad, über das die Stahlseile liefen.

»Tut mir leid«, sagte Luis, als er mich auf der Plattform in Empfang nahm und mir half, aus dem Korb zu klettern. »Es ist kurz der Strom ausgefallen. Hast du Angst gehabt?« Fürsorglich streichelte er meine Schultern.

»Nein, so schnell fürchte ich mich nicht«, erwiderte ich und blickte mich um. Das Schwungrad an der Decke quietschte, die verwitterten Holzschindeln an den Wänden klapperten, und der Wind heulte gespenstisch. Das alte Hotel verströmte eine unangenehme Aura, und die eisige Kälte schnürte mir die Kehle zu. Ich war wieder an einem dunklen Ort des Bösen gelandet.

KAPITEL VIERUNDZWANZIG

Damals – Manuela

Manuela stand hinter ihrer Mutter und beobachtete, wie Liesl mit dem Pinsel die Landschaft auf die Leinwand warf. Was zunächst noch ein realistisches Abbild der Natur war, verwandelte sich unter Liesls Pinselstrichen in einen expressiven Farbrausch. Manuela bewunderte ihre Mutter für die Fähigkeit, aus Landschaften ein Kunstwerk zu kreieren. Auch bei den Porträts hielt sich Liesl niemals an die Wirklichkeit, sondern versuchte, tief in das Innere des Porträtierten zu blicken, um seine Seele auf der Leinwand zu verewigen.

Manuela war mit ihrer Mutter bereits zeitig in der Früh zum Berghotel aufgebrochen, und jetzt um die Mittagszeit gab es nur wenige Ausflügler in dem Hotel. Alois, der Wirt, schritt mit sorgenvoller Miene auf der leeren Terrasse auf und ab, spähte dann hinunter auf den Wanderweg, von dem aus man das Hotel erreichen konnte.

»Da kommt ja der eingebildete Franz mit seiner Erika. Und Felicitas trottet wie ein Hund hinterher«, meinte der Wirt zu Liesl und wies mit der Hand zu der Familie.

»Tatsächlich.« Liesl legte den Pinsel zur Seite und beschattete mit der Hand ihre Augen. »Felicitas hat es nicht leicht mit ihren Eltern.«

»Ich verstehe bloß nicht, warum sie sich das gefallen lässt«, meinte Manuela.

»Sie hat eben nicht so tolerante Eltern wie du«, antwortete Liesl.

»Dafür weiß sie, wer ihr Vater ist«, konterte Manuela.

»Geht dieses Thema schon wieder los. Hast du etwa einen Vaterkomplex, bloß weil ich ein unabhängiges Leben führen will?«

»Vergiss es, dein Gerede kotzt mich an«, zischte Manuela und sprang die Terrassenstufen hinunter, um ihrer Freundin entgegenzulaufen.

»Feli, wie cool, dass du hier bist. Mir ist gerade stinklangweilig.«

»Wir machen einen Familienausflug«, unterbrach Franz Manuela in seinem arroganten Wiener Tonfall. Mit der Hand wischte er sich den Schweiß von der Stirn. »Die Route führt über den Nordhang und von dort zurück ins Dorf.«

»O wie schrecklich! Das ist ja ein Tagesmarsch«, meinte Manuela und warf ihrer Freundin einen mitleidigen Blick zu.

»Ich finde es ätzend, den ganzen Tag zu wandern«, mischte sich jetzt auch Felicitas mit langem Gesicht ein.

»Du bist so ein unbeholfenes Mädchen. Das Bergwandern ist gut für den Gleichgewichtssinn. Vielleicht trampelst du dann nicht so schwerfällig durch die Welt. Nimm dir ein Beispiel an Manuela. Mit welcher Grazie sie uns entgegengelaufen ist.«

»Franz, lass gut sein.« Erika streichelte den Arm ihrer Tochter. »Felicitas wird einen Tanzkurs besuchen, und hübsch ist sie ja von Haus aus.«

»Wie man's nimmt«, ließ sich Franz nicht umstimmen. »Aber so hübsch wie Manuela wird sie sicher nie sein.«

»Muss diese Beleidigung sein?« Erika drehte sich zu ihrer Tochter, die den Vater mit zusammengepressten Lippen anstarrte und ihm dann den Rücken zukehrte.

Diesen Augenblick nutzte Franz, um Manuela mit einem langen Blick zu taxieren. Manuela öffnete den Mund zu einem leisen Lächeln und drückte die Schultern zurück. Mit einer kurzen Kopfbewegung warf sie ihre blonden Haare nach hinten und schaute Franz in die Augen.

»Bringst du uns was zu trinken?«, fragte Franz und erwiderte den Blick.

»Ich bin doch hier nicht die Kellnerin«, meinte Manuela schnippisch.

»Na gut, dann hole ich mir die Getränke eben selbst. Was wollt ihr?«, fragte er Erika und Felicitas.

»Mir eine Cola bitte«, sagte Felicitas.

»Das ist ungesund und enthält viel Zucker«, erwiderte Franz autoritär. »Aus, basta. Es gibt für alle Kräuterlimo. Manuela, zeig mir, wo die Schank ist«, befahl Franz.

Gedanken schwirrten durch Manuelas Kopf. Wünschte sie sich einen Mann wie Franz? So dominant und beherrschend? Ob er wohl auch sonst streng und gleichzeitig leidenschaftlich war? Jedenfalls hatte er wesentlich mehr

Format als all die Jungs zusammen, die sie kannte. Adrian vielleicht ausgenommen. Aber der war ja ein spezieller Fall.

»Also, was ist?«, drang Franz' Stimme an ihr Ohr.

»Folge mir.« Leichtfüßig sprang Manuela die Treppe hoch, nahm immer zwei Stufen auf einmal, obwohl ihre Shorts dafür zu eng waren. Doch sie spürte Franz' Blicke in ihrem Rücken, und das beflügelte sie.

Auf der Terrasse suchte sie Alois, der gerade in ein Gespräch mit Liesl vertieft war.

»Alois, kommst du? Franz und seine Familie wollen etwas zu trinken.«

»Ich unterhalte mich gerade angeregt mit deiner Mutter. Wir überlegen, eine Ausstellung im Hotel zu machen«, erwiderte Alois ungehalten und strich sich über seine dicken Koteletten.

»Soll ich ihnen die Getränke servieren?«, fragte Manuela mit großen Kulleraugen. Sie hatte vorausgesehen, dass Alois lieber über Kunst redete, als Gäste zu bedienen.

»Das wäre sehr nett von dir. Du weißt ja, wo alles in der Schank steht«, sagte Alois erleichtert.

»Na klar. Ich kenne mich aus.« Manu schlenderte in den Speisesaal mit dem gläsernen Lüster in der Mitte. Hinter den großen Terrassentüren breitete sich das Tal mit seinen schroffen Berghängen aus. An der gegenüberliegenden Wand befand sich das Buffet für die Gäste. Dort gab es auch einen niedrigen Kühlschrank mit Wasser und Kräuterlimo. Manu bückte sich, öffnete die Tür und holte eine eisgekühlte Flasche hervor. Plötzlich spürte sie zwei Hände, die sie an den Hüften packten, und sie roch diesen männlichen Duft aus Schweiß und Aftershave.

Das Blut schoss ihr in die Wangen, und sie spürte, dass

aus diesem spielerischen Geplänkel leicht mehr werden könnte.

»Was wäre, wenn ich nicht diese Familie an der Backe hätte?«, flüsterte Franz ganz nahe an ihrem Ohr und drückte sie fester an sich.

»Ja, was wäre dann?« Spielerisch entzog sich Manuela der Umarmung und hielt Franz eine Flasche Kräuterlimo entgegen. »Damit kannst du dich ein wenig abkühlen.«

»Da wüsste ich was Besseres.«

»Franz, wo bleibst du, wir wollen weiter«, tönte Erikas Stimme von draußen in den Saal.

Manuela konnte sich ein Lachen nicht verkneifen. »Geh schon. Deine Bergziegen rufen dich.« Mit diesen Worten drückte sie Franz drei Flaschen Kräuterlimo in die Hand. »Es ist doch schön, eine Familie zu haben!«, rief sie ihm noch hinterher.

Franz blieb stehen und warf einen finsteren Blick auf Manuela. »Manchmal wünschte ich mir, sie wären tot.«

KAPITEL FÜNFUNDZWANZIG

Von der Bergstation führte ein mit Steinen gepflasterter Weg, der sich wie ein Gürtel eng an die Holzwände schmiegte, bis zum Haupteingang des Hotels.

»Ich mag diese natürliche Patina.« Luis legte die Wange an die verwitterte Holzwand des Hotels. »Man spürt, dass dieses Gebäude noch atmet, und daher werden wir es reanimieren.« Spontan griff er nach meiner Hand. »Leg deine Finger auf die Holzschindeln.«

»Lass mich.« Ich zuckte zurück, doch es war bereits zu spät. Meine Fingerspitzen berührten das rissige Holz, und wie ein Stromstoß tauchte ein Bild vor meinem geistigen Auge auf. Ich sah den Hotelier Alois, der am Bett der toten Zwillinge hockte. Zwischen seinen Händen hielt er ein leeres Glas, und auf seiner Wange perlte eine Träne. Ich begann heftig zu blinzeln, und zwischen den Fugen der Holzschindeln tauchte plötzlich das blonde Mädchen in dem weißen Kleid auf. Lautlos sprang es auf den Weg und stellte sich zwischen Luis und mich. Es schüttelte den Kopf und starrte mich mit schreckgeweiteten Augen an.

»Felicitas, ist was?« Er schnippte mit den Fingern vor meinen Augen, wie ein Hypnotiseur, der eine Trance beendet.

»Nein, ich habe nur die Aura des Gebäudes auf mich wirken lassen.«

»Ich wusste, dass du für diese Schwingungen empfänglich bist«, meinte Luis freudig. »Wir warten jetzt auf Markus. Er hat die Schlüssel für den Haupteingang.« Luis deutete zu dem vergitterten Eingang, der von zwei geschnitzten Hirschen flankiert wurde. »Hier scheint jeder ein Faible für Hirsche zu haben.« Luis wies auf die lebensgroßen Figuren.

»Die Wälder rund um Dunkelsteig waren früher ein Jagdgebiet der Salzburger Erzbischöfe. Aber jetzt ist alles abgeholzt«, erklärte ich und trat mehrere Schritte zurück, um das Hotel genauer in Augenschein nehmen zu können. Es war ein großes, ganz aus Holz erbautes Gebäude. Die Lobby befand sich neben dem Eingang in einem halbrunden Vorbau mit verrammelten Panoramafenstern und wirkte wie eine Beule. Darüber lagen die Sonnenterrasse und der Speisesaal. Zwei weiteren Geschosse mit Balkonen waren für die Gästezimmer bestimmt. Vor dem Haupteingang gab es einen Vorplatz, der mit mehreren Tannen bepflanzt war. Zwischen den Bäumen befanden sich eine Futterkrippe und zwei geschnitzte Rehe. Doch anders als die beiden Hirsche waren sie durch die Feuchtigkeit bereits rissig und vermodert.

»Eine harmonische Aura, findest du nicht, Felicitas?«, fragte Luis.

»Friedvoll«, antwortete ich knapp und hütete mich davor, etwas von meiner Vision zu erzählen.

Kurz darauf tauchten Markus und Adrian auf. Markus zog einen Feldstecher aus seinem Lodenrucksack und blickte damit zum Dachgiebel des Hotels.

»Das waren die Zimmer von Alois und seiner Familie. Was sich wohl hinter diesen Fenstern abgespielt hat?«, meinte er und ließ den Feldstecher sinken.

›Du hast dich kein bisschen verändert. Noch immer spähst du gerne in das Leben anderer Leute‹, dachte ich.

»Dann wollen wir mit der Besichtigung beginnen, damit du einen Eindruck von dem Projekt bekommst. Das ist sicher für die geplante Vermarktung wichtig.« Markus klatschte in die Hände, schob das Scherengitter auseinander und öffnete den Haupteingang. »Erschreckt bitte nicht, aber das Hotel steht seit Jahrzehnten leer.« Wie ein Fremdenführer ging Markus vor uns durch die düstere Eingangshalle, in der nur vereinzelte Lichtstrahlen wie Boten aus einer anderen Welt über die Bretter tanzten. Dominiert wurde die Lobby von einem mannshohen gemauerten Kamin, vor dem vermoderte Tierfelle auf dem Boden lagen. Auf dem breiten Kaminsims lauerten ausgestopfte Füchse, Luchse und eine Eule, die uns mit ihren toten Augen beobachteten.

Ich trat näher heran und tippte einem Fuchs auf die Schnauze. Eine Staubwolke stieg auf, und ich musste niesen. Plötzlich hörte ich deutlich eine Stimme. Sie schien aus dem Kamin zu wehen. »Trinkt den Saft, Kinder.« Ich stutzte und beugte mich unter den Kamin, starrte den Schacht hinauf. Hatte ich mich getäuscht? Nein, da war die Stimme wieder. »Seid folgsam und trinkt alles aus.« Jetzt war auch leises Kinderweinen zu vernehmen. Lautes Rascheln setzte ein, und eine Tür schlug zu. Schritte hallten durch den Kaminschacht bis zu mir. Ich spürte, wie sich meine Nackenhaare aufstellten. Was passierte hier gerade?

»Der Kamin wird das Highlight der Lobby«, sagte Markus, der neben mich getreten war. »Natürlich zusammen mit der einzigartigen Panoramaaussicht.«

»Sehr gut«, erwiderte ich abwesend. »Ist noch jemand im Hotel? Ich glaube, ich habe Stimmen und Geräusche gehört«, fragte ich vorsichtig.

»Nicht dass ich wüsste. Siehst du jetzt schon Gespenster?« Markus betrachtete mich belustigt von der Seite.

»Na, dann war das wohl eine Täuschung«, erwiderte ich leichthin. Ich war mir aber ganz sicher, diese Stimme und das Kinderweinen gehört zu haben. Mit verkniffener Miene schlenderte ich durch die Halle und wollte mich gerade auf ein mit Kuhfell bezogenes Sofa setzen, als Adrian aufgeregt in die Lobby stürmte. »Wir müssen sofort wieder ins Tal aufbrechen!«, rief er.

»Wieso? Wir sind doch extra für die Besichtigung hochgefahren. Was ist los mit dir?« Markus schüttelte verstimmt den Kopf.

»Ich habe mir gerade den Himmel angesehen. Und da braut sich etwas Schlimmes zusammen.«

»Das muss ich mir selbst anschauen.« Markus ging nach draußen und ich folgte ihm.

Adrian deutete auf die Wetterseite, wo sich in einiger Entfernung hinter den Bergspitzen dicke Wolken zu bizarren Gebilden auftürmten. »In einer guten Stunde ist hier die Hölle los. Da sollten wir bereits beim Wagen in Sicherheit sein.«

»Du hast recht«, meinte Markus.

»Dann wird's wohl heute nichts mit der ausführlichen Besichtigung. Tut mir leid, Felicitas«, meinte Luis.

»Kein Problem, ich habe trotzdem einen ersten Eindruck von dem alten Hotel gewonnen.« Ich warf einen Blick zu den Felsen gegenüber, die von einem schwarzen Spalt geteilt waren. »Das ist doch der Teufelsspalt dort drüben«, sagte ich.

»Genau. Von der Terrasse aus sieht man ihn noch besser«, meinte Markus.

»Darf ich mir deinen Feldstecher leihen?«, fragte ich, denn ich hatte plötzlich eine Bewegung an dem Felsen bemerkt.

Ich hob das Fernglas an meine Augen und blickte zu der Felswand auf der anderen Seite. Auf einmal erblickte ich wieder das Mädchen, das bei den Felsen entlangschwebte. Ich zoomte die Gestalt näher heran. Diesmal war die Erscheinung aber sehr real, denn es war Hannah, die sich mit einer Hand an einem Felsvorsprung hochzog. Dann hob sie die andere Hand und winkte mir zu, so als wollte sie mich vor etwas warnen.

KAPITEL SECHSUNDZWANZIG

Wie eine Spinne aus Holz und Stein lauerte das Hotel auf dem Berggipfel und schien nur darauf zu warten, bis ich mich wieder in seinem unsichtbaren Netz aus Geräuschen und Stimmen verfing. Doch je weiter wir uns davon entfernten, desto geringer wurde meine Beklemmung.

Markus bremste den Land Rover an der Ortseinfahrt von Dunkelsteig ab und beugte sich nach hinten. »Kommst du noch mit ins Sägewerk?«, fragte er mich.

»Nein, ich muss einen letzten Artikel für die Zeitung schreiben, das habe ich dem Chefredakteur fest versprochen«, log ich, denn ich wollte nicht wieder in die kranke Liliputwelt mit Markus' Puppen eintauchen. Für heute hatte ich genug von merkwürdigen Vorkommnissen.

»Schade«, meinte Luis bedauernd und drückte mir links und rechts Luftküsse auf die Wangen. »Aber wir sehen uns ja jetzt öfter.«

Adrian stieg mit mir aus dem Wagen und umarmte

mich. Dabei flüsterte er mir ins Ohr: »Ich brauche dich zum Reden. Irgendwer will mir schaden und hat die Wand meiner Halle mit einem Spruch beschmiert.«

»Etwas Obszönes?«

»Nein, eher eine drohende Botschaft: Du bist schuld!«

»Was? Dasselbe hat man mir auch auf den Spiegel im Bad geschrieben. Was soll das Ganze?«

»Adrian, kommst du endlich?« Markus drückte auf die Hupe. »Das mit der Hochzeit ist anscheinend ernst«, feixte er.

»Okay, lass uns die nächsten Tage in Ruhe darüber reden. Melde dich, Feli.« Adrian nickte mir ernst zu und stieg wieder in den Wagen.

In Dunkelsteig war es bereits dämmrig, und ich beschloss, zum Hirschen Wirt zu gehen. Vielleicht ergab sich eine Gelegenheit, mit Traudi zu sprechen. Möglicherweise hatte sie damals mitbekommen, mit wem sich Manuela traf.

Zum Glück war die Gaststube fast leer, nur die üblichen Gäste saßen am Stammtisch und starrten stumm in ihre Biergläser. Das Licht war gedimmt, und die dunklen Deckenbalken machten den Raum noch niedriger.

»Heute ist wenig los. Da kannst du unbesorgt ein Bier trinken.« Ohne meine Antwort abzuwarten, zapfte Traudi ein kleines Helles.

»Wieso mögen mich die Leute eigentlich nicht?«, fragte ich nach dem ersten Schluck.

»Man macht Stimmung gegen dich und schürt geschickt die Angst der Bewohner, dass du über die Verschwundenen von Dunkelsteig schreibst und wir zu einem Horrordorf werden.«

»Horrordorf trifft es ganz gut.« Nachdenklich blickte ich in mein Bierglas.

»Und wie war es heute im alten Berghotel?«, wechselte Traudi das Thema.

»Woher weißt du das?«

»Alle im Ort sind darüber informiert, was du so treibst«, scherzte Traudi. »Ist es gruselig?« Sie lehnte sich an den Tresen und stützte die Arme auf. »Da hat sich ja damals eine Tragödie abgespielt.«

»Wir konnten nur die Lobby besichtigen, denn Adrian meinte, es gibt einen Wetterumschwung.«

»So ein Blödsinn, der Wetterbericht hat nichts gemeldet.« Traudi beugte sich vertraulich über den Tresen.

»Du machst jetzt die Werbearbeit für das Hotel.«

»Euch entgeht aber auch gar nichts.«

»Markus hält große Stücke auf dich und ist beeindruckt von deiner Karriere in Berlin. Aber ich gebe dir einen guten Rat: kein Wort über Alois und die Zwillinge. Wenn das jemand außerhalb von Dunkelsteig erfährt, dann kommt kein normaler Tourist mehr hierher. Nur noch die Freaks.«

»Ich habe nicht vor, dieses Drama aufzuwärmen«, beruhigte ich Traudi. »Hast du eigentlich mitbekommen, mit wem sich Manuela damals sonst noch so getroffen hat?«, kam ich auf den eigentlichen Grund meines Besuchs im Wirtshaus zu sprechen.

»Wieso sollte ich das wissen? Du bist doch ständig mit ihr zusammen gewesen.«

»Na ja, aber nicht Tag und Nacht«, meinte ich. »Vielleicht gab es da jemanden, einen verheirateten Mann …«

»Jetzt, weil du es sagst, fällt mir eine merkwürdige Episode wieder ein«, unterbrach mich Traudi.

»Erzähl es mir bitte.«

»Manuela hat auf mich nie den Eindruck gemacht, als ob sie sehr gläubig wäre. Aber einmal spät in der Nacht, als ich mit meinem Dackel, dem Erwin, eine Runde gedreht habe, sah ich sie in der Kirche verschwinden. Mit wem hat sie sich dort wohl getroffen? Mit unserem Seelsorger?«

»Mit dem Pfarrer? Das glaube ich nicht.« Ich verzog skeptisch das Gesicht.

»Und ein anderes Mal ist sie ins Wirtshaus gekommen und hat einen Gespritzten nach dem anderen getrunken. Dabei hat sie ständig Sissi verflucht. Du weißt noch, wer das ist?«

»Elisabeth, die schöne Sissi, natürlich kannte ich sie.« Sie war so etwas wie der Star von Dunkelsteig gewesen, denn die lokale Zeitung hatte sie einmal für ein Fotoshooting ausgesucht. Sehr zum Missfallen von Manuela, die bei der Auswahl den Kürzeren gezogen hatte.

»Sissi arbeitete in der Fleischhauerei und verschwand eines Tages spurlos«, erzählte Traudi weiter. »Ihre Mutter erzählte im Dorf, dass sie bei Verwandten in Deutschland sei und eine Lehre mache. Aber das glaubte hier niemand. Ein Jahr, nachdem Manuela verschwunden war, erschien Sissi plötzlich wieder in Dunkelsteig mit einem kleinen Kind. Da wussten wir Bescheid. Und jetzt rate mal, wer dieses Kind ist?«

»Hannah, die kleine Bergfexin, antwortete ich.

»Oh, du weißt es bereits«, antwortete Traudi enttäuscht.

»Hannah hat es mir selbst erzählt. Aber ich verstehe den Zusammenhang nicht«, meinte ich.

»Sissi hat sich öfter mit älteren Männern getroffen. Darum hat Manuela sie beneidet. Sie konnte mit den Jungs aus dem Dorf einfach nichts anfangen.« Traudi malte mit dem Zeigefinger Figuren auf die nasse Tischplatte.

»Ach so ist das.« Ich nickte wissend. ›Aber es gab doch einen Burschen im Ort, mit dem sich Sissi getroffen hat. Damals habe ich ihr alles Übel dieser Welt gewünscht.‹

KAPITEL SIEBENUNDZWANZIG

Damals – Felicitas

Felicitas und Manuela stürmten aus dem Haus, und wie immer stoppte Felicitas kurz vor der jungen Tanne. Sie legte ihre Hand an den Stamm und schloss die Augen, spürte die zerfurchte Rinde und das klebrige Harz, das ihr auf unerklärliche Weise Kraft spendete, wenn sie es von den Fingerspitzen leckte. Ihre Großmutter hatte den Baum bei ihrer Geburt für sie gepflanzt, und Felicitas pflegte ihn nach deren Tod. Ihr Vater wollte den Baum schon mehrmals fällen, da er einen Schatten auf das Haus warf, doch Felicitas konnte ihn zum Glück immer wieder umstimmen.

»Erzähle mir morgen, wie es mit Addi war«, sagte Manuela zum Abschied und umarmte ihre Freundin überschwänglich. »Ich wünsche mir, ihr kommt jetzt endlich zusammen.«

»Hör auf, das ist ein rein freundschaftliches Treffen«, wiegelte Felicitas ab. Sie hatte sich mit Adrian für eine Rollerfahrt verabredet. Insgeheim hoffte sie natürlich, dass dabei etwas Einschneidendes passierte, dass mehr aus der Freundschaft wurde, die seit Jahren zwischen ihnen bestand.

Als sich die beiden Freundinnen voneinander verabschiedet hatten, ging Felicitas die Hauptstraße von Dunkelsteig entlang. Da das Dorf immer im Schatten der Berge lag, war es dunkel und kühl, obwohl sich über den Häusern der blaue Himmel wölbte. Felicitas zog ihre Strickjacke über und schlenderte mit verschränkten Armen durch den Ort. Horchte auf das Geräusch des Rollers, aber es war noch nichts zu hören. Vor der Kirche blieb sie stehen und blickte umher. Kein Adrian weit und breit. Sie setzte sich auf die Stufen und ärgerte sich, dass sie ihren Walkman nicht mitgenommen hatte. Dann könnte sie sich jetzt die Zeit ein wenig mit Musik vertreiben.

›Das ist wieder typisch für Addi‹, dachte sie. ›Immer kommt er zu spät.‹ Aber sie konnte ihm nicht böse sein, denn sie wusste, dass Adrian seinem Vater im Stall helfen musste. Nach dem Tod seiner Mutter hatte sein Vater zu trinken begonnen und wurde schnell wütend, wenn ihm sein Sohn nicht zur Hand ging.

Mit einem Mal war in der Ferne das Geräusch eines Mopeds zu vernehmen. In einem ersten Impuls sprang Felicitas auf die Füße, besann sich dann aber eines Besseren und setzte sich wieder. Sie wollte cool und selbstsicher wirken. Der Motor klang blechern, und kurz darauf erblickte sie Adrian auf einem blauen Roller eine schmale Gasse herunterkurven. Er trug keinen Helm, und seine gelockten Haare wehten im Wind. Für Felicitas wirkte er wie ein strahlender Ritter, der sie aus der Enge von Dunkelsteig befreien würde.

Sie hob den Kopf und trat auf die Straße. Adrian bremste den Roller ab und fuhr sich mit der Hand durch die Haare.

»Hallo Feli, trägst du eigentlich immer nur diesen einen Jeansrock?«, fragte er mit einem breiten Lächeln. »Egal, mir gefällts.«

»Deswegen trage ich ihn«, antwortete sie kokett. Doch insgeheim war sie wütend auf Manuela, die ihr zu diesem Outfit geraten hatte. Sie wollte sich auf den Rücksitz des Rollers schwingen, doch Adrian hielt sie zurück.

»Kannst du mir noch schnell einen Kaugummi aus dem Geschäft holen?«, fragte er und deutete zu dem Laden auf der anderen Seite. »Ich warte in der Zwischenzeit auf dich.«

»Klar, mach ich gern«, erwiderte Felicitas, obwohl sie diese Bitte ein wenig merkwürdig fand. Geschäftig eilte sie über den Platz und trat in den altmodischen Laden. In einem schwarzen Drahtgestell waren Kaugummis in den unterschiedlichsten Geschmacksrichtungen aufgereiht, und Felicitas konnte sich nur schwer entscheiden. Schließlich hatte sie eine Wahl getroffen, bezahlte und ging wieder nach draußen.

»Addi?« Suchend blickte sie umher.

Der Platz war leer und Adrian verschwunden. Ein älteres Paar stand vor der Kirche und starrte sie neugierig an. Als Felicitas auf die beiden zueilte, drehten sie sich um und stiegen die Stufen zur Kirche hoch.

»Haben Sie einen blauen Roller gesehen?«, rief sie den beiden hinterher.

Die Frau drehte sich um und musterte Felicitas von oben bis unten. »Der Teufelsspalt wird dich holen«, zischte sie und deutete auf ihren kurzen Jeansrock.

Felicitas verkniff sich eine Antwort, denn sie wollte sich

von der Alten nicht die Stimmung verderben lassen und machte auf dem Absatz kehrt.

»Addi?«, rief sie und lief über den Platz. Panik breitete sich in ihrem Inneren aus. War ihm etwas passiert? Sie war doch nur wenige Minuten weg gewesen. Die Sonne senkte sich langsam und kündigte bereits das Ende des Tages an. Wie von Sinnen rannte Felicitas kreuz und quer über den Platz, suchte in den umliegenden Gassen nach Adrian. Plötzlich entdeckte sie seinen Roller im Schatten eines düsteren Hauses stehen.

Erleichtert wollte sie darauf zulaufen, doch in diesem Moment begann alles vor ihren Augen zu flimmern und sie musste stehen bleiben. Sie presste die Finger auf ihre Augenlider und wartete, bis das Flimmern vorüber war. Adrian stand mit dem Rücken zu ihr und unterhielt sich mit einem Mädchen mit langen roten Haaren und einer sehr hellen Haut, die weiß wie Schnee war. Das Mädchen hob den Kopf, und Felicitas versteckte sich schnell hinter einem steinernen Wassertrog.

›Was hat Addi mit der schönen Sissi zu schaffen?‹, dachte Felicitas und wich langsam zurück. Sie beobachtete noch, wie Adrian seine Hand um Sissis Hüfte legte und sie zu seinem Roller geleitete. Geschmeidig wie eine Raubkatze schwang sich Sissi auf den Rücksitz, schüttelte ihr rötlich glänzendes Haar und legte ihre Arme über Adrians Schultern. Der gab Gas, und beide verschwanden in dem grauen Zwielicht, das sich über Dunkelsteig senkte.

Felicitas kämpfte mit den Tränen, und wie zum Hohn ergoss sich aus einem mitleidlosen Himmel ein Platzregen über sie. In ihrem Kopf baute sich ein düsteres Szenario auf. Sie sah die regennasse Bundesstraße nach Schwarzach. Blaulichter spiegelten sich in den Pfützen, erhellten für einen kurzen Augenblick einen umgestürzten Roller. Auf dem Boden saß Adrian und hatte eine Wärmefolie über den Schultern. Ein Polizist hockte vor ihm und notierte etwas in seinem Notizblock. Neben Adrian lag ein Unfallopfer unter einer grauen Plastikfolie. Tot. Man konnte nicht erkennen, wer es war, nur der Wind spielte mit einer roten Haarsträhne. So schnell, wie es gekommen war, verschwand dieses Bild auch schon wieder aus Felicitas' Gedächtnis, und sie blieb einsam und durchnässt zurück in der Finsternis.

KAPITEL ACHTUNDZWANZIG

Auf dem Rückweg nach Hause trudelte eine Mail meines IT-Bekannten aus Berlin ein. Er schrieb, dass mein Account nicht gehackt worden war, dass aber die mangelnden Sicherheitseinstellungen es jedem mit ein bisschen Computererfahrung leicht machen würden, meine Mails zu manipulieren. Im Anhang schickte er mir eine Menge Links zu Downloads von Firewalls.

»Das nützt mir jetzt auch nichts mehr«, murmelte ich enttäuscht. Noch im Gehen mailte ich ihm einige Dankes-Emojis zurück und stand auch schon vor unserem Haus. Hinter den Fenstern brannte Licht, Mutter war also zu Hause und noch nicht zu Bett gegangen.

›Das ist eine gute Gelegenheit, sie endlich nach den geheimnisvollen Briefen zu fragen‹, dachte ich und wappnete mich innerlich für dieses Gespräch.

Mutter saß wie so oft am Küchentisch und schälte Kartoffeln. Es war ein Bild des Friedens. Die alte Pendeluhr an der Wand tickte laut, und auf dem Herd stand ein großer

Topf voll Wasser. Das Gewürzschränkchen mit den beschrifteten Schubladen aus Porzellan hing über der Arbeitsplatte, auf der die Messer in Reih und Glied ausgerichtet lagen. Im Schein der Lampe glänzten Mutters grauen Haare silbern, und die Falten um ihre Mundwinkel waren kaum zu erkennen. Sie hatte die schwarze Trauerkleidung abgelegt und sah in ihrem gemusterten Hauskleid gleich viel jünger aus.

»Felicitas, möchtest du mir beim Schälen helfen?« Erika blickte auf und reichte mir ein Schälmesser. Sie lächelte und wirkte zufrieden. Karl hatte anscheinend einen guten Einfluss auf sie.

»Ja, sehr gern.« Es war eine gute Gelegenheit, mit Mutter ein Gespräch zu beginnen. Ich setzte mich und griff nach einer Kartoffel. »Wieso hast du mich angelogen?«, fragte ich dann ganz direkt.

»Dich angelogen?« Erika sah mich verständnislos an.

»Mit den Briefen. Du kennst sie nicht, hast du gesagt. Aber ich habe sie in der Nische hinter dem Arzneischrank gefunden. Wie kommen sie dorthin, wenn du sie nicht versteckt hast?«

»Schnüffelst du in meinen Sachen herum?«, meinte Erika anklagend.

»Ich war auf der Suche nach einem Aspirin«, verteidigte ich mich und fühlte mich sofort in der Defensive. »Dabei bin ich auf diese Briefe und die Herztropfen gestoßen. Erklärst du mir, wie sie in deinen Besitz kamen?«

»Na gut.« Erika gab den Widerstand auf und zupfte an einem Faden an ihrem Hauskleid. »Es war, kurz bevor Manuela verschwunden ist. Ihr habt in deinem Zimmer Musik gehört. Du hast dich wie immer ständig umgezogen. Bist ja nie zufrieden gewesen mit deinem Aussehen. Ich schrubbte die Treppe und sah plötzlich Manuela vom Dachboden kommen. *Was hast du da oben zu suchen?*, fragte ich sie, denn ich mochte nicht, wenn sie neugierig durch unser Haus streunte. *Mir ist nur langweilig, Frau Laudon,* sagte sie. *Feli braucht immer unendlich lange.* Dabei rollte sie vielsagend mit den Augen und verschwand dann in deinem Zimmer. Kurz darauf seid ihr beide in den Ort gegangen und ich bin auf den Dachboden gestiegen. Ich hatte so ein Gefühl, dass Manuela dort oben etwas versteckt haben könnte. Natürlich wusste ich von eurer Schatzkiste.«

»Du hast also in unseren Sachen gestöbert«, unterbrach ich sie entrüstet. Meine Eltern hatten mir immer versichert, dass sie meine Privatsphäre respektieren würden, aber so ganz traute ich ihnen nicht. »Wie hast du die Truhe denn überhaupt öffnen können? Die war doch versperrt?«

»Ach Kindchen.« Erika bedachte mich mit einem mitleidigen Lächeln. »Ich bin deine Mutter und kannte natürlich alle eure Verstecke. Der Schlüssel hing immer hinter dem Spiegel in deinem Zimmer.«

»Das war ein glatter Vertrauensbruch«, konstatierte ich verstimmt.

»Wie auch immer«, wischte Erika meinen Einwand weg. »Ich habe die Kiste mit dem Schlüssel aufgesperrt und das Geheimfach am Boden geöffnet. Und da lagen sie, diese Briefe. Hübsch mit einem schwarzen Band verschnürt und mit Klebern und Stickern verziert. Neugierig öffnete ich einen Umschlag und las einen davon. Mich traf fast der Schlag ob dieser bösen Worte. Danach wusste ich, was zu tun war.« Erika schwieg und konzentrierte sich auf den losen Faden am Saum ihres Kleids.

»Du hast sofort Vater verdächtigt, stimmts?«

»Franz hatte nie etwas mit Manuela. So spricht man nicht über den eigenen Vater, der gerade erst gestorben ist.«

Mutter klopfte mit der Hand so fest auf die Tischplatte, dass die Kartoffeln einen kleinen Tanz aufführten. »Für ihn lege ich meine Hand ins Feuer.«

»Pass bloß auf, dass du sie dir nicht verbrennst«, schoss ich sofort zurück. »Die offensichtlichsten Dinge will man einfach nicht glauben«, sagte ich schärfer als beabsichtigt. »Vielleicht hast du die Briefe erst jetzt gefunden und Vater mit den Herztropfen …«

»Was unterstehst du dich!«, schnitt mir Mutter das Wort ab und beugte sich über den Tisch. Mit der Faust umklammerte sie das Kartoffelmesser, und unsere Gesichter waren nur wenige Zentimeter voneinander entfernt. Ich konnte die Wut spüren, die aus jeder ihrer Poren strömte, die Enttäuschung über ihre missratene Tochter. Ich war schuld, dass die Unterhaltung so eskaliert war, ich hatte es vermasselt. Am liebsten hätte ich Mutter auf die Wangen geküsst und mich wie ein Kleinkind in ihrem Schoß zusammengerollt. Ich wollte beschützt und geliebt werden. Aber ich war erwachsen und verdächtigte meine Mutter, meinen Vater ins Grab gebracht zu haben. Ich war keine Tochter, die man lieben konnte. Die Dunkelsteiger taten recht daran, mich auszugrenzen.

»Entschuldige«, sagte ich kleinlaut.

»Wenn du noch einmal so etwas erwähnst, kannst du sofort abreisen«, drohte Mutter. »Du solltest dich vielleicht mal mit Albin Rohringer unterhalten, anstatt deine eigene Familie zu verdächtigen. Mehrmals, wenn ich vom Einkaufen nach Hause kam, habe ich Manuela im Mercedes von Johannes' Vater sitzen sehen. Und sie wirkten sehr vertraut. Aber jetzt ist Schluss. Ich will kein Wort mehr über Manuela hören. Schon gar nicht, wenn du weiter in diesem

Ton mit mir redest«, blockte Erika gekränkt jedes weitere Gespräch ab.

Plötzlich streifte ein kalter Lufthauch mein Gesicht. Die kleine Kerze im Herrgottswinkel begann zu flackern und erlosch zischend. Der Partezettel mit dem Foto meines Vaters flatterte auf den Boden. Ich bückte mich und hob das Papier auf. Das Foto musste vor vielen Jahren aufgenommen worden sein, denn so hatte ich meinen Vater in Erinnerung. Ein attraktiver Mann mit dunklen Haaren und einem hochmütigen Zug um den Mund. Mit seinem Schönbrunner Deutsch hatte er die Bewohner von Dunkelsteig verunsichert. Die Sprache war das Einzige, was ich an meinem Vater gemocht hatte, denn ich drückte mich genauso aus.

Vorsichtig stellte ich den Partezettel wieder zu der Kerze.

»Komisch, es zieht in der Küche, ist irgendwo ein Fenster offen?«, fragte ich und blickte umher. Doch alle Läden waren geschlossen.

»Das ist ein Zeichen von deinem Vater. Er möchte nicht, dass du so mit mir redest. Seine Seele kann nicht zur Ruhe kommen«, sagte Erika und legte das Schälmesser auf den Tisch.

»Du bist abergläubisch, Mutter. Es gibt keine Seelen, die umherwandern.« Noch während ich diese Worte aussprach, musste ich an die Erscheinung und an die merkwürdigen Geräusche in dem Berghotel denken. Vielleicht gab es tatsächlich unerklärliche Phänomene zwischen Himmel und Erde.

»Der Pfarrer predigt von den armen Seelen, die vor der Himmelspforte auf die Fürbitte ihrer Liebsten warten, um eingelassen zu werden. Das ist kein Aberglaube«, widersprach Mutter.

»Mag sein. Mir passieren in letzter Zeit auch eigenartige Dinge. Langsam glaube ich, jemand verfolgt mich.«

»Was ist geschehen?« Zum Glück hatte Mutter den Streit bereits wieder vergessen und hob interessiert den Kopf.

»Eine Mail wurde in meinem Namen an meine Zeitung geschickt. Darin stand, dass ich sofort kündige. Das war aber gar nicht ich.«

»Dann sei doch froh, dass Markus dir die Stelle im Hotel besorgt hat.«

»Ich bin keine Hotelangestellte, sondern die PR-Beauftragte des Berghotels«, korrigierte ich sie pikiert. »Vielleicht steckt Markus selbst dahinter«, überlegte ich dann laut.

»Was redest du da. Markus verschafft dir Arbeit und du verdächtigst ihn? Du bist vielleicht undankbar. Nenne es, wie du willst, aber sei froh, dass du Arbeit hast. Ich kann dich nicht lange finanziell unterstützen.«

Es lag mir auf der Zunge, Mutter von der Botschaft am Spiegel zu erzählen, aber ich wusste, dass sie mich wie immer nicht verstehen würde. Wie so oft war ich alleine mit meinen Ängsten.

KAPITEL NEUNUNDZWANZIG

Der nächste Morgen war grau, und der Himmel drückte schwer auf Dunkelsteig. Ich stieg auf den Dachboden und ging zu unserer Schatztruhe. Mit der Hand wischte ich die dicke Staubschicht vom halbrunden Deckel. Dort stand *Feli & Manu* in kunstvoll geschwungenen Buchstaben. Als ich die Kiste öffnete, klopfte mein Herz, denn ich hatte keine Ahnung, was mich erwartete. Aber zu meiner Enttäuschung war sie leer geräumt und wurde von Mutter als Aufbewahrungsort für ausrangierte Kleidung verwendet. Nach meiner Flucht nach Berlin hatte man in meinem Elternhaus tatsächlich jede Spur von mir getilgt. Lustlos wühlte ich mich durch Jacken, Hosen und Schals. Plötzlich entdeckte ich einen schwarzen, grobmaschigen Pullover. Ich zog ihn aus der Kiste und begutachtete ihn. Der Pulli war aus dicker Wolle gestrickt und hatte auf der Vorderseite einen silbernen, fünfzackigen Stern, ein Pentagramm.

»Ich habe den Pulli extra für dich gestrickt, Feli. Der

Stern ist ein Drudenfuß«, hörte ich Manuelas Stimme in meinem Kopf. »Er schützt dich vor bösem Zauber.«

War das ein Wink des Schicksals, dass ich diesen Pullover gefunden hatte? Ich zögerte keinen Augenblick, sondern schüttelte ihn kräftig aus, um den penetranten Geruch nach Mottenkugeln zu vertreiben, und zog ihn über. Sofort fühlte ich mich besser.

Als ich in die Küche kam, drang mir bereits Kaffeeduft in die Nase. Mutter stand am Tresen und trank ihren Milchkaffee aus einer bauchigen Tasse.

»Wo hast du den denn her?«, fragte sie mich und deutete auf den Pullover.

»Habe ich oben in der Schatzkiste gefunden«, antwortete ich. »Manu hat ihn für mich gestrickt.«

»Den muss ich beim Ausmisten wohl übersehen haben«, murmelte Mutter. »Willst du auch Kaffee?«

»Gern.«

Mit der Tasse in der Hand setzte ich mich an den Küchentisch. »Was hatte Albin Rohringer wohl mit Manu zu schaffen?«, fragte ich sie, während ich meinen Kaffee schlürfte.

»Da musst du ihn schon selbst fragen, ich weiß von nichts«, winkte Erika ab, doch ich hatte den leisen Verdacht, dass sie mir etwas verheimlichte.

»Das werde ich auch tun.«

»Wie du meinst. Aber denk nicht so viel über die alten Geschichten nach.« Erika stand auf und stellte ihre Tasse in die Spüle. Dann warf sie einen Blick auf die Pendeluhr.

»Verflixt, schon so spät. Ich muss zu Karl, wir wollen heute einen Ausflug machen, ehe das Wetter umschlägt.« Sie eilte aus der Küche und schlüpfte in ihren Mantel.

»Kann ich mir dein Auto ausborgen, Mutter?«, rief ich ihr hinterher.

»Es ist immer noch der Wagen deines Vaters«, korrigierte sie mich. »Da du jetzt ständig seinen Anorak trägst, kannst du auch ruhig mit seinem Auto fahren. Der Schlüssel hängt noch am Haken. Ich weiß nicht, ob ich abends schon wieder zurück bin. Übrigens, du weißt hoffentlich, was das bedeutet?« Sie wies auf den silbernen Stern auf meinem Pullover.

»Ja, ein Drudenfuß, der mich schützt.«

»Nein, das ist ein Pentagramm, ein Zeichen des Teufels.« Nach diesen Worten zog Mutter energisch die Haustür zu.

Kopfschüttelnd blickte ich in der Küche aus dem Fenster und sah hinüber auf die andere Seite des Tals. Dort befand sich Johannes' Haus, das wegen seiner Größe unschwer zu übersehen war. Ich griff nach meinem Handy, um ihn anzurufen, ließ es aber dann bleiben. Lieber wollte ich ihn überraschen, damit er meine Fragen nicht so einfach abblocken konnte.

Ich schlüpfte in den Anorak und nahm die Wagenschlüssel vom Haken. Der alte Suzuki stand in der halb fertigen Garage und glänzte frisch geputzt. ›Mutter kann es einfach nicht lassen‹, dachte ich. ›Immer muss alles perfekt wirken, egal ob Auto, Haus oder Ehe. Der Schein muss gewahrt werden.‹

Ich sperrte den Wagen auf und kletterte auf den Fahrersitz. Im Inneren des Fahrzeugs hing noch immer der Duft meines Vaters, an den ich mich auch nach Jahrzehnten noch erinnern konnte, genauso wie an die Demütigungen, denen ich ständig ausgesetzt war. Nach mehreren Fehlversuchen startete der Motor, und vorsichtig lenkte ich den Suzuki aus dem Schuppen.

Das Haus von Johannes' Vater war ein gepflegter Bauernhof und stand am Dorfrand unterhalb einer Steilwand. Es sah zwar aus wie alle anderen Dorfhäuser, war aber überdimensioniert. Das gemauerte Erdgeschoss hatte doppelt so viele Fenster wie normal, und das Stockwerk aus Holz darüber wirkte mit seinen vielen Türen eher wie ein Hotel. Der Balkon mit dem geschnitzten Geländer glich mehr einer Terrasse, und das riesige Geweih unter dem Giebel war viel zu ausladend für einen Hirsch. Dort hatte Johannes seine Zimmer mit direktem Blick auf mein Haus, wie ich wusste.

Ich parkte den Wagen auf dem gekiesten Vorplatz und stieg aus. Zunächst wollte ich natürlich noch mit Johannes reden, ehe ich seinen Vater aufsuchte. Vor den großen Glastüren, die ins Foyer führten, stand eine Frau und versuchte gerade, eine Schrift mit einem Putzmittel zu beseitigen.

»Hallo, ich bin eine Freundin von Johannes«, sagte ich und deutete auf die Schmiererei auf der Scheibe. »Was ist da passiert?«

»Ach, da haben sich die Nachbarskinder wohl einen blöden Scherz erlaubt«, schnaubte die Putzfrau und wischte mit einem nassen Tuch über die Schrift. Obwohl die Buchstaben schon völlig verschmiert waren, gelang es mir, sie zu entziffern. Du bist schuld! Wie angewurzelt blieb ich stehen und starrte auf die Lettern, die unter den kräftigen Putzbewegungen der Frau jetzt langsam verschwanden.

»Ist Johannes da? Ich muss unbedingt mit ihm sprechen«, fragte ich mit rauer Stimme.

»Johannes ist nicht hier«, antwortete die Frau mit einem harten Akzent. »Er besucht seinen Vater im Pflegeheim.«

»Ach, sein Vater ist ein Pflegefall?« Davon wusste ich nichts, und Mutter hat mich auch nicht darauf hingewiesen.

»Schon seit einiger Zeit.«

»Verstehe«, nickte ich und überlegte. Ich musste unbedingt mit Johannes über den Schriftzug reden. Und dann natürlich auch mit seinem Vater. »Können Sie mir bitte die Adresse des Heims geben?«

»Natürlich.« Die Frau verschwand im Inneren des Hauses und kam nach wenigen Augenblicken wieder zurück. »Hier, bitte«, sagte sie und gab mir einen Zettel, auf den sie Namen und Straße in Blockbuchstaben aufgeschrieben hatte.

Ich verabschiedete mich und stieg wieder in den Suzuki. Langsam fuhr ich durch Dunkelsteig und beschleunigte erst, als ich die Bundesstraße nach Schwarzach erreichte. Als sich das Tal weitete, wurde es mit einem Mal strahlend hell, und das Sonnenlicht strich wärmend über meinen Wagen. Ich kannte dieses Phänomen aus meiner Jugend. Sobald man das lichtlose Dunkelsteig verließ, öffnete sich eine sonnendurchflutete Welt. Sehnsuchtsvoll hatte ich oft meinen Kopf aus dem Fenster des Zugabteils gereckt, um das Licht zu spüren und seine Wärme in meinem Inneren zu speichern. Denn für mich war Dunkelsteig immer ein Ort der Kälte und Finsternis gewesen.

Als ich einen Blick in den Rückspiegel warf, sah ich ein Motorrad in die Bundesstraße einbiegen. Der Fahrer trug eine Ledermontur und einen schwarzen Helm. Er fuhr knapp hinter mir, machte aber keinerlei Anstalten, mich zu überholen. Die Bundesstraße führte in Serpentinen von den Bergen ins Tal, und ich schaltete in einen niedrigen Gang, da ich die Bremsen schonen wollte. Plötzlich blendete der Motorradfahrer seinen Scheinwerfer auf und versuchte, mich zu überholen. Doch die Straße war zu schmal, und ich konnte nicht weiter an den Rand ausweichen, denn dort waren Steine als Begrenzung aufgeschichtet. Immer wieder blinkte der Motorradfahrer und ließ seine Maschine aufheulen. Von Sekunde zu Sekunde wurde ich nervöser, beschleunigte den Suzuki, um den lästigen Verfolger endlich loszuwerden. In einer Kurve kam mein Wagen leicht ins Schleudern, reflexartig stieg ich auf die Bremse, doch das Pedal sackte kraftlos durch. Der Wagen gewann mehr an Fahrt, und hektisch schaltete ich in den niedrigsten Gang. Der Motor heulte auf, das Getriebe knirschte, und der Wagen machte einen Satz nach vorne.

Wieder setzte der Motorradfahrer zum Überholen an, und ich lenkte den Wagen, so gut es ging, zur Seite, kam jedoch auf das Bankett, touchierte mit der Felge einen Begrenzungsstein und trat auf die Bremse. Keine Reaktion. Der Suzuki wurde immer schneller und näherte sich in rasender Geschwindigkeit einer Haarnadelkurve. Ein Tankwagen mühte sich zischend den Berg hoch und erreichte die Spitzkehre. Wieder trat ich mit aller Kraft auf das Bremspedal, und wieder sackte es widerstandslos hinunter. Ich warf einen schnellen Blick in den Rückspiegel, das Motorrad war noch immer knapp hinter mir, hetzte mich regelrecht den Berg hinunter. Der Tankwagen tauchte in der Kurve auf, mit ein bisschen Glück konnte ich es schaffen, daran vorbeizukommen.

Doch ich war viel zu schnell und geriet auf die andere Straßenseite, fuhr jetzt direkt auf den Tanklaster zu. Der Fahrer blinkte mit den Scheinwerfern, drückte auf die Hupe, und das Führerhaus wurde groß und größer. Im grellen Sonnenlicht sah ich das entsetzte Gesicht des

Fahrers. Adrenalin schoss durch meinen Körper, gleich würde ich frontal gegen das Führerhaus prallen.

Im letzten Moment riss ich das Lenkrad herum, der Wagen schleuderte, raste durch eine Lücke zwischen den Begrenzungssteinen auf einen Güterweg. Mit beiden Händen umklammerte ich das Lenkrad, versuchte, den Wagen in der Spur zu halten. Noch immer war ich viel zu schnell, holperte über den steinigen Boden und würgte den Motor ab.

Ich blieb hinter dem Lenkrad sitzen, denn ich zitterte am ganzen Körper und hatte im Moment keine Kraft, auszusteigen. Es hätte nicht viel gefehlt, und ich wäre in den Tanklaster gekracht. Nicht auszudenken, was dann passiert wäre. Ich lehnte den Kopf gegen die Nackenstütze und suchte nach meinem Handy.

Plötzlich hörte ich das Blubbern eines Motors, und kurz darauf tauchten die Umrisse des schwarzen Motorrads auf. Der Fahrer stoppte die Maschine in einiger Entfernung und stieg ab. Zielgerichtet kam er auf mich zu. Noch immer trug er seinen schwarzen Helm und wirkte bedrohlich. War das die Person, die Du bist schuld! auf meinen Spiegel geschrieben und mein Leben auf den Kopf gestellt hatte? Gleich würde ich es wissen.

Mit zittrigen Fingern öffnete ich den Sicherheitsgurt, stieß die Fahrertür auf und schwang mich nach draußen. Der Schreck über die kaputten Bremsen steckte mir noch so sehr in den Gliedern, dass ich mich an der Karosserie festhalten musste. Als der Motorradfahrer in die Tasche seiner Ledermontur griff und einen Gegenstand hervorholte, presste ich unwillkürlich die Hand auf den silbernen Drudenfuß von Manuelas Pullover. Würde mich der Stern beschützen?

KAPITEL DREISSIG

Der Motorradfahrer nahm den Helm ab und schüttelte sein feines, blondes Haar. Ich war sprachlos, als ich das Gesicht erkannte. Es war Hannah.

»Felicitas, ich hoffe, dir ist nichts passiert.« Hannah schwenkte ihr Handy, das sie soeben aus der Tasche geholt hatte. »Bist du verletzt? Soll ich die Rettung rufen?«

»Nein, mit mir ist alles in Ordnung. Es ist schon komisch, dass du immer wieder in meinem Leben auftauchst. Warum verfolgst du mich?«

»Das ist nur Zufall. Wie soll ich denn sonst aus dem Tal herauskommen?«

Der Schock über den Unfall ebbte ab, und ich atmete tief durch. Hannah verschränkte die Arme vor der Brust und taxierte mich mit einem skeptischen Blick.

»Für mich sah es nach Absicht aus, dass du so dicht hinter mir hergefahren bist.«

»Nein, wie kommst du darauf?« Hannah machte ein

erschrockenes Gesicht. »Ich wusste doch gar nicht, dass du mit diesem Wagen fährst.«

»Ich hatte den Eindruck, als wolltest du mich von der Straße abdrängen«, beharrte ich auf meiner Vermutung.

»Ich wollte bloß überholen«, verteidigte sich Hannah.

»Dazu hättest du mehrmals Gelegenheit gehabt«, widersprach ich. »Vor den Serpentinen war die Straße breit genug.«

»Ich bin noch keine geübte Fahrerin und musste mich erst auf die Maschine einstellen. Ich habe dich weder verfolgt noch von der Straße abgedrängt«, entrüstete sich Hannah. »Der Unfall war ganz alleine deine Schuld. Du hast den Tankwagen übersehen und bist viel zu schnell in die Kurve gefahren.«

»Meine Bremsen haben plötzlich versagt«, erwiderte ich.

»Shit, da hast du ja mächtiges Glück gehabt.« Hannah machte ein betroffenes Gesicht, dann ging sie um den Wagen herum und betrachtete ihn von allen Seiten. »Vielleicht sind die Bremsen schon alt«, meinte sie dann und blickte mich fragend an. »Oder es ist Luft in die Bremsleitung gekommen.«

»Was ist das?«

»Befindet sich Luft im System, dann entsteht ein Lufteinschluss, und die Bremse funktioniert möglicherweise nicht«, erklärte Hannah.

»Kann schon sein. Aber in der Werkstatt lasse ich die Ursache überprüfen.«

»Darf ich das mal ausprobieren?«, fragte mich Hannah plötzlich.

»Aber natürlich, der Schlüssel steckt.«

»Nein, ich will die Bremsen überprüfen. Du setzt dich ans Steuer und drückst auf das Pedal. Ich lasse inzwischen ein wenig Luft aus dem Entlüftungsventil hinter dem rechten Hinterrad. Dann könnte es wieder funktionieren.«

Nachdem wir dieses Prozedere durchgeführt hatten, setzte sich Hannah ans Steuer. Sie startete den Motor und fuhr langsam auf dem Güterweg zurück. Als sie die Abzweigung auf die Bundesstraße erreichte, bremste sie, und der Suzuki blieb stehen.

»Die Bremsen funktionieren wieder einwandfrei«, meinte sie und beugte sich aus dem Fenster.

»Warum kannst du das so gut?«, fragte ich überrascht.

»Ich habe mal in einer Werkstatt gejobbt«, sagte Hannah mit unbeteiligter Miene und wechselte das Thema. »Ich finde es schön, dass wir uns hier treffen. Trinken wir in Schwarzach noch einen Kaffee?«

»Warum nicht«, antwortete ich. Ich hatte im Moment keinen Kopf, mit Johannes über die Botschaft zu sprechen.

Ich fuhr zurück zur Bundesstraße, und Hannah folgte mir mit dem Motorrad. Immer wieder trat ich auf die Bremse, spürte den Widerstand, und der Wagen verlangsamte sein Tempo. Es schien, als hätte es diesen Zwischenfall nie gegeben.

Der Himmel war blau und die Sonne strahlte, als wir Schwarzach erreichten. Das Leben in der Stadt pulsierte und war das komplette Gegenteil zu Dunkelsteig. Ich parkte den Suzuki am Straßenrand, und Hannah stellte ihre Maschine dahinter ab. Dann setzten wir uns in ein Kaffeehaus am Marktplatz und beobachteten zunächst schweigend das bunte Treiben.

»Was bedrückt dich, Felicitas?«, fragte Hannah plötzlich.

»Wie kommst du darauf?« Ich stellte meine Tasse ab und blickte sie fragend an.

»Ich bin eine gute Beobachterin. Als kleines Kind war ich viel alleine, Mama musste arbeiten, und ich gewöhnte mir an, bei allem genau hinzuschauen. Das war ein Spiel für mich. Das Beobachten von Menschen ersetzte für mich die fehlende Kommunikation. Darum stört mich das einsame Klettern auch nicht.«

»Das klingt logisch, aber ich muss dich enttäuschen. Ich habe keine Probleme.« Ohne mit der Wimper zu zucken, belog ich sie, denn ich hatte nicht vor, dieser jungen Frau von den merkwürdigen Vorkommnissen zu erzählen. Dafür kannte ich sie zu wenig, und ein Restzweifel blieb nach wie vor in meinem Kopf bestehen, ob sie mich nicht bewusst von der Straße abdrängen wollte.

»Ganz wie du meinst«, lenkte Hannah sofort ein und lächelte wissend. Sie trank einen Schluck Kaffee und musterte mich über den Rand der Tasse hinweg. »Bist du schon mal in den Teufelsspalt geklettert?«, fragte sie dann übergangslos.

»Nein, du weißt doch sicher, dass ich dort zwei Menschen verloren habe, die mir nahestanden.«

»Das verstehe ich. Aber wenn du dich bereit fühlst, dann können wir gemeinsam hineinklettern.« Hannah beugte sich über den Tisch und flüsterte mit tiefer Stimme: »Du wirst überrascht sein. Man hat das Gefühl, von toten Seelen umringt zu sein, die aus den Felsspalten rufen. Sie versuchen, die Lebenden in Besitz zu nehmen.«

»Was erzählst du denn da?«, fragte ich, irritiert wegen ihrer merkwürdigen Wortwahl.

»Ich habe nur eine Stimmung wiedergegeben.« Hannah lehnte sich sofort zurück und redete in ihrem normalen Tonfall weiter. »Es ist ziemlich spannend und cool in dieser dunklen Spalte.«

»Was, du bist schon hineingeklettert?«

»Natürlich, ich probiere alle gefährlichen Routen aus. So, ich muss los«, sagte sie dann nach einem Blick auf ihre Armbanduhr.

»Was hast du in Schwarzach zu tun?«

»Ich muss zum Notar. Meine Firma eintragen lassen«, antwortete Hannah. Wieder musterte sie mich eingehend. »Gut, dass du den Pullover trägst. Der Drudenfuß hat dich beschützt.« Sie deutete auf meinen Pulli.

»Du kennst dich ja mit vielen Dingen aus«, meinte ich anerkennend.

»Ich interessiere mich eben auch für die dunkle Seite des Mondes.« Wieder bedachte mich Hannah mit einem merkwürdigen Lächeln.

»War ein nettes Gespräch«, sagte ich, als wir den Parkplatz erreichten.

»Fand ich auch.« Hannah setzte ihren Helm auf und schwang sich auf ihr Motorrad.

»Hast du im Teufelsspalt etwas entdeckt?« Die Frage kam mir plötzlich in den Sinn, als ich an ihre seltsame Beschreibung dachte.

»Vielleicht.« Hannah startete ihre Maschine und betrachtete mich mit einem Blick, den ich nicht deuten konnte.

KAPITEL EINUNDDREISSIG

Das staatliche Pflegeheim, in dem Albin Rohringer lebte, war in einem Schloss am Rande von Schwarzach untergebracht. Auf dem Weg dorthin hatte man einen wunderbaren Blick über die Landschaft. Der Himmel war blau, die Felder braun, und nichts deutete auf den beginnenden Winter hin. Das Schloss strahlte herrschaftlich im Sonnenlicht, doch als ich in den Schlosshof kam, bemerkte ich, dass es schon ziemlich baufällig war. Ein Teil der Fassade war eingerüstet und mit einem grünen Netz versehen, bei den ehemaligen Stallungen waren die Dächer eingestürzt. Billige Fenster mit Plastikrahmen waren lieblos in die Mauern gesetzt worden, und über dem großen Portal thronte ein Vordach aus Wellblech.

Dieser Eindruck setzte sich auch im Inneren fort. Im Foyer hatte man einen giftgrünen PVC-Boden verlegt, der Tresen, hinter dem ein gelangweilter Pfleger mit Kopfhörern saß, war aus Sperrholz, von dem das Furnier bereits abblätterte. Es gab eine durchgesessene Couch und einen Tisch mit zerlesenen Zeitschriften.

»Ich möchte gern mit Doktor Rohringer sprechen.«

Der Pfleger hob den Kopf und deutete dann mit der Hand zu einem dunklen Gang. »Da sind die Pflegefälle. Nummer 31.« Dann vertiefte er sich wieder in sein Computerspiel.

»Was fehlt ihm denn?«, fragte ich neugierig.

»Demenz«, murmelte der Pfleger ungehalten über die Störung und tippte sich mit dem Zeigefinger an die Stirn.

Langsam schritt ich den Gang entlang und blickte verwundert an die Decke. In ungefähr drei Metern Höhe entdeckte ich den Ausschnitt eines verblichenen Gemäldes, das von bröckelndem Stuck eingefasst war. Der Raum war anscheinend einmal ein Ballsaal gewesen, den man jetzt ohne jeden Sinn für Raumplanung mit Gipskartonplatten in kleine Zimmer unterteilt hatte. Eines davon bewohnte Albin Rohringer.

Ich klopfte, und als sich nichts rührte, trat ich ein. Das Zimmer war nordseitig gelegen und hatte ein großes Fenster, dessen Doppelverglasung allerdings blind war, sodass man die Welt draußen wie durch einen grauen Dunstschleier sah.

Im Gegensatz zu dem abgewohnten Ambiente wirkten die Möbel in diesem Raum gediegen. Es gab eine Bücherwand aus dunklem Holz, dunkelgrüne Clubfauteuils aus schwerem Leder und einen Barwagen aus Chrom mit geschliffenen Karaffen, die allerdings alle leer waren und ziemlich verschmutzt aussahen. ›Das müssen die alten Möbel aus seinem Haus sein‹, erinnerte ich mich.

Zu meiner Enttäuschung war Johannes nirgends zu sehen.

In einem Fauteuil saß nur Albin Rohringer und verlor sich beinahe in dem voluminösen Kissen. Beinahe hätte ich ihn nicht mehr wiedererkannt. Früher war er ein stattlicher Mann gewesen, der despotisch seine Familie beherrschte. Doch jetzt war er merklich geschrumpft und hatte braune Altersflecke auf seinem kahlen Schädel. Nur sein Blick war derselbe geblieben. Die hellen stechenden Augen waren noch genauso unangenehm wie früher. Versunken in dem großen Stuhl beobachtete er mich argwöhnisch.

»Sie sind nicht meine Sekretärin«, schnarrte Rohringer mit einer krächzenden Stimme. Er lebte anscheinend in seiner eigenen Welt und hielt sich immer noch für den einflussreichen Bankdirektor, der er einmal gewesen war. Als ich noch in Dunkelsteig wohnte, wollte sich jeder im Ort mit ihm gut stellen, denn Rohringer entschied selbstherrlich über Kredit oder Untergang. Davon war jetzt allerdings nichts mehr zu sehen.

»Ich bin Felicitas Laudon. Eine Freundin von Johannes«, erwiderte ich und setzte mich Rohringer gegenüber. »Erinnern Sie sich noch an mich?«

»Ach, die kleine Laudon.« Rohringers Miene hellte sich auf. »Warst du nicht das hässliche Entlein, das immer mit der schönen Manuela Köstlinger herumgezogen ist?«

»Genau.« Ich nickte und schluckte meinen Ärger hinunter. Schon immer hatte ich den alten Rohringer für einen unsympathischen Kotzbrocken gehalten, und diesen Eindruck bestätigte er auch jetzt wieder. »Manuela war ein sehr hübsches Mädchen.«

»Wer?« Rohringer sah mich verständnislos an. »Sie sind aber nicht meine Ärztin«, murrte er dann.

»Ich bin Felicitas.«

»Manuelas Schatten.« Rohringer wirkte mit einem Mal wieder klar. »Wo ist denn die kleine Schlampe?«

»Wen meinen Sie?«

»Na, Manuela natürlich. Ist sie tatsächlich zum Cirque du Soleil gegangen? Ich habe ihr die Akrobatenausbildung in Berlin finanziert.« Rohringer beugte sich vor und ließ seine knochigen Finger durch die Luft kreisen.

»Manuela ist nie in Berlin gewesen«, erwiderte ich. »Sie ist vor zwanzig Jahren im Teufelsspalt verschwunden.«

»Sie musste viel üben, um aufgenommen zu werden. Begabt war sie ja, aber auch faul. Ich habe immer zu ihr gesagt: *Streng dich an, Mädchen. Nur so wirst du Erfolg haben. Genauso wie deine Schönheit, so musst du auch dein Talent pflegen.* Aber sie hatte ihren Kopf immer nur bei den Männern. Diese Vorliebe hat sie von der wilden Liesl geerbt.«

Manuela hatte mir nie davon erzählt, dass Rohringer ihre Ausbildung finanzieren würde. Ich erinnerte mich, dass sie häufig große Geldscheine mit sich führte. Ich dachte immer, dass sie das Geld ihrer Mutter gestohlen hätte, die mit ihren Bildern damals sehr gut verdiente.

Unauffällig blickte ich mich im Zimmer um. Neben einer Serie von Readers-Digest-Büchern, die Bestseller in Kurzfassung enthielten, hatte Rohringer Biografien über berühmte Persönlichkeiten im Regal stehen. Dazwischen Fotorahmen seiner Frau und von Johannes. Plötzlich erweckte eine zerfledderte Zeitschrift mein Interesse. Es war ein umgeklapptes Sparkassenmagazin, und es zeigte ein Gruppenfoto mit dem alten Rohringer, Manuela und einer fremden Frau im Vordergrund. Die Unbekannte hielt ein kleines Kind an der Hand. Mehr noch interessierte mich aber die Gestalt im Hintergrund, die an einem Baum lehnte. Es war ein Mann mit Hut, der sich in dem Augenblick, als das Foto geknipst wurde, zur Seite drehte, sodass ich sein Gesicht nicht erkennen konnte. Auch Manuela blickte nicht in die Kamera, sondern mit einem verliebten Gesichtsausdruck zu dem Mann im Hintergrund.

›Ist das mein Vater?‹

KAPITEL ZWEIUNDDREISSIG

Damals – Manuela

Die Stimmen der Mädchen erfüllten glockenhell den Kirchenraum, umschmeichelten die pausbäckigen Engel an der gewölbten Decke. Der Pfarrer hob und senkte die Arme im Takt, dirigierte den Chor in lichte Höhen durch die christlichen Gesänge. Getragen von den wogenden Akkorden der Orgel klang der Sopran von Manuela aus den Stimmen der Mädchen heraus, schwang sich hoch hinauf in das Kirchenschiff und gab das Leitthema vor.

Als das Lied zu Ende und auch die Orgel verstummt war, warf Manuela einen kurzen Blick nach oben auf die Empore. Aufgewühlt von der Intensität des Gesangs hatte sie insgeheim auf eine Reaktion des Orgelspielers gewartet, doch alles, was sie erkennen konnte, war sein zerzaustes Haar.

»Für heute machen wir Schluss«, drang die Stimme des Geistlichen in ihr Bewusstsein, und mechanisch klappte sie ihre Noten zusammen. »Wir treffen uns nächste Woche wieder, dann üben wir die Lieder für die Weihnachtsmesse.«

Langsam verließen die Mädchen in Gruppen die Kirche, nur Manuela blieb mit einem verträumten Gesichtsausdruck zurück und setzte sich auf eine harte Holzbank.

»Was machst du denn noch hier?«, fragte der Pfarrer und ließ sich neben ihr nieder.

»Ich denke über das Leben und die Liebe nach«, erwiderte sie und rückte ein wenig zur Seite. Verstohlen warf sie einen Blick auf die Empore. Oben begann der Orgelspieler zu improvisieren, und die Klänge strömten warm in ihr Blut und brachten es in Wallung.

»Pass bloß auf, dass du dich nicht in diesen Gedanken verhedderst«, gab ihr der Geistliche einen Rat. »Sie trüben deinen Verstand und bringen dich vom rechten Weg ab.«

»Was ist denn der rechte Weg?«, fragte Manuela, die damit nur wenig anfangen konnte. »Das Herz entscheidet, nicht der Verstand.«

»Aber das Herz muss wissen, was gottgewollt ist und was nicht«, erwiderte der Pfarrer und stand auf. »Jetzt solltest du aber aufbrechen.«

»Kann ich noch ein wenig der Musik zuhören, bitte?« Manuela setzte ihr schönstes Lächeln auf und legte ihre Hand auf die des Geistlichen.

»Na gut, aber bleib nicht zu lange. Draußen ist es schon dunkel.«

Manuela ließ ihre Hand noch ein paar Sekunden auf der des Pfarrers liegen, ehe sie sich mit einem wissenden Lächeln wieder auf die Improvisationen konzentrierte. Mit geschlossenen Augen verharrte sie regungslos, bis der Pfarrer verschwunden und die schwere Eichentür donnernd ins Schloss gefallen war. Dann sprang sie auf. So schnell sie konnte, stürmte sie die schmale Treppe zur Empore hoch und schlich auf den Orgelspieler zu. Er saß mit dem Rücken zu ihr und improvisierte gerade einen alten Jazzstandard. Manuela stand jetzt direkt hinter ihm und hielt ihm die Hände vor die Augen.

»Rate, wer das ist«, flüsterte sie.

»Ich denke, das ist eine schöne Elfe, die aus dem Teufelsspalt entstiegen ist«, antwortete Franz Laudon und nahm mit einer sanften Bewegung Manuelas Finger von seinem Gesicht. Dann drehte er sich um und schob sie ein wenig zurück, ohne ihre Hände loszulassen. »Was machst du noch hier? Solltest du nicht schon längst zu Hause sein?«

»Ich konnte einfach nicht weg und musste dir zuhören.«

»Hast du denn keinen Freund, der sich für dich interessiert? Deswegen musst du dich an alte Männer halten?«, fragte Franz belustigt.

»Natürlich habe ich einen Liebhaber, aber das darf niemand wissen. Der ist so alt wie du. Oben im Berghotel dachte ich, dass du mich gernhast«, schmollte Manuela.

»Was für ein kleines dummes Mädchen du doch bist. Natürlich bist du eine Augenweide, und es macht Spaß, mit dir zu flirten, aber in Wahrheit reizt du mich kein bisschen. Im Gegenteil, mittlerweile finde ich dich ziemlich langweilig. Du interessierst dich nur für Mode und Musik und kennst keine Schriftsteller und Philosophen.«

»Dann erzähle mir, welche Bücher ich lesen soll.«

»Das ist mir viel zu anstrengend«, winkte Franz ab. »Außerdem verstehst du sowieso nicht die Bedeutung der Sätze.«

»Warum bist du so gemein!«

»Ich sage nur, was ich denke. Wie der Philosoph Descartes schon sagte: Cogito ergo sum.«

»Was heißt das?«

»Ich denke, also bin ich. Ihr Dunkelsteiger seid doch alle gleich.« Franz schlug die Augen zum Himmel.

»Wie meinst du das?«

»Na ja, das enge Tal wirkt sich auf eure Intelligenz aus. Aber das macht nichts, solange man so hübsch ist wie du.«

»Du bist blöd.« Manuela zog eine Schnute und verschränkte die Arme vor der Brust. »Liebst du eigentlich deine Frau?«

»Wie kommst du denn darauf?«

»Na, weil du mir immer so schöne Komplimente machst. Da dachte ich, dass du in mich verliebt bist.«

»Du bist ganz schön von dir eingenommen. Was ist schon Liebe, wenn man für die Lust geboren ist? Bald kehre ich übrigens nach Wien zurück.« Franz betrachtete sie so durchdringend, dass ihr ganz heiß wurde. »Möchtest du ein wenig auf der Orgel spielen?« Ihre Blicke versenkten sich ineinander, als sich ihre Gesichter langsam näherten.

»Üben wir den Anfang von *Take five*«, sagte Franz und spielte mit einer Strähne ihres goldenen Haars.

»Okay«, flüsterte Manuela und schloss die Augen. Jetzt müsste Franz sie an sich ziehen und leidenschaftlich küssen. Doch er begann, laut auf den Tasten herumzuklimpern.

Später, als sie mit roten Wangen durch den Mittelgang zum Eingang ging, kam sie sich ziemlich dämlich vor. Was hatte sie denn erwartet? Sie hatte sich diesem eingebildeten Franz Laudon an den Hals geworfen, und er hatte sie zurückgewiesen. Das würde ihr kein zweites Mal passieren!

»Wieso darfst du das?«, riss sie plötzlich eine helle Stimme aus ihren düsteren Gedanken.

»Hast du mich aber erschreckt.« Manuela blickte zu dem kleinen Kind hinunter, unter dessen Mantel ein roter Pyjama hervorlugte. Ob es sie beobachtet hatte? Hastig knöpfte sie ihre Bluse zu und zog den Zipp ihrer wattierten Jacke bis zum Kinn hoch. »Was soll ich dürfen?«

»Du hast oben auf der Orgel gespielt. Ich habs genau gehört. Hats dir der Pfarrer erlaubt?«

»Klar, aber was kümmerts dich? Schleichst du mir etwa nach? Pass bloß auf, dass du kein Spanner wirst.«

»Woher hast du diese roten Flecken im Gesicht?«, fragte das Kind neugierig.

Manuela kam sich vor wie auf dem Präsentierteller, als es mit dem Finger darauf deutete.

»Geht dich nichts an«, antwortete Manuela schnippisch. »Musst du nicht schon längst zu Hause und im Bett sein?«

»Bist du krank?«, ließ das kleine Kind mit seiner nervigen Fragerei nicht locker.

»Nein, aber vielleicht bin ich verliebt.«

»Mama meint, das ist gefährlich«, redete das Kind altklug wie ein Erwachsener. »Deshalb ist Mama auch oft krank und hat blaue Flecke.«

KAPITEL DREIUNDDREISSIG

Schwarzach war ein Ort der Entscheidung. Entweder fuhr man die Bundesstraße hinauf, die in die Enge der Täler führte, oder man nahm die entgegengesetzte Richtung nach Salzburg. Und wer richtig frei sein wollte, der gab Gas bis München. Wie oft hatten Manuela und ich davon geträumt, ein Wochenende in der coolen Bayernmetropole zu verbringen, aber weiter als bis Salzburg waren wir nie gefahren. Wien kam in meinen Plänen nie vor, wahrscheinlich, weil mein Vater von dort stammte.

Auf dem Weg zum Parkplatz passierte ich den Schwarzacher Bahnhof. Von außen wirkte das Bahnhofsgebäude wie die Talstation einer Seilbahn. Das steil aufragende Pultdach mit der verglasten Front hob sich markant von den anderen Bauwerken ab. Ich warf einen schnellen Blick in die Halle, von der aus man die überdachten Bahnsteige erreichte. Nur widerwillig war ich mit dem Zug immer von der Schule nach Dunkelsteig zurückgekehrt. Doch damals gab es für mich keine Alternative, und jetzt war das nicht anders.

Der Parkplatz lag auf der anderen Seite der Gleise, und bevor ich die Unterführung erreichte, wählte ich Johannes' Nummer. Nach kurzem Läuten hob er ab.

»Hallo Joe, kann ich dich heute Nachmittag treffen?«, fragte ich ihn.

»Wer spricht denn?« Seine Stimme hallte und wurde immer wieder von einem ohrenbetäubenden Knallen übertönt.

»Hier ist Felicitas. Hast du Zeit?«

»Das trifft sich gut, denn ich habe eine merkwürdige Nachricht erhalten. Komm zum Haslberger Schießstand«, antwortete Johannes abgehackt, gefolgt von einem lauten Knall.

»Ich kann in einer Stunde bei dir sein, bin gerade in Schwarzach und habe deinen Vater besucht.«

»Meinen Vater? Warum das denn?«

»Erzähle ich dir später.«

»Na gut. Bitte beeile dich«, antwortete Johannes nervös und legte auf, ohne sich zu verabschieden.

Ich steckte mein Handy weg und eilte durch die Unterführung. Das Neonlicht flackerte und zischte noch genauso wie bei meiner Ankunft vor einigen Wochen aus Berlin. Von den Bahnsteigen hörte ich die Lautsprecherstimme, die einfahrende Züge ankündigte. Weiter vorn erblickte ich bereits das Graffiti, das mich an Manuela erinnert hatte. Ungläubig starrte ich auf das Bild, als ich davorstand. Jemand hatte mit schwarzer Farbe Du bist schuld! über ihr schönes Gesicht gesprüht. Es waren die gleichen Worte, die ich auf meinem Badezimmerspiegel gelesen hatte und die auf Johannes' Eingangstür gepinselt waren. ›Wer versucht, uns mit diesem Psychoterror zu zermürben?‹

Grelles Sonnenlicht strömte wie eine Lawine aus Gold

durch den Ausgang in die Unterführung, deren Betonwände sich ausfransten und als konturlose Umrisse auf und nieder wanderten. Über Lautsprecher hörte ich plötzlich eine verzerrte weibliche Stimme »Du bist schuld« rufen, die von der normalen Durchsage »Lokalbahn nach Dunkelsteig fährt ab« überlagert wurde.

Doch dieses »Du bist schuld« hatte sich in meinen Ohren festgesetzt, rumorte in meinem Kopf, und auch die Sprayschrift über dem Graffiti löste sich und verfolgte mich wie eine schwarze Peitsche. Ich lief, so schnell ich konnte, durch den Tunnel und erreichte den Parkplatz. Noch nie hatte ich diese betonierte Fläche so geliebt wie im Moment, denn sie verkörperte Normalität für mich.

›Das bilde ich mir alles nur ein‹, beruhigte ich mich, als ich mich zwischen den Autos durchschlängelte und endlich vor meinem Wagen stand. Mit zitternden Fingern schloss ich die Fahrertür auf und ließ mich auf den Sitz fallen. Ich startete den Motor, verließ den Parkplatz und nahm die Abzweigung nach Dunkelsteig. Als ich auf der Bundesstraße fuhr, ärgerte ich mich, dass ich in meiner Panik vergessen hatte, ein Handyfoto des Graffitis mit dem Schriftzug zu schießen.

Der Suzuki quälte sich die Serpentinen hoch, und die bedrohlichen Berge rückten immer näher. Langsam wurde auch das Sonnenlicht weniger, bis es schließlich gänzlich verschwand und die Schatten wieder die Oberhand gewannen. Eingehüllt in ein dämmriges Zwielicht erreichte ich schließlich Dunkelsteig und fuhr gleich zum Haslberger Schießstand.

Auf dem großen Parkplatz stand nur Johannes' Geländewagen. Ich öffnete die Schwingtür und trat in das Foyer. Vor dem Buffet hatte man den Rollladen heruntergezogen, und die Stühle standen verkehrt herum auf den Tischen. An den Wänden hingen Medaillen und Urkunden, dazwischen Fotos der Mitglieder des Schützenvereins. Langsam schritt ich durch die Halle auf die Kellertreppe zu. In schneller Folge drang dumpfes Knallen nach oben und breitete sich im ganzen Foyer wie ein Maschinengewehrfeuer aus. Umringt von diesem Dauerbeschusslärm gelangte ich zu den Schießständen im Keller. Johannes befand sich in der letzten Koje und ballerte wie besessen mit einer Pistole auf eine Pappfigur, die in einiger Entfernung an einem Stahlseil baumelte. Er trug Kopfhörer, eine große Brille, und sein Gesichtsausdruck war verkniffen.

»Joe, können wir uns unterhalten?«, rief ich und tippte ihm auf die Schulter. Er zuckte zusammen und nahm den Gehörschutz ab.

»Warum warst du bei meinem Vater?«, fragte er sofort.

»Es hat mit Manu zu tun. Warum hat dein Vater ihr Geld gegeben?« Ungeduldig wartete ich auf eine Antwort, doch Johannes schwieg unerträglich lange.

»Ach so, darum gehts«, antwortete er schließlich gedehnt. »Mein Vater hat Manu damals Geld für ihre Ausbildung geboten, damit sie mich im Gegenzug auf die richtige Seite bringt. Er wusste, dass ich schwul bin. Manuela sollte mich meine Vorliebe für Männer vergessen lassen. Sie hat mir davon erzählt, laut gelacht und gemeint: *Vielleicht nehme ich einfach das Geld und verschwinde aus diesem Kaff.*«

»Das war also der Grund.« Ich nickte beruhigt. »Wieso wohnt dein Vater in diesem abgewirtschafteten Sanatorium? Als Banker hat er doch genügend Geld.«

Johannes grinste wissend und ließ den Blick durch den Schießstand schweifen. »Frieda, meine Mutter, stammte aus einer sehr vermögenden Familie und hat den armen Albin geheiratet. Ironie des Schicksals war allerdings, dass sich Frieda verliebt hat und mit dem ganzen Geld verschwand. Albin verkraftete die Schmach nicht, plötzlich wieder arm zu sein, und flüchtete sich in seine eigene demente Welt.«

»Das ist ein wirklich tragischer Absturz.« Ich hatte den alten Rohringer zwar nie gemocht, aber dieses Ende hatte ich ihm nicht gewünscht. Dann holte ich aus meinem Rucksack die Sparkassenzeitschrift und fragte: »Kennst du diese Frau?« Ich tippte mit dem Finger auf das Gruppenfoto.

»Aber sicher. Das ist Klara, die Frau von Grafinger, dem Bezirksinspektor. Sie hat bei uns damals das Haus gereinigt«, erwiderte Johannes desinteressiert.

»Hat Grafinger vielleicht dieses Foto geschossen?«, fragte ich weiter.

»Kann sein. Aber jetzt lass uns von wichtigeren Dingen sprechen. Deswegen habe ich dich gebeten, sofort zu kommen.« Johannes wurde mit einem Mal hektisch und holte sein Handy aus der Tasche. »Das hat jemand auf meine Haustür gepinselt.« Er hielt mir das Display entgegen. Du bist schuld! Die Schrift glänzte rot und anklagend. »Ich habe sofort Addi angerufen, und stell dir vor, er hatte die gleiche Schmiererei auf der Wand seiner Halle.«

»Das kann kein Zufall sein«, antwortete ich aufgeregt. »Mir hat auch jemand diesen Satz mit Lippenstift auf meinen Badezimmerspiegel geschrieben.«

»Dann gibt es irgendetwas, das uns alle drei verbindet«, schlussfolgerte Johannes. Mit dem Handrücken wischte er sich den Schweiß von der Stirn. »Und jemand hält uns für schuldig.«

»Da kannst du recht haben. Wann arbeitest du eigentlich wieder in deiner Kanzlei?«, fragte ich.

»Mich gibt es in dieser Kanzlei nicht mehr.« Johannes lächelte bitter. »Ich bin ausgeschieden.«

»Wieso denn?«

»Es geschah nicht ganz freiwillig, meine Partner haben mich dazu gezwungen«, antwortete Johannes leise. »Es sind Fotos von mir auf dem Firmenserver aufgetaucht.«

»Na und, ist das so schlimm?« Fragend blickte ich ihn an.

»Ich war in Frauenkleidern zu sehen und habe einen Mann geküsst. Und es gab noch eindeutigere Szenen«, seufzte er.

»Warte, warte.« Ich versuchte, meine Gedanken zu ordnen, ehe ich weitersprach. »Du bist die Beteiligung in der Kanzlei los, weil anonym kompromittierende Fotos auf den Server geladen wurden? Und ich habe meinen Job bei der Zeitung verloren, weil jemand in meinem Namen gekündigt hat.« Ich holte tief Luft, denn mir fiel wieder das Gespräch mit Adrian im Land Rover ein. »Addi hat die Lebensmittelaufsicht am Hals, die seinen Betrieb schließen will, weil bei einer Überprüfung giftige Substanzen in einem seiner Honiggläser festgestellt wurden. Das wurde auch manipuliert.«

»Wer will uns fertigmachen? Und warum nur?« Johannes schlug die Hände vors Gesicht. »Ich habe nicht die leiseste Ahnung. Es ist ein Gefühl, als würde ich im Nebel an der Teufelsspalte entlangbalancieren und könnte jederzeit abstürzen.«

»Hör auf, dir leidzutun. Wir haben doch einen Anhaltspunkt«, versuchte ich ihm wieder Mut zu machen. »Es betrifft uns drei, die alte Clique.«

Johannes nickte zustimmend und meinte düster: »Es muss mit unserer Vergangenheit zu tun haben. Ich rufe gleich Addi an und vereinbare ein Treffen.« Er griff erneut zu seinem Handy und wählte Adrians Nummer.

»Ja, es stimmt, auch Feli hat diese komische Botschaft erhalten. – Gute Idee, Addi. Wir treffen uns im alten Forsthaus und überlegen, was wir unternehmen können.« Johannes trennte die Verbindung und steckte das Telefon wieder ein. »Ich schicke dir den Zeitpunkt für das Treffen, Feli.«

»Danke. Es muss ein einschneidendes Erlebnis gewesen sein, das uns alle drei betrifft. Fällt dir spontan etwas dazu ein?«, fragte ich Johannes.

»Ein Ereignis, das man nie vergisst, war die Nacht, als Manu im Teufelsspalt verschwunden ist.«

KAPITEL VIERUNDDREISSIG

Leo Grafinger wohnte in einem schmalen Holzhaus gegenüber der Kirche. Wie die meisten Gebäude im Ort bestand auch dieses aus einem gemauerten Erdgeschoss und einem hölzernen Oberbau mit Balkon. Durch den Schatten, den die Felswand hinter der Kirche über das Haus stülpte, trocknete fast kein Sonnenlicht die Wände von Regen und Schnee, und alles wirkte deshalb feucht und modrig.

Die ganze Nacht hatte ich unsere gemeinsame Vergangenheit durchleuchtet, konnte mich aber an nichts Dramatisches erinnern, das diesen Vernichtungsfeldzug in Gang gesetzt haben mochte. Ich merkte, dass ich mich im Kreis drehte, und überlegte, an wen ich mich wenden könnte, um vielleicht unserem unsichtbaren Gegner auf die Spur zu kommen. Erst als es draußen hell wurde, fiel mir eine Person ein, die ich um Rat bitten konnte.

Ich stand vor der Holztür und suchte nach einer Klingel, es gab aber nur einen altmodischen Türklopfer. Der eiserne Ring schlug so hart dagegen, dass ich für einen Moment dachte, das Holz würde splittern, doch erstaunlicherweise hielt es stand. Nach einer gefühlten Ewigkeit hörte ich Schritte, kurz darauf wurde die Tür aufgerissen.

»Ich habe keine Zeit, bin gerade am Kochen«, begrüßte mich Grafinger barsch. »Ach du bist es, Felicitas.« Sein finsteres Gesicht hellte sich auf, und lächelnd strich er sich über den Schnauzbart. »Was für ein netter Besuch.«

»Ich hoffe, dass ich nicht störe, aber ich benötige dringend deinen Rat.«

»Gern, wie kann ich dir helfen? Komm doch rein in meine gute Stube. Wenn du noch länger draußen stehen bleibst, dann erkältest du dich«, meinte Grafinger fürsorglich und winkte mich ins Haus.

Ich betrat den engen Flur und schaute interessiert in die kleinen Räume. Die dunkle Holzdecke machte die Zimmer noch niedriger, und die schmale Treppe, die nach oben führte, wirkte wie eine Hühnerleiter. Im Erdgeschoss befanden sich die Küche, die von einem großen Esstisch fast völlig ausgefüllt war, und die gute Stube, ein Wohnzimmer, das nach hinten hinaus ging. Dort gab es eine Sitzecke und einen großen Flachbildfernseher mit einem Fernsehsessel davor. Die Wände hatten Stockflecke und waren mit Urkunden und Auszeichnungen aus Grafingers langer Polizistenlaufbahn dekoriert. Obwohl es erst Nachmittag war, hatte das Tageslicht keine Kraft mehr, und die Schatten tauchten den Raum in ein dämmriges Zwielicht.

»Möchtest du mit mir essen? Du bist so schlank geworden, Felicitas. Ich habe gerade Würstlsuppe gekocht.«

»Nein danke. Ich bin im Moment nicht hungrig«, winkte ich ab und ließ mich auf dem Sofa nieder.

»Also gut, wobei kann ich dir behilflich sein?« Grafinger

setzte sich auf einen geblümten Stuhl und beobachtete mich interessiert.

»Ich weiß ehrlich gesagt nicht, wo ich beginnen soll«, druckste ich herum.

»Erzähle einfach von vorne.«

Ich berichtete von der mysteriösen Botschaft, die auch Johannes und Adrian erhalten hatten. Dann erzählte ich, dass wir alle drei Jobs und Aufträge verloren hatten. Und dass dieser Psychoterror mit unserer gemeinsamen Vergangenheit zu tun haben musste, wir aber völlig im Dunkeln tappten.

Grafinger hörte aufmerksam zu und strich sich währenddessen unentwegt den Schnurrbart. »Es gibt doch ein dramatisches Ereignis, das euch drei betrifft. Die Nacht, in der Manuela Köstlinger verschwand«, meinte er.

»Daran haben wir natürlich auch schon gedacht, aber warum gibt man uns die Schuld an ihrem Verschwinden? Und vor allem, von wem geht dieses Psychospiel aus?« Fragend blickte ich zu Grafinger, dessen Miene ich in dem Zwielicht nicht erkennen konnte.

»Eure Aussagen waren damals identisch«, meinte Grafinger trocken. »Für mich klangen sie wie abgesprochen.«

»Das hast du uns vor zwanzig Jahren auch schon vorgeworfen«, unterbrach ich ihn genervt. »Du hast uns damals verhört.«

»Ist schon gut, Felicitas. Mein Verdacht gegen euch hat sich ja nicht erhärtet. Aber vielleicht gibt es jemanden, der das anders sieht und sich nach all den Jahren Gerechtigkeit wünscht. Ich kann euch nur raten, rücksichtslos eure Vergangenheit zu durchleuchten, irgendwo findet sich noch eine gemeinsame Schuld, die für eine Person der Auslöser für diesen Psychoterror ist.« Grafinger erhob sich ächzend aus seinem Stuhl. »Diese ewige Feuchtigkeit in dem Haus bringt mich noch um«, murmelte er. »Komm, ich zeige dir etwas.«

Er schlurfte hinaus in den engen Flur. Während wir die steile Treppe nach oben stiegen, betrachtete ich die verglasten Schaukästen, die an den Wänden hingen. In der diffusen Beleuchtung konnte ich den Inhalt nicht genau erkennen, aber es mussten Käfer oder etwas Ähnliches sein.

»Was hast du in diesen Kästen?«, fragte ich, als wir den Flur mit den Dachschrägen erreicht hatten. Auch hier gab es eine Menge Schaukästen, aber sie hingen nicht an der Wand, sondern waren auf schmalen Tischen platziert. Der Flur war damit so vollgeräumt, dass keine zwei Personen nebeneinander dort stehen konnten. »Sammelst du Käfer?«, fragte ich Grafinger, der mir bisher keine Antwort gegeben hatte.

»Ja, ich interessiere mich leidenschaftlich für Insekten.«

»Beeindruckend, diese Unmenge an unterschiedlichen Käfern«, erwiderte ich und fühlte mich etwas unangenehm beengt in dieser Umgebung.

»Es sind nicht nur Käfer. Ich sammle alle Arten von Insekten«, korrigierte mich Grafinger. »Aber das wollte ich dir nicht zeigen.« Er stieß eine Tür auf, die in ein Zimmer am Ende des Flurs führte. Der Raum war dunkel, und die Luft roch abgestanden. Als Grafinger das Licht anknipste, prallte ich überrascht zurück. An die rückwärtige Wand waren eine Unmenge Porträtfotos von Männern und Frauen gepinnt. Daneben befand sich eine alte Schultafel, auf der Verschwunden im Teufelsspalt stand, und eine chronologische Auflistung mit Jahren und Namen.

»Wusste ich es doch, dass die Sage nicht stimmen kann«,

murmelte ich und trat neugierig näher. Ich hatte es bereits bei der Prozession geahnt, dass viel mehr Personen im Teufelsspalt spurlos verschwunden waren, als offiziell bekannt war. Unterschiedlichste Gesichter von Frauen und Männern starrten mich an. Der Raum ächzte unter der Last dieser ungelösten Fälle, die in einer Menge von Aktenstößen unter der Dachschräge gestapelt waren. Unzählige Augenpaare schienen mich zu fixieren, und unhörbare Stimmen riefen: »Wer hilft uns? Wer findet uns?« Die Atmosphäre in dem engen Zimmer war so bedrückend, dass ich kaum atmen konnte. Wohin nur waren all diese Menschen verschwunden?

»Tja, es ist schon merkwürdig, dass es von all diesen Dunkelsteigern bisher keine Spur gibt«, hörte ich Grafingers Stimme hinter mir. Gebeugt ging er auf einen Aktenstapel zu, griff nach einer Mappe und blies den Staub von dem Deckel. »So viele ungelöste Fälle, und niemand außer mir interessiert sich dafür.«

»Deine Frau und dein Kind sind doch auch am Spalt verschwunden, oder? Hast du deshalb so ein großes Interesse an diesen alten Fällen?«

»Lassen wir meine Familie aus dem Spiel«, blockte Grafinger sofort wieder ab. »Hinter all diesen Fotos stehen Schicksale, die nach Sühne schreien, die endlich in Frieden ruhen möchten. Im Inneren bin und bleibe ich eben Polizist. Sieh dir nur die große Menge an. So viele Personen sind im Teufelsspalt verschwunden. Das ist nicht normal, irgendetwas stimmt nicht. Wer holt sich diese Menschen, und warum haben wir bisher noch keinen von ihnen gefunden? Keine einzige Spur. Ich glaube zwar nicht an Gott, aber der Teufelsspalt hat seinen Namen schon zu Recht. In seinem Abgrund lauert das Böse.«

Grafinger rückte immer näher an mich heran, und die ganze Situation wirkte etwas unheimlich auf mich. Dann wies er mit dem Zeigefinger auf Manuelas Porträt, das in die Mitte der Wand gepinnt war und um das all die anderen Fotos wie Planeten um die Sonne kreisten.

»Auch das Verschwinden deiner Freundin wurde nie aufgeklärt. Aber nach allem, was du mir erzählt hast, denke ich, dass sich jemand ihres Schicksals angenommen hat.«

»Das ist eine Möglichkeit.« Ich trat näher an Manuelas Foto heran. »Das ist doch ein vergrößerter Ausschnitt?«, fragte ich, als ich das Bild genauer betrachtete.

»Stimmt, bei dieser Aufnahme hat mich dieses ins Leben verliebte Lächeln fasziniert. Jedes Mal, wenn ich das Foto betrachte, weiß ich, dass ich weiterforschen muss«, erklärte Grafinger.

»Jetzt fällt mir was ein. Schau dir dieses Gruppenfoto an.« Ich griff in die Tasche meines Anoraks und holte die zerknüllte Sparkassenzeitung hervor, die ich bei dem alten Rohringer mitgenommen hatte. Ich schlug die Seite mit dem Foto auf und zeigte sie Grafinger. »Hast du dieses Foto vergrößert?«

»Ja, richtig, aber ich habe es vom Original abgenommen«, antwortete Grafinger.

»Wie kamst du an das Originalfoto?«, wunderte ich mich.

Lange betrachtete Grafinger das Bild, und ein Lächeln stahl sich auf seine Lippen. »Ich habe es selbst fotografiert.«

»Dann sag mir bitte, wer das ist.« Vor Nervosität wurde ich ganz kribbelig. Ich zeigte auf den Mann mit Hut, der neben Manuela lehnte.

»Warum möchtest du das wissen?«

»Am Friedhof haben wir doch über die Briefe gesprochen. Es kann sein, dass dieser Mann der Geliebte von Manuela war. Sieh dir bloß an, wie sie ihm zulächelt, so schauen nur Verliebte. Wer ist das?«

»Ich weiß nicht, ob jetzt der richtige Augenblick dafür ist«, zierte sich Grafinger und rückte von mir ab. »Du solltest dich lieber um die Probleme eurer Clique kümmern.«

»Das lass ruhig meine Sorge sein. Ich weiß genau, was zu tun ist. Ist der Mann auf dem Foto der Liebhaber von Manu gewesen? Du hast einen ihrer wütenden Briefe gelesen. Wieso hast du damals nicht erwähnt, dass du den Kerl kennst?« Nur mühsam konnte ich meine Erregung zurückhalten. Ich hätte mir jede Menge sinnloser Recherchen sparen können, wenn Grafinger den Mund aufgemacht hätte. Aber jetzt würde er mir nicht noch einmal ohne Antwort davonkommen.

»Ich wollte dich schützen.« Grafinger strich sich den Schnauzbart und schwieg.

»Wovor schützen? So antworte doch endlich. Ist das der Mann, dem Manuela in ihren Briefen gedroht hat?« Langsam begann ich die Geduld zu verlieren. Was konnte daran denn so schlimm sein? Schließlich waren seither über zwanzig Jahre vergangen. ›Spuck's endlich aus!‹, dachte ich. »Ist er das?«, wiederholte ich, diesmal schärfer.

»Er ist es.« Grafinger nickte und sah mir tief in die Augen. »Was ich dir jetzt erzähle, wird dir nicht gefallen.«

»Keine Sorge, ich bin in meinem Leben schon einiges gewöhnt«, erwiderte ich genervt.

»Der Mann auf dem Foto ist dein Vater.«

KAPITEL FÜNFUNDDREISSIG

Wie betäubt stand ich etwas später auf dem Dunkelsteiger Dorfplatz und hatte das Gefühl, als würden die düsteren Häuser mit ihren Schindelfassaden noch enger an mich heranrücken.

»Du hast wirklich eine tolle Familie, Felicitas Laudon«, murmelte ich dem schwarzen Felsen hinter der Kirche zu, der mein einziger Zuhörer war. »Dein Vater hatte eine Affäre mit deiner besten Freundin, und deine Mutter verheimlicht etwas vor dir.« Natürlich hatte ich daran gedacht, dass mein Vater der Liebhaber von Manuela gewesen sein könnte, aber mit Tatsachen konfrontiert zu werden – das war etwas ganz anderes.

Die Stille auf dem Platz beruhigte mich, und ich versuchte, das Gehörte zu verarbeiten. Nachdenklich schritt ich vor der Kirche auf und ab, erinnerte mich an Situationen, die auf dieses Verhältnis hingewiesen hatten. Ich dachte an die Blicke, die Manuela meinem Vater zugeworfen hatte, oder seine Komplimente ihr gegenüber, während er gleichzeitig mich herabsetzte. Immer mehr dieser Szenen schoben sich vor mein geistiges Auge, überlagerten sich, blitzten als Kaleidoskope der Vergangenheit so schnell hintereinander auf, dass mir schwindelig wurde. Mit gesenktem Kopf machte ich mich auf den Heimweg, huschte durch die dunkle Straße, vorbei an dem hell erleuchteten Hirschen Wirt. Zwischen zwei Häusern tauchte plötzlich eine Gestalt auf und eilte direkt auf mich zu.

»So trifft man sich wieder, Felicitas«, hörte ich eine bekannte Stimme und blieb stehen.

»Oh, Luis, ich habe dich nicht gleich erkannt. Bin im Moment ein wenig verwirrt.«

»Dann erscheine ich wieder im richtigen Augenblick.« Luis beugte sich zu mir, und im Schein einer trüben Laterne leuchteten seine Augen wie helle Edelsteine. »Gibts ein Problem?«

»Das ist zu kompliziert, um es auf die Schnelle zu erzählen«, wich ich aus.

»Ich habe endlos viel Zeit.« Er deutete mit dem Kopf zum Hirschen Wirt. »Gehen wir doch auf einen Drink.«

»Danke, aber ich habe heute einige unschöne Dinge erfahren und bin hundemüde«, winkte ich ab.

»Sich bei jemandem aussprechen hilft immer.«

Luis' Antwort war so simpel und einleuchtend, dass ich unwillkürlich schmunzeln musste. »Okay, aber nur auf ein Bier.« Vielleicht war es wirklich eine gute Idee, sich alles von der Seele zu reden. Und ich spürte, dass zwischen Luis und mir ein Gleichklang herrschte, den ich bisher nur bei wenigen Menschen gefühlt hatte. Am ehesten noch bei Manuela, aber sie hatte ich anscheinend nicht richtig gekannt.

Im Hirschen Wirt waren um diese Zeit nur wenige Tische besetzt. Traudi stand hinter dem Tresen und polierte Gläser. Als sie uns bemerkte, hob sie überrascht den Kopf und trat an unseren Tisch.

»Seid ihr schon ein Pärchen?«, fragte sie neugierig. Mit ihrem ausladenden Dekolleté beugte sie sich vor Luis über den Tisch. »Was möchtet ihr trinken?«

»Bring uns zwei Seidel Bier und zwei Schnäpse.«

Luis wartete, bis Traudi uns die Gläser serviert hatte, dann lehnte er sich neugierig vor.

»Was ist heute geschehen?«

Ich atmete tief durch und trank den Schnaps auf ex. Dann nahm ich einen kräftigen Schluck Bier. »Mein Vater hatte vor über zwanzig Jahren ein Verhältnis mit meiner besten Freundin.«

»Oh, das ist hart.« Luis lehnte sich zurück und betrachtete mich verständnisvoll. »Diese Aktion wird eure Freundschaft ziemlich auf die Probe stellen.«

»Beide sind bereits Geschichte«, erwiderte ich und trank mein Glas leer. Ich winkte Traudi und orderte noch einmal das Gleiche. »Ich habe verstörende Briefe von Manuela an meinen Vater gefunden.« Meine Kehle war ausgedörrt, und ich räusperte mich heftig. Wieder trank ich den Schnaps in einem Zug und goss Bier hinterher. »Sie hat meinen Vater ziemlich unter Druck gesetzt. Sie wollte, dass er uns verlässt.«

»Und hat dein Vater euch damals verlassen?«

»Nein, Manu ist ja plötzlich verschwunden.«

»Und jetzt glaubst du, dass vielleicht dein toter Vater etwas damit zu tun hatte? Das wirst du nie erfahren, also grübele nicht so viel herum. Lass die Vergangenheit ruhen«, versuchte Luis mich zu beruhigen. »Aber etwas anderes beschäftigt dich noch?«, fragte er dann. Seine hellen Augen erinnerten mich an einen gefrorenen Bergsee, und ich überlegte, ob man sie jemals zum Schmelzen bringen würde.

»Nein. Diese Geschichte mit Manu und Vater reicht mir für heute.«

Natürlich war das nicht mein einziges Problem. Im Grunde war es aber das Geringste. Den Vorfall mit dem Psychoterror wollte ich für mich behalten, bis ich mit Johannes und Adrian gesprochen hatte.

»Sperrstunde.« Plötzlich stand Traudi bei uns und legte die Rechnung auf den Tisch. Überrascht blickten wir hoch, denn wir hatten überhaupt nicht mitbekommen, wie schnell die Zeit verstrichen war. Luis bezahlte, und wir machten uns auf den Weg. In der kühlen Abendluft hatte ich nicht die geringste Lust mehr, zu Hause alleine meinen Gedanken nachzuhängen. Luis schien es ebenso zu ergehen. Unschlüssig standen wir vor dem Hirschen Wirt.

»Wir können bei mir noch ein Reiseachterl nehmen.« Luis deutete vage zum Ende des Dorfs. »Ich habe mich in Dunkelsteig provisorisch eingemietet, bin aber leider noch nicht dazu gekommen, mich um die Einrichtung zu kümmern.«

»Warum nicht, dann komme ich auf andere Gedanken.«

Schweigend schritten wir die leere Dorfstraße entlang, eingehüllt in unsere Gedanken, umgeben von nächtlicher Finsternis. Der Föhn war zusammengebrochen, es begann leicht zu schneien. Für einen Augenblick erschien mir die Welt friedlich und normal.

Luis wohnte in einem der wenigen ebenerdigen Holzhäuser von Dunkelsteig. Es bestand nur aus einem einzigen großen Raum, der durch schöne Truhen und ein geschnitztes Bücherregal unterteilt war. Im Wohnbereich gab es einen dicken flauschigen Teppich, mehrere gemütliche Sofas, und der Schwedenofen verbreitete eine angenehme Wärme. In einer Ecke entdeckte ich eine Kochnische mit einem Tresen davor, der mit Schnitzereien verziert war. Luis schritt zum Kühlschrank und holte eine Flasche Wein heraus.

»Das sind schöne Holzarbeiten«, meinte ich anerkennend und wies auf die Theke.

»Findest du? Das Möbel habe ich selbst gezimmert.«

»Wirklich?«, fragte ich erstaunt. »Ich dachte, du hattest eine IT-Firma.«

»Vor der Gründung meiner Firma habe ich eine Tischlerlehre gemacht. Ich wollte immer etwas Bodenständiges mit meinen Händen schaffen.« Luis goss Wein in zwei Gläser und stellte sie auf einen niedrigen Tisch. Dann kickte er seine Stiefel weg und zog die Strümpfe aus. »Der Teppich ist so angenehm, ich stehe am liebsten barfuß darauf. Probiers auch.«

Ohne nachzudenken, zog ich Winterstiefel und Strümpfe aus, ließ mich dann auf den Rücken fallen und versank in dem dicken Teppich. ›Ob Manu insgeheim über mich gelacht hat, wenn ich nichts ahnend sie und Vater gesehen habe? Ob sie sich heimlich geküsst haben, wenn sie mich besuchte? Und wusste Erika davon, wollte aber den Schein aufrechterhalten? Hat sie vielleicht etwas mit Manus Verschwinden zu tun? Und wer will die Existenzen von mir, Addi und Joe vernichten?‹ Gedanken über Gedanken schwirrten durch meinen Kopf. Ich konnte einfach nicht abschalten.

»Woran denkst du gerade?«, holte mich Luis' Stimme zurück.

»Ich finde deine Wohnung sehr gemütlich.« Das

entsprach zwar nicht der Wahrheit, aber ich wollte nicht, dass er mich mit Fragen löcherte.

»Das freut mich.« Er strich mit der Hand zart über meinen Nacken.

Ich atmete seinen Geruch ein, und die düsteren Gedanken lösten sich mit einem Mal auf. Luis' Finger spielten mit meinen Haaren, dann zog er mich zu sich und küsste mich sanft auf den Mund.

»Das sollten wir nicht tun. Ich bin noch nicht bereit. Mein Ex-Mann ist erst kürzlich gestorben«, flüsterte ich und richtete mich auf. Hastig trank ich das Glas leer. ›Außerdem bist du viel zu jung für mich‹, dachte ich. »Ich muss jetzt gehen. Danke fürs Zuhören und den Wein.« Ich küsste ihn auf den Mund und spürte mit einem Mal seine Zunge. Zögernd öffnete ich meine Lippen, und wir vereinten uns zu einem tiefen Kuss. Dann schob ich ihn sanft von mir. »Lass das bitte.« Ich schlüpfte in meine Stiefel und griff nach meinem Anorak.

»Ich verstehe dich und lass dir gern Zeit. Warte, ich begleite dich noch hinaus«, erwiderte Luis und verschwand, um seine Jacke zu holen.

Während ich auf ihn wartete, piepste mein Handy. Eine anonyme MMS war eingetrudelt. Es war das Foto einer Frau, deren Gesicht verpixelt war. Sie lag auf einem Stahltisch und wirkte leblos. Unter der Aufnahme stand der Text: Du bist schuld!

KAPITEL SECHSUNDDREISSIG

Das verpixelte Gesicht starrte mich am nächsten Morgen vom Bildschirm meines Notebooks an. So sehr ich mich auch bemühte, ich konnte die Qualität des Fotos nicht verbessern, um herauszufinden, wer diese Frau war. Was sollte ich tun? Hatten Johannes und Adrian ebenfalls diese Nachricht erhalten?

Ehe ich einen der beiden anrufen konnte, klingelte mein Handy.

»Hast du auch dieses Foto bekommen?«, fragte Johannes ganz aufgeregt.

»Ja, habe ich. Ich versuche gleich, Addi zu erreichen«, erwiderte ich. »Wann treffen wir uns?«

»Heute Nachmittag im alten Forsthaus. Ich habe jetzt noch einiges zu erledigen.«

»Okay.« Ich trennte die Verbindung und drückte die Kurzwahltaste für Adrian. »Verflucht«, murmelte ich, als ich die Computerstimme hörte, die mitteilte, dass der Teilnehmer sein Handy abgeschaltet hatte. Doch irgendwie passte das nicht zu Adrian. Er wartete doch sicher auf eine Nachricht, wann wir uns treffen würden.

Hastig ging ich ins Bad und schlüpfte dann in meine Kleidung. Nach einem schwarzen Kaffee, um meine Lebensgeister zu wecken, machte ich mich auf den Weg. Die ganze Nacht über hatte es geschneit, und unter der jungfräulichen Schneedecke sah sogar Dunkelsteig freundlich aus. Der Weg zu Adrians Bauernhof war geräumt, und das fast bis zum Boden reichende Giebeldach sah aus, als würde es eine Mütze aus Schnee tragen. Kein Licht brannte im Inneren, als ich durch die kleinen Fenster blickte. Lächelnd betrachtete ich die eingeritzten Buchstaben in der Holzbank neben der Tür. Ich beugte mich vor und klopfte gegen eine Scheibe, doch nichts rührte sich. Als ich um das Haus herumging, sah ich, dass Adrians Wagen in einem Schuppen parkte, also konnte er nicht weit sein.

›Vielleicht ist er in der Halle‹, dachte ich und bog um die Ecke. Dort hatte er ein breites Stahltor eingebaut, das sich über außen liegende Rollen bequem aufschieben ließ und ein großes Bullauge in der Mitte hatte. Allerdings war das Tor jetzt mit einer schweren Kette verschlossen. Auch das passte nicht zu Adrians üblichem Verhalten, denn er versperrte die Halle nie, das hatte er mir erzählt. Mit einem unguten Gefühl im Bauch spähte ich durch das Bullaugenfenster. Ein dichter Bienenschwarm fegte durch den Raum, klatschte gegen die Scheibe und kreiste dann um einen Punkt in der Nähe des Tors. Es war eine Gestalt mit dunklen Locken, die auf dem Rücken auf dem Boden lag. Adrian. Ein dunkler Fleck hatte sich um seinen Hinterkopf ausgebreitet.

»Adrian!«, rief ich und rüttelte an dem Tor. »Kannst du mich hören!« Doch er rührte sich nicht. Sofort griff ich nach meinem Handy und wählte den Notruf, während ich weiter durch das Bullauge starrte. Wie ein Kampffliegergeschwader summte ein Schwarm Bienen durch die Halle und ließ sich mitten auf Adrians Gesicht nieder. Gierig krabbelten die Insekten über seine Wangen, tasteten an seinen Lippen entlang und einige von ihnen verschwanden in seinem halb geöffneten Mund.

»Weg da!«, rief ich und trommelte wie verrückt gegen das Stahltor, doch das kümmerte die Bienen nicht im Geringsten. Immer mehr von ihnen krabbelten über Adrians Wangen und die Stirn, setzten sich auf seine Lippen.

›Ich muss etwas unternehmen. Bis der Notarzt auftaucht, kann es zu spät sein!‹, überlegte ich. Nervös blickte ich umher, suchte nach einem geeigneten Werkzeug, um das Schloss aufzubrechen. Schließlich fand ich ein großes Holzstück am Boden und presste es zwischen Tür und Angel. Mit aller Kraft drückte ich dagegen, um das Tor zumindest so weit zu öffnen, dass ich mich hindurchzwängen konnte. Doch das Holz war zu schwach und brach mit einem trockenen Krachen in zwei Teile.

»Verdammt!«, fluchte ich. »Was mache ich bloß? Ich brauche eine Zange, um die Kette zu durchtrennen.« Hektisch rannte ich um die Halle herum zu dem Schuppen, in dem Adrians Auto stand. Die Heckklappe des Wagens war geöffnet, und eine Gestalt beugte sich in den Kofferraum.

»Hey, Sie da!«, sagte ich, doch die Person reagierte nicht. Erst als ich hinter ihr stand und ihr auf die Schulter tippte, drehte sie sich schnell um.

»Felicitas? Was ist denn los?« Hannah blickte mich überrascht an und schob ihre Kopfhörer nach hinten.

»Was machst du schon wieder hier?«, rief ich aufgebracht. Auf dem Dach des Autos hockte Fritz und schlug mit seinem roten Schnabel Dellen in die Karosserie.

»Ich lagere meine Kletterausrüstung bei Adrian«, antwortete Hannah verwundert. »Wieso bist du so außer dir?«

»Ja, kriegst du denn gar nichts mit? Adrian liegt in der Halle, und Bienen krabbeln in seinen Mund. Er ist in Lebensgefahr. Du musst meine Rufe doch gehört haben.«

»O mein Gott, nein. Sorry! Ich hatte Kopfhörer auf und war so beschäftigt mit meiner Ausrüstung. Echt, ich hatte keine Ahnung.« Hannah ließ ihren Rucksack wieder in den Wagen fallen und lief mit mir zurück zu dem versperrten Tor.

»Wir brauchen ein Werkzeug, um das Schloss aufzubrechen«, sagte ich.

»Einen Moment. Ich habe eine Hacke.« Hannah lief wieder zum Wagen und kam kurz darauf, gefolgt von ihrer Krähe, mit einem Eispickel zurück. Gezielt ließ sie das spitze Eisen auf das Vorhängeschloss krachen. Nach dem dritten Schlag brach der Metallbügel, und die Kette rasselte zu Boden.

»Wir dürfen keine Zeit verlieren!« Gemeinsam schoben wir das Tor auf und ich rannte ins Innere. Sofort umschwirrten mich Hunderte von Bienen. Hektisch schlug ich mit den Händen um mich, doch das machte sie nur noch aggressiver.

»Wir müssen sie ablenken!«, rief ich.

»Okay, probieren wir's damit!« Hannah fasste in die Tasche ihrer Combathose und beförderte eine Plastikflasche hervor. Sie tropfte die Flüssigkeit in einer Linie bis zum Ende der Halle auf den Boden. Sofort ließen die Bienen von mir ab und trieben als dunkel surrende Wolke der Duftnote entlang in den hinteren Teil der Halle.

»Was hast du da drinnen?«, fragte ich und deutete auf die Flasche.

»Es ist einfach nur Zuckerwasser. Das brauche ich als Energieschub beim Klettern«, erwiderte Hannah.

Während Hannah weiter das süße Wasser in den hinteren Teil der Halle schüttete, kniete ich mich zu Adrian und hob seinen Kopf hoch. Er war noch immer bewusstlos. Sein Mund war angeschwollen, und er atmete pfeifend.

»Wahrscheinlich hat ihn eine Biene in den Rachen gestochen und er ist ohnmächtig geworden«, meinte Hannah, als sie wieder bei mir auftauchte.

»Bienen stechen nicht grundlos.« Vorsichtig tippte ich mit dem Finger auf seine geschwollenen Lippen, fühlte eine klebrige Masse. Ich schmeckte mit der Zunge daran. »Das ist Zuckerwasser! Also war es kein Unfall! Jemand hat dieses Szenario genau geplant. Er schlägt Addi nieder, bestreicht seinen Mund mit Zuckerwasser. Lässt dann die Bienen frei und versperrt zur Sicherheit auch noch das Tor. Jemand wollte, dass Addi von den Bienenstichen getötet wird«, kombinierte ich.

»Wer sollte denn so etwas tun?« Hannah blickte mich ungläubig an.

»Keine Ahnung. Aber du hast auch Zuckerwasser bei dir. Alles nur ein Zufall? Genauso zufällig, wie du hier auftauchst?«, fragte ich Hannah und packte sie fest am Arm.

»Was, du denkst, ich wollte Adrian umbringen?« Hannah schüttelte meine Hand ab und tippte sich mit dem Finger an die Schläfe. »Du spinnst wohl! Leidest unter Verfolgungswahn! Ich sagte bereits, ich lagere meine Klettersachen hier. Er hilft mir mit dem Shop. Wir sind Freunde.

Dass ich Zuckerwasser bei mir habe, ist wirklich reiner Zufall.«

Ich wusste nicht, was ich davon halten sollte, aber das war im Moment auch egal. Jetzt ging es um Adrian. Besorgt betrachtete ich sein Gesicht, das von Minute zu Minute stärker anschwoll, lauschte auf den röchelnden Atem. »Du schaffst das, Addi«, flüsterte ich ihm ins Ohr. »Wir lassen uns nicht fertigmachen!«

Ich war sicher, dass dieser Anschlag ebenfalls auf das Konto unseres geheimnisvollen Gegners ging. Es war die konsequente Steigerung seiner Psychostrategie.

Weiter kam ich mit meinen Überlegungen nicht, denn ein Rettungswagen fuhr mit Sirene und Blaulicht auf den Hof, und kurz darauf stürmten zwei Sanitäter mit ihren Notfallkoffern in die Halle.

»Was ist geschehen?«, fragte einer von ihnen und untersuchte die Kopfwunde von Adrian. Im Stenogrammstil berichtete ich, was ich wusste. Während ich sprach, schlug Adrian die Augen auf und blickte mit schmerzverzerrter Miene umher. »Ich bekomme keine Luft.« Panisch griff er sich mit der Hand an den Hals und rang mühsam nach Worten. Seine Stimme war nur ein leises Krächzen. »Feli, wir müssen zusammenhalten.«

»Natürlich.« Ich schenkte ihm ein aufmunterndes Lächeln, obwohl mir überhaupt nicht danach war. Doch wie hatte Grafinger gemeint: Nur ein winziges Indiz reicht, und ein Motiv zeigt sich am Horizont. So war es auch bei uns. Wenn wir herausfanden, woran wir schuld waren, dann hatten wir eine Spur.

»Wir bringen ihn jetzt ins Spital«, entschied einer der Sanitäter.

»Alles klar.« Hastig stand ich auf und drückte noch

einmal die Hand von Adrian. Dann wurde er auf eine Trage gehievt und in den Krankenwagen verfrachtet.

Während ich dem Fahrzeug nachschaute, trat Hannah neben mich. Ihr Blick war umwölkt und sie hatte den Eispickel fest umklammert. Plötzlich holte sie damit aus und rammte ihn nur wenige Zentimeter von meinen Füßen entfernt in den gefrorenen Boden.

»Das hier wird kein gutes Ende nehmen, Felicitas«, flüsterte sie und strich sich die vom Schnee nassen Haare zurück. »Etwas Böses liegt um euch in der Luft. Ich kann es spüren.«

KAPITEL SIEBENUNDDREISSIG

Die Vergangenheit lässt sich nicht zuklappen wie ein Buch, das man gelesen hat und dann vergisst. Es ist, als würde dieses Buch immer wieder aufgeschlagen vor einem liegen und man müsste es erneut bis zum Ende lesen, um ständig an die Handlung erinnert zu werden. So fühlte ich mich, als ich mit dem Suzuki den schmalen Waldweg entlangfuhr, der zu Johannes' altem Forsthaus führte. Nach all den Jahren hatte uns eine düstere Vergangenheit eingeholt und forderte Genugtuung für etwas, von dem ich keine Ahnung hatte.

Noch immer schneite es leicht, und der Schnee verlieh der Landschaft jene winterliche Stille, die ich als kleines Kind so geliebt hatte. Damals war das Leben in Dunkelsteig fast völlig zum Erliegen gekommen. Oft war die Bahnstrecke durch Lawinenabgänge blockiert, und ich konnte tagelang nicht die Schule besuchen. Dann backte Mutter Christstollen und Vanillekipferl und Vater schulterte seine Axt, um im Wald einen Christbaum zu schlägern. Ich hockte in meinem Zimmer, las und führte Gespräche mit den Wesen, die aus dem Gebirge zu den Menschen herabstiegen, um uns vor Lawinengefahren zu beschützen. Immer wenn eines dieser Geschöpfe vor meinem Fenster auftauchte, malte ich ein Herz an die Scheibe. Dann nickte das Wesen freundlich, und ich wusste, dass es die Lawinen an Dunkelsteig vorbeilenkte. So brauchte ich keine Angst zu haben und konnte beruhigt schlafen.

›Wenn das jetzt auch so einfach funktionieren würde. Ich male ein Herz auf die vereiste Scheibe und alle Probleme verschwinden‹, dachte ich, während ich mit dem Suzuki den Waldweg entlangfuhr. Der Wagen besaß zum Glück einen Allradantrieb und kämpfte sich tapfer durch den Schnee. Das alte Forsthaus der Familie Rohringer lag mitten in einem Waldgebiet, das Johannes' Vater für die Jagd gepachtet hatte. Die Bäume ächzten unter der Schneelast, Äste bogen sich, und feiner Schnee rieselte wie Puderzucker über die Karosserie des Suzukis. Auf dem Boden erblickte ich frische Reifenspuren, Johannes war also schon eingetroffen.

Als ich das Forsthaus erreichte, hätte ich es beinahe nicht wiedererkannt. Damals war es wie eine amerikanische Blockhütte aus übereinandergeschichteten Baumstämmen errichtet worden, mit einer hölzernen Veranda rundum, und hätte in jeden Western gepasst. Doch jetzt wirkte es verwahrlost, war fast völlig von Sträuchern umwuchert, deren kahle Äste sich an den verwitterten Holzstämmen emporrankten und es wie Fesseln einschnürten. Das Dach war schneebedeckt und zum Teil eingesunken. Nach all den Jahren hatte das Blockhaus sein abenteuerliches Flair verloren, das wir früher so geliebt hatten.

Als ich aus dem Auto stieg, spürte ich wieder diese

Stille, die diesmal aber etwas Unheimliches an sich hatte. Unbewusst blickte ich in den Wald zurück, doch außer den weiß gepuderten Bäumen konnte ich nichts Ungewöhnliches entdecken.

Ich trat auf die Veranda und klopfte an der Tür. Als sich niemand meldete, öffnete ich und trat ein. Das Innere der Hütte war leer und kalt.

»Joe?« Ich erhielt keine Antwort.

Wo war er? Sein Wagen stand vor dem Forsthaus, also musste er da sein. Angespannt blickte ich mich um. Das Forsthaus bestand im Erdgeschoss aus zwei Räumen. Einer geräumigen Wohnküche und einem Schlafzimmer dahinter. In der Dachschräge gab es noch zwei kleine Kammern, die aber nie benutzt wurden. Das Innere der Hütte war noch genauso, wie ich es in Erinnerung hatte. An den Wänden hingen Tierfelle, und auch der ausgestopfte Wolf mit den hochgezogenen Lefzen existierte noch. Es gab einen Schwedenofen, der für die nötige Wärme sorgen konnte, doch er war nicht in Betrieb. In dieser Hütte hatten wir früher oft wilde Partys gefeiert und uns für unsterblich gehalten.

»Joe, wo bist du?«, rief ich lauter und hörte plötzlich aus dem Schlafzimmer ein Geräusch. Ich erstarrte und griff dann zu einem Schürhaken, der neben dem Ofen lehnte. Damit bewaffnet schlich ich vorsichtig auf die Tür zu und riss sie schwungvoll auf.

»Hilf mir, Feli«, keuchte Johannes. Er saß neben dem Bett auf dem Boden, sein Fuß steckte in einer Tierfalle. »Ich bin eingeklemmt.«

»Warte, ich befreie dich.« Ich kniete mich zu Johannes und drückte die beiden Eisen mit aller Kraft auseinander. Stöhnend zog Johannes schnell sein Bein heraus, ehe die Falle mit einem lauten Knall wieder zuschnappte.

»So ein Mist!« Er schob sich die Hose hoch und untersuchte sein blau angelaufenes Schienbein. »Zum Glück ist nichts gebrochen«, murmelte er. »Es war nur eine Fuchsfalle.«

»Wie ist das denn passiert?«, fragte ich.

»Die Falle ist als Schutz gegen Füchse und Marder gedacht, die sich im Winter gerne hier einnisten«, antwortete Johannes, während er sein lädiertes Bein massierte.

»Aber wieso denn im Schlafzimmer?«, wunderte ich mich. »Das macht doch keinen Sinn.«

»Eben.« Johannes blickte mich ernst an. »Normalerweise steht die Falle in der Wohnküche. Aber ich habe hier das Brennholz gestapelt, damit es nicht allzu feucht wird. Als ich ein paar Scheite holen wollte, bin ich reingetreten und wurde vor Schmerz kurz ohnmächtig. Jemand wollte, dass ich in die Falle trete. Sieh her, die Kette ist an die Bodenbretter genagelt. Damit ich nicht weglaufen kann.«

»Du denkst also, es war unser Psychostalker«, schlussfolgerte ich.

»Wer soll es denn sonst gewesen sein? Wo ist eigentlich Addi?«

»Ihn hat es auch erwischt.« Ich erzählte Johannes, was sich am Vormittag auf Adrians Hof zugetragen hatte. »Das ist ein exakt ausgetüftelter Plan, mit dem wir zermürbt werden sollen.«

»Wie recht du hast.« Ächzend erhob sich Johannes und humpelte zur Tür. »Gehen wir in die Küche.«

Er quälte sich zu einem Regal und griff nach einer Flasche, blies den Staub vom Etikett, nahm zwei Gläser vom Tresen und goss einen Fingerbreit der Flüssigkeit hinein.

»Trink das! Es ist Schnaps, der hilft gegen die Kälte.«

»Danke.« Ich griff nach dem Glas und nahm einen

Schluck. Die scharfe Flüssigkeit brannte in der Kehle, und ich verzog das Gesicht. »Ziemlich stark.«

»Ja, das ist ein selbst gebrannter Birnenschnaps. Der beruhigt den Magen.«

»Genau das Richtige als Nervenstärkung«, stimmte ich ihm zu. Ich zog mein Handy hervor und zeigte Johannes das verpixelte Foto, das ich bekommen hatte.

»Das habe ich auch erhalten.« Er fuhr sich mit dem Handrücken über die Stirn. »Keine Ahnung, wer das sein kann.«

»Joe, glaubst du, dass diese Frau vielleicht Manu ist?«, fragte ich zögernd. Kaum hatte ich diese Frage ausgesprochen, verspürte ich einen Stich in meinem Herzen. Nie hatte ich mich mit dem vermeintlichen Tod von Manuela auseinandergesetzt.

»Das ist nicht unsere Manu«, meinte Johannes bestimmt.

»Aber wer kann es denn sonst sein? Und was haben wir damit zu tun?«, insistierte ich.

»Wenn wir das herausfinden, dann wissen wir auch, wer uns vernichten will.«

Ich wollte etwas darauf erwidern, doch Johannes bedeutete mir, zu schweigen. Abrupt drehte er sich zur Seite und starrte gebannt aus dem Fenster. »Sei ruhig, da steht jemand draußen«, flüsterte er.

»Ich kann nichts erkennen«, erwiderte ich, nachdem ich ebenfalls aus dem Fenster geblickt hatte.

»Doch, ich habe mich nicht getäuscht«, beharrte er und sah nervös umher. »Wo ist nur das alte Gewehr? Ich kann es nirgendwo finden. Das muss jemand gestohlen haben.«

»Glaubst du, dass es der Psychostalker ist?«, flüsterte ich und spürte, wie mir das Adrenalin in die Venen schoss.

Johannes schaltete das Licht aus, und wir verharrten in dem schweigenden Grau eines verschneiten Nachmittags.

Plötzlich schlugen kleine Steine gegen die Fenster, zuerst nur wenige, dann immer mehr, es knirschte und klackte, als würden Schrotkugeln abgefeuert. Unwillkürlich hockte ich mich mit eingezogenem Kopf auf den Boden. Ich hatte das Gefühl, als würden wir wie Kaninchen in einer Falle sitzen und nur darauf warten, dass wir abgeschossen werden.

Mit einem Mal hörte der Steinschlag auf, stattdessen vernahm ich ein leises Knacken, dann zögerliche Schritte auf den Holzplanken, die das Haus umgaben.

»Stell dich neben die Tür«, instruierte mich Johannes und stand auf. »Wenn jemand hereinkommt, dann stoßen wir ihn in die Mitte des Raums.«

Ich nickte wortlos und sah mich ängstlich um. Johannes' Gesicht war kalkweiß, Schweiß trat ihm auf die Stirn. In der Hand schwang er einen Holzprügel und hielt sich am Tischrand fest, um sein verletztes Bein nicht zu belasten. Auf mich machte er einen sehr angeschlagenen Eindruck. Mit einem Mal senkte sich die Türklinke. Ich hielt den Atem an. Ein leises Quietschen ertönte, dann wurde die Tür aufgestoßen, und ein Schatten fiel in den Raum. Mit einem lauten Schrei stürzte sich Johannes auf die Gestalt, die überrascht zurückwich. Jetzt stieß ich mich von der Wand ab und packte den Mann von hinten im Genick.

»Verflucht, was soll das!« Adrian drehte sich um und griff sich mit schmerzverzerrtem Gesicht an den mit weißer Mullbinde umwickelten Hals.

»Addi, wieso bist du nicht im Krankenhaus?« Überrascht ließ ich ihn los.

»Ja, warum wohl?« Adrian drehte sich zu Johannes, der gerade das Licht einschaltete. »Wer ist diese verdammte

Frau?« Adrian knallte sein Handy mit demselben Foto auf den Tisch.

»Das wissen wir nicht«, antworteten Johannes und ich fast gleichzeitig.

»Wieso wirfst du eigentlich Steine an die Fenster? Um uns zu erschrecken?«, fragte ich ihn.

»Ich soll Steine geworfen haben? Das war ich nicht.« Adrian blickte mich mit großen Augen an und wirkte dabei glaubwürdig.

Für einen kurzen Moment schwiegen wir betreten, schließlich fragte ich gestresst: »Hat dieser Psychoterror mit Manus Verschwinden zu tun?«

In diesem Augenblick begann alles vor meinen Augen zu flackern. Das Mädchen in dem weißen Kleid lehnte am Kaminofen und musterte mich mit traurigen Augen. Dann wies es mit der Hand zu einer schmalen Holztür, die mir bisher noch nicht aufgefallen war. Ohne nachzudenken, schritt ich darauf zu und drückte die Klinke nach unten. Das Schloss klemmte ein wenig, doch als ich mit der Schulter gegen das Türblatt stieß, gab sie mit einem Quietschen nach.

»Was machst du da, Feli?«, hörte ich Adrians Stimme von weit weg, wie aus einer anderen Welt. Noch immer flimmerte die Umgebung vor meinen Augen. Der Raum, den ich betrat, war die alte Garage, die an der Rückseite des Blockhauses angebaut war. Ich hatte keine Ahnung gehabt, dass man sie auch durch den Wohnraum erreichen konnte. In der Garage stand ein mit einer Plane verdeckter Wagen. Darauf saß jetzt das Mädchen im weißen Kleid und nickte mir zu. Wie von selbst griff meine Hand nach der Plane und riss sie von dem Fahrzeug. Es war ein alter Range Rover. Die Lackierung im klassischen Racing-Grün war stumpf geworden, und den großen Geländereifen fehlte die Luft. Langsam ging ich um das Auto herum. Auf der Fahrerseite entdeckte ich eine große Delle mit abgeblättertem Lack, die dilettantisch gespachtelt worden war. Ich bückte mich und strich mit den Fingerspitzen darüber. In diesem Moment hörte das Flackern auf, und ich sah alles wieder klar.

»Wieso ist der Wagen beschädigt?«, fragte ich Johannes und Adrian, die mir gefolgt waren. Beide wechselten einen kurzen Blick, ehe sie antworteten: »Wir hatten damals einen Unfall.«

»Wann war das genau?«, fragte ich und spürte, dass wir knapp davor waren, ein wichtiges Teil dieses Puzzles zu finden. War das jenes Indiz, das uns zu unserer Schuld führen konnte?

»Der Abend, als wir in die Walddisco fuhren, erinnerst du dich?« Adrian blickte starr auf Johannes und ignorierte mich völlig.

»Erzählt ihr mir jetzt endlich, was damals passiert ist?«, insistierte ich.

»Nichts, es ist überhaupt nichts geschehen. Manu hatte bloß einen ihrer üblichen Ausraster«, antwortete Johannes achselzuckend. »Du bist ja damals nicht dabei gewesen.«

»Aber wieso bekomme ich dann dieselben Nachrichten geschickt wie ihr beide?« Ich verstand einfach nicht, was hier vorging.

»Weil wir damals eine eingeschworene Clique waren. Bis zu jener Nacht am Teufelsspalt.«

KAPITEL ACHTUNDDREISSIG

Damals – Klara

Der Wind heulte von den Bergen ins Tal wie ein wütendes Monster, das sich bereit machte, Dunkelsteig zu verschlingen. Inmitten dieses Infernos eilte eine junge Frau den Hügel hinauf, wo sich der Friedhof befand und die eisernen Kreuze im Sturm ächzten. Kurz bevor das herbstliche Gewitter mit aller Macht losbrach, erreichte sie die Kapelle und schlüpfte schnell ins Innere. Schwer atmend lehnte sie sich an die geschlossene Tür, strich sich das feuchte schwarze Haar zurück, das sich aus dem Knoten am Hinterkopf gelöst hatte. Ihr Gesicht war blass und eingefallen, sodass ihre dunklen Augen noch größer wirkten. Als sie mit gesenktem Kopf ein paar Schritte machte, wirkte sie in dem hohen Kirchenraum verloren und zerbrechlich.

Nur langsam gewöhnten sich ihre Augen an die Dunkelheit. Damit hatte sie ihre Schwierigkeiten. Einmal hatte sie davon gesprochen, dass sie vielleicht getrennte Wege gehen sollten. Es war ihr unbedacht entschlüpft, doch seine Reaktion war verheerend gewesen. Seit jener Zeit war sie auf einem Auge fast blind, und als sie zur Polizei gehen wollte, hatte er nur gelacht: »Die Polizei bin ich!«

Deshalb hatte sie Zuflucht im Glauben gefunden. Hier in dieser Kapelle war sie oft gewesen, um Schutz zu suchen, denn Kirchen waren der einzige Ort, den er scheute und niemals betrat.

Langsam schritt Klara die wenigen Sitzreihen entlang, bis sie vor dem Altar stand. Kurz kniete sie sich auf den kalten Steinboden und schlug ein flüchtiges Kreuz, ohne den Blick auf die Marienstatue zu werfen, die sie mitleidig ansah. Als sie ein Geräusch hörte, zuckte sie furchtsam zusammen.

›Hat er seine Gewohnheiten geändert und ist mir gefolgt?‹, dachte sie und blickte ängstlich umher. Mit klopfendem Herzen horchte sie nach draußen. Nichts, wahrscheinlich hatte sie sich getäuscht. Sie wusste, dass der Pfarrer immer zur gleichen Zeit in der Kapelle war, denn ihm wollte sie ihr Herz ausschütten. Aus der Tasche ihrer dicken Jacke holte sie den Brief, den sie in ihrer Wut und Verzweiflung zusammengeknüllt hatte, und strich ihn glatt. Das war der Beweis.

Nervös blickte die Frau hoch zu den schmalen Bleiglasfenstern, deren bunte Scheiben sich durch die schwarzen Gewitterwolken verdunkelten und kaum Licht in den Kirchenraum ließen.

Mit einem Mal wurde die schwere Holztür der Kapelle aufgerissen und eine Gestalt tauchte auf. Wieder zuckte sie zusammen und drehte sich schnell um.

»Grüß Gott, Herr Pfarrer.«

»Klara, was tun Sie bei diesem Sauwetter hier?«, sagte Pfarrer Thomas und rieb sich die Hände. »Es ist eiskalt draußen.«

»Ich muss mit Ihnen reden.« Sie stand auf und ging zu dem Beichtstuhl, der in der hinteren Ecke der Kapelle stand. Sie kniete sich in die enge Kammer, und die Gedanken flogen wie kleine Vögel durch ihren Kopf. In der Hand hielt sie noch immer den Brief.

»Berichte mir, was dich bewegt, Klara.« Der Pfarrer setzte sich in den Beichtstuhl und schob den Vorhang vor dem Gitterfenster zur Seite.

»Mein Mann betrügt mich«, platzte es aus Klara hervor.

»Das ist eine schwere Anschuldigung. Bist du dir da ganz sicher?«

»Ich habe einen Brief seiner Geliebten gefunden. Es ist Manuela, ein junges Mädchen aus dem Ort, das allen Männern in Dunkelsteig den Kopf verdreht.«

»Meinst du Manuela Köstlinger? Das kann ich gar nicht glauben.«

»Doch, sie ist es. In dem Brief lag ein Foto von ihr. Hier ist es.« Klara schob das Bild durch den schmalen Schlitz unter dem Gitter zu dem Geistlichen.

Pfarrer Thomas räusperte sich. »Verzeihe deinem Mann, und er wird zu dir zurückkehren.«

»Er verlässt mich nicht. Sondern hält mich wie eine Gefangene in seinem Haus. Ich will mich scheiden lassen.«

»Du weißt aber, dass dieses heilige Sakrament der Ehe unauflöslich ist«, gab er zu bedenken.

»Ich halte es in dieser Ehe nicht mehr aus, denn Leo schlägt mich schon wieder, wenn er getrunken hat«, flüsterte Klara. Sie stand auf und hob ihren Pullover hoch.

»Was ist das?«, fragte der Pfarrer irritiert.

»Das sind blaue Flecken auf meinem Bauch. Er schlägt mich jetzt nicht mehr ins Gesicht, damit die Leute nichts merken. Ich habe auch Verletzungen an den Oberschenkeln.« Bei der Erinnerung an diese Tritte traten Klara die Tränen in die Augen und sie fror elendiglich.

»Hat er das schon öfter getan?«, fragte der Pfarrer sichtlich betroffen.

»Ja«, hauchte Klara. »Aber ich habe mich nicht getraut, mit jemandem darüber zu reden. Keiner hätte mir geglaubt, denn er ist Polizist. Doch als ich den Brief seiner Geliebten fand, nahm ich mir ein Herz und kam hierher.«

»Ich verstehe dich. Dann habe ich nur einen Rat: Verlasse ihn und lass dich scheiden.«

»Das wird er niemals zulassen«, flüsterte Klara. »Er wird mich und das Kind umbringen. Sie müssen mir helfen.«

Der Priester schwieg und schien nachzudenken. Plötzlich stand er auf und trat aus dem Beichtstuhl.

»Folge mir nach draußen«, sagte er zu Klara, die jetzt ebenfalls den Beichtstuhl verließ.

»Du möchtest deinen Mann verlassen und hast Angst, dass er dich umbringt? Habe ich das recht verstanden«, fragte der Geistliche.

»So ist es«, murmelte Klara und setzte sich auf eine Kirchenbank. »Das hat er mir angedroht.«

Der Pfarrer legte den Finger an seine Lippen und schritt nachdenklich im Mittelgang auf und ab. Schließlich blieb er vor Klara stehen und blickte ihr ernst ins Gesicht. »Dann ist es wohl das Beste, wenn du stirbst.«

KAPITEL NEUNUNDDREISSIG

Es war bereits spät in der Nacht, als ich nach Hause fuhr und über unser Treffen nachdachte.

Stundenlang hatten wir Erinnerungen an unsere gemeinsame Zeit gewälzt, Personen ins Rampenlicht geholt, die eventuell ein Motiv hätten. Die mysteriöse Geschichte von dem nächtlichen Ausflug in die Walddisco spukte nach wie vor in meinem Kopf herum, auch das eigenartige Verhalten von Adrian und Johannes, die mir etwas verschwiegen. Als ich sie noch einmal dazu befragte, gaben sie schließlich zu, damals vielleicht ein Reh angefahren zu haben. Diese Tat war nicht so dramatisch, dass man uns zwanzig Jahre später fertigmachen wollte.

Zu Hause fiel ich vor Erschöpfung ins Bett und schlief sofort ein. Im Traum erschien mir Hannah mit dem erhobenen Eispickel, mit dem sie mich verfolgte. Ihre Krähe Fritz kreiste ständig über unseren Köpfen und versuchte, mich mit seinem roten Schnabel zu piksen. Ich rannte um mein Leben und stand plötzlich vor dem Teufelsspalt. Das war die Endstation. Mit irrem Blick stürzte sich Hannah auf mich und schlug zu.

Schweißgebadet erwachte ich und versuchte, die Reste des Traums abzuschütteln, doch noch immer steckte mir der Schreck in den Gliedern.

»Hannah, was soll dieser Traum nur bedeuten?«, fragte ich mein Spiegelbild im Badezimmer. Natürlich wusste ich, dass Handlungen in Träumen immer das Gegenteil von dem bedeuteten, als was sie erschienen.

Obwohl ich den Spiegel gründlich gereinigt hatte, bildete ich mir ein, dass die Worte Du bist schuld! noch immer zu erkennen waren. Hektisch wischte ich mit der nassen Handfläche über das Glas und vermied es, einen weiteren Blick in den Spiegel zu werfen.

Wie gerädert saß ich kurz darauf am Küchentisch und starrte in meine Kaffeetasse. Ich dachte an all die Situationen, bei denen Hannah plötzlich aufgetaucht war, so als wüsste sie über jeden meiner Schritte genau Bescheid. Aber sie hatte keinen Bezug zu unserer Vergangenheit. Es war eine Sackgasse.

Meine Gedanken streiften umher, und plötzlich erinnerte ich mich an Traudis Bemerkung, dass Manuela öfter abends die Kirche besucht habe. Was hatte sie dort gemacht? Ich beschloss, Pfarrer Thomas einen Besuch abzustatten.

Mittlerweile hatte es aufgehört zu schneien, doch es schien, als wäre der Tag in der Morgendämmerung stecken geblieben und wolle dann in der Nacht verschwinden. Immer wieder donnerten Schneebretter herunter, deshalb hatte man den Platz hinter dem Glockenturm auch großräumig abgesperrt. Aufgeschreckt durch den Lärm flatterte ein Turmfalke aus den schmalen Fenstern im Kirchturm und schoss wie eine Rakete auf mich herab. Unwillkürlich zuckte ich zusammen, aber der Vogel zog eine elegante Schleife hoch über meinem Kopf und verschwand am Horizont. Ich öffnete die schwere Holztür und trat ins Innere. Das Kirchenschiff lag im Dunkel, ein kalter Wind wehte durch den Mittelgang. Die bleiverglasten Fenster warfen quadratische Schatten durch den Raum und zerteilten ihn wie ein Schachbrett. Pausbäckige Engel, die an den Wänden hingen, schienen die Köpfe zu drehen und mich mit ihren Blicken zu verfolgen, als ich zum Altar schritt. Über dem goldverzierten Hochaltar hing ein riesiges naturalistisches Gemälde, das Jesus im Hochgebirge mit zwei Schafhirten und einem Mädchen im weißen Kleid zeigte, die alle von einer goldenen Aura umgeben waren. Auf dem Tisch des Herrn befanden sich riesige Kerzenleuchter, aber auch kleine Andenkenbilder von Verschwundenen.

Die Tür neben dem Altar, die zur Sakristei führte, stand offen, und auch von dort strömte die kalte Luft in den Kirchenraum.

»Pfarrer Thomas?«, rief ich, erhielt jedoch keine Antwort. Zögernd betrat ich die Sakristei. Der Luftzug wurde stärker, und ich hatte das Gefühl, als würde ich von einem Gebläse angesogen. »Herr Pfarrer, sind Sie hier?«, fragte ich erneut und bekam wieder keine Antwort. Suchend blickte ich umher. In der Sakristei befand sich ein dunkler Schrank, dessen Türen offen standen. Darin hingen die Messgewänder, und es roch intensiv nach Mottenkugeln. Die Mitte des Zimmers beherrschte ein großer schwarzer Tisch, auf dem diverse Bücher lagen. Schnell überflog ich die Titel, die alle mit Philosophie, Religion und mysteriösen Phänomenen zu tun hatten. In einem der Bücher steckte ein geflochtenes Lesezeichen, und als ich die

Seiten aufschlug, sah ich unterstrichene Absätze, in denen von den Vermissten aus Dunkelsteig die Rede war.

›Unser Herr Pfarrer macht sich auch Gedanken über die verschwundenen Menschen‹, dachte ich. Mein Blick fiel auf ein Stehpult, das unter dem Fenstersims stand und auf dem ein schweres Buch lag. Ein schwacher Lichtstrahl drang durch die Fensterscheibe in die Sakristei und erhellte den Folianten. Ich trat näher und schlug den dicken Ledereinband auf. Es war die alte Chronik von Dunkelsteig. Hastig blätterte ich durch die ersten Seiten, bis ich zu jenem Kapitel kam, das sich mit der Sage um den Teufelsspalt beschäftigte.

»Alle zwanzig Jahre verschwindet ein Mensch im Teufelsspalt«, las ich laut und klopfte nervös mit den Fingern auf die Seiten. Plötzlich spürte ich eine raue Stelle. Ich stutzte und strich vorsichtig mit der Fingerkuppe erneut über den Text. Tatsächlich war die Haptik hier eine andere. Mit zusammengekniffenen Augen beugte ich mich über die Seite, konnte aber in dem diffusen Licht nichts Ungewöhnliches entdecken. Deshalb holte ich mein Handy aus der Tasche und schaltete das Licht der kleinen Taschenlampe an. Die Worte waren mit einer altmodischen Feder in schön geschwungenen Lettern geschrieben. Doch dann entdeckte ich feine Unterschiede bei einzelnen Buchstaben. Je genauer ich die Schriftzeichen untersuchte, desto deutlicher wurde die Abweichung. Der Text, der ursprünglich hier gestanden hatte, war fein säuberlich gelöscht worden. Es bestand kein Zweifel, jemand hatte den Satz *Alle zwanzig Jahre verschwindet ein Mensch im Teufelsspalt* nachträglich über diesen Abschnitt geschrieben. ›Was hat das zu bedeuten?‹

»Was suchen Sie hier?«, hörte ich mit einem Mal eine Stimme hinter mir. Ich wirbelte herum und blickte direkt in das Gesicht von Pfarrer Thomas. »Ach du bist es, Felicitas«, meinte der Geistliche, als er mich erkannte, und schaltete das Licht an. Er stand direkt unter der Lampe, die sein Gesicht wie für ein Foto ausleuchtete.

›Er hat sich in all den Jahren kaum verändert‹, dachte ich. Während der Prozession hatte ich ihn nur aus der Ferne gesehen, aber jetzt, unter dem grellen Licht, wirkte er noch immer jungenhaft dynamisch. Er erinnerte mich mit seinen markanten Gesichtszügen und strahlenden Augen an einen enthusiastischen Missionar, der die Heiden bekehren will. Vor über zwanzig Jahren hatten wir heimlich von ihm geschwärmt und uns Situationen ausgemalt, in denen sein Zölibat auf eine harte Probe gestellt wurde.

»Tut mir leid, aber ich konnte Sie nirgends finden«, entschuldigte ich mich. »Deshalb bin ich hier einfach so eingetreten.«

»Ist schon gut«, winkte der Pfarrer ab. »Wie ich sehe, studierst du die Chronik unseres kleinen Dorfes. Schreibst du etwa darüber?«, fragte der Pfarrer besorgt.

»Auf keinen Fall«, antwortete ich dezidiert, denn ich wusste, dass mich ganz Dunkelsteig deswegen argwöhnisch beobachtete. »Aber ich habe eine interessante Entdeckung gemacht.« Ich winkte den Geistlichen zu mir. »Sehen Sie sich das unterschiedliche Schriftbild hier an.«

»Ach, das ist nur eine Korrektur«, meinte der Geistliche gedehnt. »Jemand hat Wasser über die Seite geschüttet, und der Text wurde unleserlich. Deshalb hat ihn ein anderer Bruder ausgebessert.«

»Wann soll das gewesen sein?«, fragte ich skeptisch, denn das Blatt wies keine Wasserflecken auf.

»Es war lange vor meiner Zeit. Das erkennt man an der

altmodischen Schrift. Heutzutage schreibt fast niemand mehr mit der Hand.«

»Wieso befinden sich dann keine Wasserschäden auf dem Papier?«, hakte ich nach. Irgendetwas an seinem Verhalten fand ich merkwürdig.

»Interessant, das ist mir noch nie aufgefallen.« Der Priester runzelte die Stirn.

»Gestern war ich bei Leo Grafinger. An den Wänden seines Arbeitszimmers hängen unzählige Fotos von Dorfbewohnern. All diese Menschen sind im Teufelsspalt verschwunden. Das sind viel mehr als in der Chronik geschrieben steht.« Ich schwieg einen kurzen Moment und wartete auf eine Reaktion des Pfarrers.

»Na gut, dann erkläre ich es dir.« Der Geistliche gab sich einen Ruck. »Früher stand in der Chronik geschrieben: *Immer wieder werden im Teufelsspalt Menschen verschwinden. Das ist Cäcilias Fluch, der so lange besteht, bis eine reine Seele erscheint und den Fluch bannt.* Einer meiner Vorgänger hat gemeinsam mit dem Bürgermeister beschlossen, den Text zu ändern und zu entschärfen. Wenn nur alle zwanzig Jahre jemand verschwindet, dann hat das einen mystischen Aspekt und lockt Touristen an.«

»Aber geholfen hat es anscheinend nicht«, warf ich ein. »Es gibt hier doch keinen nennenswerten Tourismus. Und wie reagieren die Behörden darauf, dass in Dunkelsteig ungewöhnlich viele Menschen verschwinden?«

»Man unternimmt das Übliche«, sagte der Pfarrer. »Die Bergrettung sucht nach den Verschwundenen. Aber man findet sie nicht, und nach einiger Zeit kehren alle zur Tagesordnung zurück. Alle Beteiligten schweigen über die Vorfälle, deshalb weiß man auch außerhalb des Tals nur wenig davon. Und so wird es auch bleiben. Du darfst dieses Ritual nicht stören und publik machen«, fügte der Geistliche hinzu und taxierte mich mit einem scharfen Blick.

»Keine Sorge, ich arbeite nicht mehr für die Zeitung.«

»Also stimmt es wirklich, dass du jetzt die PR-Beauftragte für das Berghotel bist? Darum dürfen keine Gerüchte ihre Kreise ziehen. Die Dorfbewohner haben Angst, dass Fernsehstationen und Geisterbeschwörer Dunkelsteig heimsuchen.«

»Das wird nicht geschehen«, meinte ich. »Noch eine letzte Frage: Manuela Köstlinger war öfter in der Kirche, habe ich gehört. Was wollte sie denn hier?«

»Sie sang im Kirchenchor, aber das weißt du ja sicher. Und sie ging häufig zur Beichte.«

»Obwohl sie nichts für den Glauben übrighatte?« Skeptisch verzog ich den Mund.

»Nicht jeder trägt seinen Glauben wie ein Preisschild vor sich her.«

»Aber wenn Manu wirklich gläubig gewesen wäre, dann hätte sie mir das erzählt«, beharrte ich.

»Du gibst wohl nie auf, Felicitas«, schmunzelte der Pfarrer. »Die Dorfbewohner sind davon überzeugt, dass du noch immer das Geheimnis um Manuelas Verschwindens ergründen willst. Pass bloß auf, dass es nicht zu einer fixen Idee wird. Du hast jetzt eine neue Aufgabe: Dunkelsteig in ein positives, warmes Licht zu tauchen.«

»Ich weiß schon, was richtig ist«, entgegnete ich schroff und steckte die Hände in den Anorak. Dabei fiel der Zeitungsausschnitt aus der Sparkassenzeitschrift heraus, den ich von Albin Rohringer mitgenommen hatte. Er flatterte zu Boden, und der Pfarrer bückte sich, um ihn für mich aufzuheben.

»Ach, das war vor langer Zeit«, meinte der Geistliche, als er den Text überflog und dabei verträumt lächelte.

»Sie kennen den Bericht?«, fragte ich überrascht.

»Aber ja. Ich habe das Gruppenfoto doch selbst aufgenommen. Es war der Empfang bei Albin Rohringer und seiner Gattin. Damals war ich neu in der Gemeinde.«

Irritiert blickte ich den Pfarrer an und verstand überhaupt nichts mehr. Deshalb fragte ich noch einmal nach: »Sind Sie ganz sicher, Herr Pfarrer, dass Sie dieses Foto geschossen haben?«

»Aber selbstverständlich. Noch bin ich nicht verkalkt«, meinte er.

»Dann können Sie sich auch erinnern, wer der Mann mit dem Hut ist, der neben Manuela steht?«

»Natürlich, das ist Leo Grafinger.«

»Und das kann kein Irrtum sein?«, stammelte ich.

»In diesen Dingen irre ich mich nie. Aber warum fragst du das, Felicitas?«

»Weil jetzt alles anders ist.«

KAPITEL VIERZIG

Ich trat aus der Kirche und fühlte mich wie eine komplette Versagerin. Immer hatte ich so viel auf meine Intuition gegeben, war stolz auf mein sensitives Erfassen von Stimmungen, von Aussagen gewesen. Aber das war nicht so. Ein ehemaliger Bezirksinspektor aus der Provinz hatte mich an der Nase herumgeführt. Wie belustigend musste es für ihn gewesen sein, meinen Vater als den Mann mit Hut zu identifizieren, wie sehr hatte er innerlich gelacht über meine Leichtgläubigkeit. Aber so einfach wollte ich Grafinger nicht davonkommen lassen.

Als ich vor seinem Haus stand, hatte ich mich etwas beruhigt und wieder einen kühlen Kopf. Ich drückte die Klinke nieder, und die Tür öffnete sich quietschend.

»Grafinger, bist du zu Hause?« Plötzlich erinnerte ich mich an einen Ausspruch von Manuela, in dem sie von ihm geschwärmt hatte. *Ich möchte gern einen richtigen Mann, so einen wie Grafinger, der zupacken kann.* Langsam fügte sich für mich eins ins andere. Natürlich wollte Grafinger den

Verdacht auf meinen Vater lenken. Wenn er tatsächlich etwas mit Manuelas Verschwinden zu tun hatte, dann trieb er sein perfides Spiel auf die Spitze. Er hatte als Polizist die Ermittlungen geleitet und uns auch verhört. Wirklich ein cleverer Schachzug, das musste ich ihm zugestehen.

Nachdem ich den engen Flur betreten hatte, ging ich zunächst weiter in die Küche. Doch diese war leer, nur ein Topf mit Suppe stand auf dem Herd, der noch warm war. Grafinger musste also vor Kurzem noch hier gewesen sein. Nach einem Blick in die leere Wohnstube stieg ich die steile Treppe nach oben bis unter das Dach, wo er sein Arbeitszimmer hatte.

»Ist jemand hier?«, rief ich wieder, aber meine Worte verhallten ungehört in der merkwürdigen Stille. Doch plötzlich wurde diese Ruhe von einem leisen Kratzen unterbrochen. Nervös blickte ich umher, konnte aber die Ursache nicht entdecken. Vorsichtig schritt ich den schmalen Flur entlang, vorbei an den Schaukästen und auf das Arbeitszimmer zu. Ein dünner Lichtstreifen drang durch den Türspalt.

Das Kratzen wurde stärker, wurde zu einem schnellen Trippeln in dem Moment, als ich Tür aufstieß. Ich drehte mich zur Seite, sah einen Schatten über die Schaukästen huschen und hörte ein wütendes Fauchen. Im gleichen Augenblick, als ich erkannte, dass es eine Katze war, sprang sie schon auf mich zu. Ich versuchte auszuweichen, doch das Tier landete in meinem Nacken, grub seine Krallen in meine Haare. Durch die Wucht wurde ich nach vorne geschleudert, verlor das Gleichgewicht und landete auf dem Boden.

»Hau ab!«, zischte ich wütend und schob die Katze zur Seite.

Mit einem lang gezogenen Miauen verschwand das Tier im Flur, und ich hob den Kopf. Mein Blick fiel auf ein paar Schuhe, die zwanzig Zentimeter hoch über dem Boden sanft hin und her baumelten. Entsetzt blickte ich höher und sah Beine, eine Strickjacke und einen Kopf, der in einer Schlinge hing, die an einem Lüsterhaken befestigt war.

»Mein Gott, Grafinger, was hast du nur gemacht!«, rief ich verzweifelt und streckte mich nach oben. Ich packte seine Beine, die mir merkwürdig leicht erschienen, und hob sie in die Höhe. Plötzlich löste sich ein Bein, schlenkerte aus der Hose und fiel zu Boden. Verwirrt starrte ich auf das Plastikteil, und nach und nach kam die Erkenntnis.

»Das ist eine Puppe! Es ist nur eine Schaufensterpuppe!« Meine Stimme klang schrill, und vor lauter Erleichterung lachte ich laut auf. Grafinger hatte sich nicht erhängt.

Vorsichtig umrundete ich die Puppe. Sie trug Grafingers Kleidung und hatte sogar seinen Hut auf dem Kopf.

»Da hat sich jemand ziemlich Mühe gegeben«, murmelte ich, verstand aber nicht den Sinn dieser Inszenierung. Doch dann bemerkte ich die rückwärtige Wand mit den Fotos der Verschwundenen. Dort hatte jemand quer über die Bilder Du bist schuld! mit rotem Lack gesprüht. Ich blieb wie angewurzelt stehen, alles in meinem Kopf begann sich zu drehen, ich konnte nicht mehr klar denken. Es war dieselbe Botschaft, die Adrian, Johannes und ich erhalten hatten. Doch was, um alles in der Welt, hatte Grafinger mit uns dreien zu tun?

Während ich darüber nachgrübelte, fiel mein Blick auf den Boden. Dort verteilt lagen zerknitterte Briefe. Sofort erkannte ich Manuelas Handschrift. Mir stockte der Atem, als ich einen der Zettel hochhob, um den Text zu lesen:

Ich liebe dich! stand in großen Blockbuchstaben darauf.

Ich griff nach dem nächsten Zettel: Ich hasse dich! Mit zitternden Fingern las ich das nächste Blatt: Ich zerstöre dich! Wie benommen wankte ich zu einem Stuhl und ließ mich schwer darauf fallen. Grafinger war also wirklich der Geliebte von Manuela gewesen. Aber hatte er etwas mit ihrem Verschwinden zu tun?

Langsam formte sich in meinem Kopf eine schreckliche und bizarre Vorstellung, die sich über meinen Verstand legte und jeden logischen Gedanken verdrängte: ›Kann es sein, dass Manuela die Urheberin dieses Psychoterrors ist? Dass sie noch lebt und sich jetzt an uns allen rächen will?‹ Ich kam nicht dazu, diesen Gedanken weiter auszuführen, denn von unten drang erneut das schrille Quietschen der Tür bis zu mir hoch. Jemand war ins Haus gekommen.

Ich hielt den Atem an, löschte das Licht im Arbeitszimmer und versteckte mich hinter der Tür. Dann hörte ich leise Schritte auf der Treppe und wusste, dass mir jeder Fluchtweg abgeschnitten war. Als eine Gestalt im Zimmer auftauchte, duckte ich mich hinter einem Berg Unterlagen. Ich wich ein wenig zurück, doch dabei stolperte ich über einen Aktenstoß, der mit lautem Rascheln umfiel. Der Lärm war nicht zu überhören, und die Person kam direkt auf mein Versteck zu. Sie entdeckte mich sofort, und ich hatte keine Chance zu entkommen. Mein Herz raste wie verrückt. Mit einem überraschten Ausruf packte mich die Person am Arm und zerrte mich in die Höhe.

KAPITEL EINUNDVIERZIG

Das Licht flammte auf, und ich blickte in das überraschte Gesicht von Markus. »Felicitas? Was machst du hier?«

»Das könnte ich dich auch fragen«, erwiderte ich und schüttelte seine Hand von meiner Schulter ab.

»Ich war mit Grafinger zur Wildfütterung verabredet, aber er ist nicht beim vereinbarten Treffpunkt erschienen. Er hat auch auf meine Handynachrichten nicht reagiert. Ich machte mir Sorgen. Deshalb wollte ich nachsehen, ob ihm etwas passiert ist.«

»Das kann gut sein«, meinte ich pessimistisch. »Sieh dir das hier an.«

Erst jetzt bemerkte Markus die aufgehängte Puppe, die in der Mitte des Zimmers baumelte. »Das ist ja richtig unheimlich, findest du nicht auch?«, fragte er mich.

»Nicht nur das«, antwortete ich und wies auf die zerknüllten Briefe, die auf dem Boden lagen.

Markus bückte sich und nahm einen Zettel: »Was hat das zu bedeuten?« Er blickte mich verständnislos an.

»Das ist Manuelas Handschrift«, erwiderte ich. »Sie war Grafingers Geliebte.«

»Manuela und Leo? Darauf wäre ich nie gekommen«, sagte Markus ungläubig. »Aber Manuela ist doch seit zwanzig Jahren tot.«

»Das wissen wir nicht. Sie ist damals nur verschwunden«, korrigierte ich ihn.

Verwirrt drehte sich Markus zu den Fotos an der Wand und zeigte auf den quer darüber gesprayten Satz: Du bist schuld! »Wer hat das gemacht?«

»Ich habe keine Ahnung«, antwortete ich. »Wichtig ist jetzt, dass wir Grafinger finden. Denk nach, wo kann er sein?«

»Ich habe nicht die geringste Ahnung, wo er steckt«, erwiderte Markus.

»Gehen wir nach draußen und sehen uns mal um. Vielleicht finden wir einen Hinweis«, schlug ich vor.

Als wir vor Grafingers Haus standen, schneite es heftig, und Markus wischte sich mit den Händen den Schnee aus dem Gesicht. »Es ist doch sinnlos, bei dem Wetter ohne den geringsten Anhaltspunkt eine Suche zu starten.«

»Lass mich überlegen.« Ich konzentrierte mich auf die früheren Gespräche, die ich mit Grafinger geführt hatte. Vielleicht gab es da eine Bemerkung, die uns verriet, wo er hingegangen sein könnte. Stück für Stück spulte ich Gesprächsfetzen durch mein Gedächtnis und blieb schließlich bei einer Aussage hängen, die ich auf dem Friedhof gemacht hatte, als er das Grab seiner Familie besuchte. »Deine Frau und dein Kind sind doch auch im Spalt verschwunden.« Natürlich, das wars. Grafinger suchte noch immer seine Familie.

»Wir müssen in Richtung Teufelsspalt«, meinte ich zu Markus. »Ich denke, dass er an den Ort will, wo seine Familie verschwunden ist. Dort gab es das letzte Lebenszeichen der beiden.«

»Hinter dem Dorf ist ein steiler Hang, der zu den Felsen hochführt. Damit kürzen wir den Weg ab«, sagte Markus.

Wir eilten um Grafingers Haus herum, und in dem frischen Schnee entdeckte ich ganz deutlich die Abdrücke von Stiefeln.

»Hier sind wir richtig!«, rief ich Markus zu und wies auf die Spuren.

Die Sicht wurde von Minute zu Minute schlechter und das Schneetreiben heftiger. Nur mit einiger Mühe konnten wir noch die Abdrücke erkennen, doch als wir einen kleinen Graben erreichten, erblickte ich einen dunklen Gegenstand auf dem Boden, der noch nicht völlig zugeschneit war. Es war Grafingers Brieftasche. Sie war offen, Geldscheine und Münzen versanken langsam im Schnee.

Wie eine indianische Fährtensucherin hetzte ich mit gesenktem Kopf weiter. Wieder fanden wir ein Lebenszeichen von Grafinger. Diesmal waren es zerrissene Familienfotos. Auf mich machte es den Eindruck, als würde er versuchen, seine Vergangenheit auszulöschen.

»Wir sollten die Polizei informieren«, schlug ich vor, doch Markus winkte sofort ab.

»Kein Aufsehen, das schadet nur dem Image des Ortes. Wenn wir Leo gefunden haben, überlegen wir die weitere Vorgangsweise«, entschied Markus ganz im Tonfall eines Politikers.

»Wie du meinst.«

Der Marsch über den steilen Hang war in dem tiefen Schnee beschwerlich, und ich spürte überall Nässe und Kälte durch meine Kleider dringen.

Wieder sah ich einen dunklen Gegenstand im Schnee liegen.

»Leos Jacke«, stellte Markus beunruhigt fest, als wir die Stelle erreichten.

»Lass uns weitergehen.« Ich blickte zu den Felsen, sah trotz des Schneetreibens verschiedene Kleidungsstücke wie auf einer Perlenschnur aufgefädelt im Schnee liegen. ›Grafinger dreht völlig durch. Hoffentlich kommen wir nicht zu spät‹, dachte ich. Deshalb stapfte ich noch schneller weiter, sank in dem nassen Schnee jedoch bis über die Knie ein. Das Gelände wurde immer steiler, aber ich konnte jetzt nicht schlappmachen.

»Hier ist eine Hose!«, rief ich Markus zu.

Wir entdeckten weitere Kleidungstücke neben der Spur, und als wir die Ausläufer der Berge erreichten, lag Grafingers Hut mit einem Stein beschwert auf einer Felszunge.

»Grafinger, wo bist du?«, rief in das Schneetreiben hinein, indem ich mit beiden Händen einen Trichter vor dem Mund formte. Doch es kam keine Antwort, selbst das Echo wurde in dem Schneegestöber verschluckt.

Ich bückte mich, um die Spur wiederzufinden. Hier zwischen den Felsen war es wesentlich schwieriger, die Richtung zu bestimmen, in die Grafinger verschwunden war. Doch wir kannten sein Ziel, und diesmal übernahm Markus die Führung, da er sich besser auskannte als ich.

»Du hast richtig getippt«, sagte Markus anerkennend zu mir. »Leo will tatsächlich zum Teufelsspalt.«

»Erinnere dich an die vielen Fotos in seinem Arbeitszimmer. Seit dem Verschwinden seiner Familie hat er eine Obsession für den Teufelsspalt entwickelt.«

»Das stimmt. Ich hoffe nur, dass er jetzt keine Dummheit begeht.«

»Deshalb müssen wir uns beeilen, sonst kommen wir vielleicht zu spät«, trieb ich Markus zur Eile an.

Immer schneller eilten wir über die Felsen und kamen zu einer schneebedeckten Geröllhalde, von der aus man bereits den Teufelsspalt sehen konnte. Dort saß ein nackter Mann, der einen Ring aus Steinen um sich gebildet hatte. Es war Leo Grafinger.

»Ich bin schuld. Ich bin schuld«, wiederholte er mit klagender Stimme und schlug dabei mit einem Stein gegen seinen Kopf. Seine Augen blickten in die Ferne. Er realisierte nicht, dass wir näher traten. Als ich diese Worte hörte, zuckte ich unwillkürlich zusammen. ›Welche Schuld haben wir vier auf uns geladen? Was haben Adrian, Johannes und ich mit Grafinger gemeinsam?‹

»Leo?« Markus tippte ihm auf die nackte Schulter. Mit angstgeweiteten Augen zuckte dieser zurück und stieß ein Geheul wie ein angeschossenes Tier aus. Die Platzwunde an seinem Kopf, die er sich selbst mit dem Stein beigebracht hatte, blutete heftig.

»Hier hast du meinen Anorak. Du erkältest dich.« Ich hängte Grafinger das Kleidungsstück um die Schultern, doch er warf ihn von sich, als würde er glühen.

»Leo muss sofort in eine Klinik«, sagte Markus und blickte sich nervös um, so als würden bei diesem Wetter Menschenmassen ins Gebirge strömen, um aller Welt zu berichten, dass es in Dunkelsteig einen Verrückten gab. Er zog sein Handy aus der Tasche, um zu telefonieren, während Grafinger immer wieder sein wolfsähnliches Geheul ausstieß.

»Beruhige dich.« Ich hockte mich vor ihn in den Schnee, schnippte mit den Fingern und versuchte, Blickkontakt mit ihm herzustellen. Doch es war zwecklos. Er sah einfach durch mich hindurch in eine andere Welt.

»Ich bin schuld«, flüsterte er ständig. Mit beiden Händen langte er in den Schnee und strich ihn sich über das Gesicht. »Ich bin schuld«, wiederholte er mit ausdrucksloser Miene und stopfte sich Schnee in den Mund.

»Wieso bist du schuld?«, fragte ich in einem beruhigenden Tonfall. »Erzähl mir, was geschehen ist.«

Grafinger stieß ein meckerndes Gelächter aus. »Was soll passiert sein?«

»Sag es mir, denn ich weiß es nicht.« Behutsam legte ich meine Hand auf seinen Arm und streichelte ganz sanft seine kalte Haut. Dazu summte ich eine beruhigende Melodie, ehe ich noch einmal meine Frage stellte: »Was ist geschehen? Hat es mit dem Teufelsspalt zu tun?«

Grafinger hob den Kopf und lächelte wie ein kleines Kind, als er mich ansah. Dann redete er so leise, dass ich mich vorbeugen musste, um seine Worte zu verstehen.

»Die Vergangenheit ist aus dem Teufelsspalt zurückgekehrt.«

KAPITEL ZWEIUNDVIERZIG

Damals – Klara

Es war der Tag der Entscheidung, und Klara wusste, dass kein Weg mehr zurückführte. Immer wieder hatte sie den Plan, den Pfarrer Thomas für sie ausgearbeitet hatte, in ihrem Kopf durchgespielt. Bis sie selbst nicht mehr wusste, was richtig und was falsch war. Dann hatte sie dem Priester signalisiert, dass sie bereit sei. Ein letztes Mal kniete Klara im Beichtstuhl und lauschte den Worten des Pfarrers.

»Ich werde Sie vermissen, Hochwürden«, flüsterte sie mit kratziger Stimme. Durch das Holzgitter sah sie sein Gesicht nur undeutlich und konnte nicht erkennen, ob er genauso traurig war wie sie, dass dies ihr letztes Treffen war.

»Im Geiste bin ich immer bei dir, Klara.«

Die Worte hatten etwas Tröstliches für die junge Frau, verbannten die Angst für einen Augenblick aus ihrem

Herzen. Denn Klara hatte große Angst davor, plötzlich alles Vertraute hinter sich zu lassen und mit dem Kind in eine andere, eine fremde Welt zu gehen.

»Können wir den Plan noch einmal gemeinsam durchgehen?«, bat sie. »Ich möchte ganz sicher sein, dass ich nichts falsch mache.«

»Natürlich. Du bist eine mutige Frau. Hab Gottvertrauen und glaub an deine Fähigkeiten.« Mit seiner sanften Stimme erläuterte Pfarrer Thomas noch einmal das Vorhaben, und Klara schwor sich, den Klang seiner Worte in ihrem Inneren zu speichern, um auf dem schwierigen Weg nicht den Mut zu verlieren. Zuletzt reichte er Klara eine Identitätskarte.

»Was ist das?«, fragte sie und betrachtete das Foto einer Frau, die ihr ähnlich sah.

»Ein Sünder aus unserer Gemeinde war mir noch einen Gefallen schuldig und hat mir diesen Ausweis besorgt. Es ist die Identität einer Frau, die verstorben ist. So wird dich dein Mann niemals finden.«

»Hoffentlich schaffe ich das Vorhaben mit dem Kind«, meinte Klara zweifelnd, als der Geistliche seine Ausführungen beendete hatte.

»Mit Gottes Hilfe wird es möglich sein.« Der Pfarrer schlug ein Kreuz und hielt sein Gesicht ganz nahe an das Gitter. »Ich wünsche dir alles Gute.«

»Danke, Hochwürden. Gott hab Sie selig«, flüsterte Klara. Sie trat aus dem Beichtstuhl und huschte durch den Mittelgang, ohne noch einmal zurückzublicken.

Vor dem schmalen Haus ihrer Familie, das gegenüber der Kirche stand, atmete sie noch einmal tief durch, ehe sie die Tür öffnete. Der Flur war dunkel und kalt.

»Ich muss mich beeilen, bevor Leo nach zu Hause

kommt«, murmelte Klara und zog ihre Jacke aus. Hastig ging sie in die Küche und bereitete sein Lieblingsessen zu. Klara wollte sich nicht nachsagen lassen, dass sie eine schlechte Hausfrau gewesen war. Während die Speisen auf dem Herd köchelten, eilte sie nach oben in ihr Schlafzimmer, verstaute einige Kleidungsstücke in ihrem Rucksack. Nervös warf sie ständig einen Blick auf die Armbanduhr, aber sie hatte noch etwas Zeit. Es war erst nach Mittag und ihr Mann noch ein paar Stunden in seiner Dienststelle.

Als Klara fertig gepackt hatte, eilte sie die steile Treppe vom Schlafzimmer nach unten in die Wohnküche. Durch die Hintertür gelangte sie in den verschneiten Garten.

»Hallo, da bin ich wieder.«

Die Nachbarin wiegte gerade singend Klaras Kind auf den Knien und blickte auf. »Bist schon fertig?«

»Ja, heute ging mir die Arbeit schnell von der Hand. Danke schön, dass du aufgepasst hast.«

»Keine Ursache. Wir haben einen Schneemann gebaut.« Die Nachbarin nahm das Kind an der Hand und ging mit ihm zu der schmalen Pforte, die in Klaras Garten führte. »Sehen wir uns morgen auf dem Weihnachtsmarkt?«

»Sicher. Ich helfe wie immer beim Glühweinstand aus.«

Klara verabschiedete sich und eilte mit dem Kind ins Haus zurück. Sie steckte es in den Skioverall, schnallte ihm die Schneeschuhe an, hängte sich den Rucksack über die Schultern und verließ das Haus. Zügig stiegen sie bis zum Waldrand hoch und weiter durch das schneebedeckte Unterholz. Doch dann wurde der Weg immer steiler, und das Kind begann zu jammern.

»Ich habe Hunger und will nach Hause.«

»Gleich, mein Schatz, es ist doch lustig, mit Mama durch den Schnee zu stapfen.«

Doch dann fing das Kind an zu weinen, und Klara musste es auf den Arm nehmen. Mit Kind und Rucksack sank sie tiefer in den Schnee ein und kam nur noch sehr langsam voran. Endlich erreichten sie die Baumgrenze, aber die Sonne stand wie ein glühender roter Ball schon tief im Westen. Klara hatte sich gründlich in der Zeit verschätzt, denn der Aufstieg mit dem Kind hatte wesentlich länger gedauert als geplant. Für einen kurzen Augenblick überlegte sie, ob es nicht besser wäre, umzudrehen und zu ihrem Mann zurückzukehren, aber sie wusste, was sie dort heute Abend erwarten würde.

Als sie über eine schneebedeckte Geröllhalde marschierten, warf sie einen Blick zurück. Aus ihrer Perspektive wirkte Dunkelsteig wie eine Ansammlung von Spielzeugbauten, und auch ihr gewalttätiger Mann verlor seinen Schrecken. Ein letzter Sonnenstrahl leuchtete zwischen den Berggipfeln auf und wurde von einem Haus in Dunkelsteig reflektiert. Es war eindeutig das Haus ihres Mannes, und die Reflexion konnte nur sein Feldstecher sein, mit dem er zum Felsen blickte. Panik befiel sie. Er hätte doch viel später heimkommen müssen. Jetzt hatte er bereits das Essen in der Küche vorgefunden und sicher ihren Schrank durchsucht. Sofort war ihm aufgefallen, dass Kleidungsstücke fehlten, ebenso der Rucksack. Als Polizist wusste er, was das zu bedeuten hatte. Zornbebend war er nach oben in sein Arbeitszimmer gestapft, hatte das Fernglas aus dem Schreibtisch genommen und die Berghänge abgesucht. Gleich würde er sich auf den Weg machen und ihrer Spur folgen.

Mit diesen Gedanken im Kopf hastete Klara über das Geröllfeld, erklomm mit dem Kind an der Hand eine Felsformation. Endlich tauchte der Teufelsspalt in der beginnenden Dämmerung vor ihr auf. Als sie vor dem Abgrund standen, schlug ihr Herz wie verrückt, und das Blut pochte so laut in ihren Ohren, dass sie das Weinen ihres Kindes fast überhörte. Mit Tränen in den Augen kniete sie sich nieder, umarmte es und drückte es ganz fest an sich. Dann warf sie ihren Rucksack zu Boden und schnallte dem Kind die Schneeschuhe ab.

»Du musst jetzt genau das tun, was Mama sagt. Hast du das verstanden?«

Das Kleine schniefte und nickte wortlos.

Klara griff nach der kleinen Hand. »Alles wird gut«, flüsterte sie und küsste noch einmal die rosigen Wangen. Dann trat sie an den Rand des Teufelsspalts. Jetzt gab es kein Zurück mehr.

KAPITEL DREIUNDVIERZIG

Ein weißer Transporter, der einen verwirrten Mann als Passagier im Laderaum mitführte, fuhr langsam durch Dunkelsteig und zweigte bei der Ortseinfahrt auf die Bundesstraße nach Salzburg ab.

»Das wäre geschafft. Leo kommt unbemerkt aus dem Dorf raus. Diese Sorge sind wir los.« Markus atmete erleichtert auf und lenkte den Land Rover in eine Parkbucht. Er drehte sich zu mir und sah mich fragend an. »Alles in Ordnung?«

»Mir geht es gut«, winkte ich ab. »Findest du es eigentlich richtig, dass wir Grafinger heimlich abholen und in eine psychiatrische Klinik nach Schwarzach bringen lassen, ohne die Polizei zu informieren?«

»Warum denn die Polizei?«

»Da fragst du noch? Jemand ist in sein Haus eingedrungen und hat dieses Psychospiel mit der Puppe inszeniert«, antwortete ich aufgebracht.

»Die Polizei stellt zu viele Fragen und informiert wahrscheinlich die Medien«, meinte Markus belustigt. »Nein, wir Dunkelsteiger machen das alles unter uns aus.« Er wendete den Geländewagen und fuhr wieder zurück ins Dorf. »Ich bringe dich nach Hause.« Er schaltete krachend in einen höheren Gang. »Kein Wort über diesen Vorfall, Felicitas. Zu niemandem. Kann ich mich auf dich verlassen?«

»Ich habe schon verstanden, wie das Spiel hier läuft«, erwiderte ich sarkastisch.

»Du lernst schnell. Erwähne auch auf keinen Fall Leos Arbeitszimmer mit den Fotos der Vermissten und den vielen Akten. In der jetzigen Phase schadet jedes Aufsehen unserem geplanten Projekt.«

»Wer, glaubst du, hat Grafinger in den Wahnsinn getrieben? Dieses Psychospiel und der gesprayte Satz über die Fotos … Warum fühlt er sich schuldig?«, fragte ich nachdenklich.

»Ich weiß es nicht.« Markus zuckte mit den Schultern. »Aber uns kann das auch egal sein.«

»Eben nicht.« Einen Augenblick lang zögerte ich, Markus unsere Geschichte zu erzählen, doch dann gab ich mir einen Ruck. »Adrian, Johannes und ich haben in den letzten Tagen genau dieselbe Nachricht erhalten, nur aufs Handy und mit dem Foto einer unkenntlich gemachten Frau. Ich glaube, jemand will uns fertigmachen, aber ich weiß nicht, warum. Genauso wenig wie ich weiß, was Grafinger damit zu tun hat.«

»Beruhige dich, Felicitas.« Markus stoppte den Land Rover bei der Auffahrt zu unserem Haus und drehte sich zu mir. »Du klingst hysterisch, weißt du das? Vielleicht stecken bloß ein paar Dorfbewohner dahinter, die weder Tourismus noch das Berghotel brauchen. Die wollen einfach, dass alles beim Alten bleibt. Ihr vier wart ja schon damals eine ganz eigene Clique und nicht sonderlich beliebt im Dorf. Deshalb will man euch einen Schrecken einjagen. Das ist offensichtlich auch gelungen.«

»Das ist mir zu simpel«, widersprach ich. Manchmal beneidete ich Markus für sein einfaches Denken. Für ihn gab es eine logische Erklärung, auch wenn sie noch so haarsträubend war, und dann wurde das Problem einfach abgehakt. So banal konnten diese Vorfälle aber nicht sein.

»Leo hat sich einfach zu viel mit dem Teufelsspalt und den verschwundenen Menschen beschäftigt, da kann es passieren, dass man verrückt wird!«, antwortete Markus im Brustton der Überzeugung. Er beugte sich über den Fahrersitz und fasste mich an den Schultern. »Ruh dich aus, Felicitas, du brauchst deine Nerven für unser Projekt!«

»Das werde ich tun«, murmelte ich und öffnete die Wagentür. Als ich ausstieg, rief mir Markus noch hinterher: »Übrigens, wir haben die nächsten Tage eine Strategiebesprechung. Es wäre gut, wenn du anwesend wärst. Ich zähle auf dich.«

»Ich werde da sein«, erwiderte ich und hob die Hand, als er mit dem Wagen anfuhr. Dann ging ich zu meinem Elternhaus.

Wie erwartet fand ich Mutter in der Küche, wo sie geschäftig Pfannen und Töpfe auswusch.

»Felicitas, du kommst leider zu spät. Wir haben bereits gegessen«, sagte sie, als ich zur Tür hereinkam.

»Das macht nichts. Ich habe keinen Hunger«, erwiderte ich. Erst jetzt bemerkte ich Karl, der am Küchentisch saß und in der Tageszeitung blätterte. »Karl, macht es dir etwas aus, wenn du mich mit Erika kurz alleine lässt?«

»Nein, natürlich nicht. Ich muss sowieso noch etwas in

der Praxis erledigen.« Karl erhob sich und faltete die Tageszeitung zusammen. »Sehen wir uns später noch, Erika?«

Mutter nickte nur stumm und rieb mit einer Drahtbürste so fest über einen Topf, dass ihre Knöchel ganz weiß wurden.

Als Karl das Haus verlassen hatte, drehte sie sich zu mir.

»Du willst doch etwas von mir? Hat es wieder mit diesen Briefen zu tun? Gibst du noch immer keine Ruhe?«, fragte Erika und wischte sich die nassen Hände an ihrer Schürze ab.

»Ich glaube nicht mehr, dass Vater ein Verhältnis mit Manu hatte.«

»Na endlich bist du vernünftig geworden.« Erika holte tief Luft und öffnete das kleine Schränkchen neben dem Herrgottswinkel. Dann holte sie ihren selbst gemachten Zirbenschnaps hervor. Mit der Flasche und zwei Gläsern setzte sie sich an den Tisch. »Darauf trinken wir einen Selbstgebrannten«, meinte sie und goss die Gläser voll. Als wir den Schnaps gekippt hatten, wurde mir ganz schummrig, denn ich hatte den ganzen Tag noch nichts gegessen. Hastig nahm ich ein Glas, füllte es mit Wasser und trank es in einem Zug leer. »Du verträgst aber auch nichts mehr. Was trinkt man denn in Berlin, nur Aperol?«

»Mir bekommt Alkohol im Moment nicht so gut. Wo war eigentlich Vater in jener Nacht, als Manu verschwunden ist?«, formulierte ich diplomatisch.

»Franz saß an meinem Bett und hielt meine Hand. Ich fühlte mich in jener Nacht schlecht.«

»Davon weiß ich ja gar nichts«, wunderte ich mich.

»Darüber haben wir auch nie gesprochen. Das Verschwinden von Manuela hat alles andere unwichtig erscheinen lassen«, erwiderte Mutter.

»Deshalb hat mich damals niemand bei der Polizeistation abgeholt.« Ich dachte an diese Nacht, die ich auf einer harten Bank in der Arrestzelle verbracht hatte. Adrian und Johannes waren von ihren Vätern mitgenommen worden, nur um mich kümmerte sich keiner. Erst am nächsten Morgen machte ich mich alleine auf den Heimweg.

»Franz war eben besorgt um mich«, rechtfertigte sich Erika. »Ich habe dir doch erzählt, dass ich Manuela ertappte, als sie vom Dachboden huschte. Sie hat sich komisch benommen, und das hat mich neugierig gemacht. Deshalb habe ich in eurer Schatzkiste herumgekramt. Natürlich dachte ich sofort, dass Franz mit ihr ein Verhältnis hatte, er war ja kein Kostverächter.«

»Stimmt, das war er nicht.« Ich erinnerte mich an seinen Orgelunterricht in der Kirche, wenn er den Mädchen in seinem Wiener Tonfall Komplimente machte und mit seinen schlanken Händen ihre Haltung korrigierte. »Was ist mit den Herztropfen, die ich hinter dem Arzneischrank gefunden habe? Was haben die mit der ganzen Geschichte zu tun? Hast du wirklich Herzbeschwerden, wie Karl gesagt hat?«

»Ja, ich habe etwas mit dem Herzen. Aber anders als du denkst. Franz wollte mich verlassen.« Erika drehte das leere Schnapsglas vor sich auf der Tischplatte. »Nach so langer Zeit wollte er nach Wien zurückkehren.«

»Warum jetzt und nicht schon früher? Wieso ist er noch zwanzig Jahre bei dir geblieben?« Ungläubig blickte ich meine Mutter an. Welche Abgründe würden sich noch öffnen? Was war wirklich in dieser Ehe passiert?

»Nimm noch einen Schnaps, Felicitas«, forderte mich Mutter auf.

»Danke, nein. Und du solltest auch nicht so viel trinken.« Ich griff nach der Flasche und stellte sie außerhalb Erikas Reichweite.

»Hör auf, mich zu bevormunden.« Erbost beugte sich Mutter über den Tisch und zog die Schnapsflasche zu sich.

»Das Zeug wird dich noch umbringen«, sagte ich, als sie sich erneut ein Glas eingoss. »Erzähl mir jetzt, weshalb dich Franz nicht schon viel früher verlassen hat.«

»Ganz einfach, ich habe ihn mit Manuelas Briefen erpresst.«

KAPITEL VIERUNDVIERZIG

Damals – Erika

Manuela war in jener verhängnisvollen Nacht bei der Maturafeier mit ihrer Clique im Teufelsspalt verschwunden. Nachdem man keine Spur von ihr gefunden hatte, sprach Franz noch wochenlang nur von dem Mädchen. Erika saß mit versteinerter Miene am Küchentisch und musterte ihren Mann, der die Tageszeitung durchblätterte. Was geschah mit der schönen Manu? titelte eine Boulevardzeitung, und Franz betrachtete mit verklärtem Blick das Foto, das Manuela im Bikini zeigte.

»Alle sind der Meinung, dass sie im Teufelsspalt verschwunden ist. Aber das ist doch reiner Aberglaube.« Franz klopfte mit der Faust auf den Tisch. »Warum ausgerechnet dieses besondere Mädchen?« Er blickte Erika mit traurigen Augen an, und in diesem Moment hasste sie ihn.

»Ich habe eine Entscheidung getroffen, Erika«, sagte er dann nach einer längeren Pause.

»Ach ja, und welche?« Ihre Stimme zitterte, und nervös knetete sie das Geschirrtuch zwischen ihren Fingern. Sie ahnte, dass diese Entscheidung ihr ganzes Leben auf den Kopf stellen würde. Seit Felicitas sich nach Berlin verabschiedet hatte, gab es nur noch Kälte zwischen den Eheleuten. Es war eine unsichtbare Eisschicht, die sich über das Haus, die Räume legte und langsam auch von Franz und Erika Besitz ergriff. Ihre Gespräche erfroren in Belanglosigkeiten, deshalb war Erika auch so aufgeregt, als Franz diese Routine durchbrach.

»Ich werde dich verlassen, und zwar noch heute. Es gibt nichts mehr, was mich in diesem verdammten Ort hält.« Franz klopfte mit der Faust auf den Tisch und erhob sich, so wie er das immer tat, wenn er eine unwiderrufliche Entscheidung getroffen hatte, aber diesmal begehrte Erika auf.

»Setz dich wieder hin!«, befahl sie, und Franz war so perplex, dass er widerspruchslos gehorchte. Erika spürte, dass ihr Leben zum zweiten Mal auf der Kippe stand. Das erste Mal wollte sie sterben, als Franz sie in einer lauen Sommernacht vergewaltigte und sie mit Felicitas schwanger wurde. Doch dann siegte ihr Pragmatismus, und sie konfrontierte ihn mit den strafrechtlichen Konsequenzen, wenn er sie nicht heiraten würde. Jetzt war der Zeitpunkt gekommen, an dem Erika ihrem Mann das alles heimzahlen konnte. Jetzt war sie die Stärkere. Wieder überlegte sie ganz pragmatisch, um wenigstens die Scherben ihrer Ehe zu bewahren, wenn man sie schon nicht kitten konnte.

»Hör mir jetzt genau zu, Franz«, zischte sie, und der harte Klang ihrer Stimme ließ ihn aufhorchen. »Du hast mit

Manuela eine Affäre gehabt – und jetzt ist sie wahrscheinlich tot.«

»Das stimmt doch nicht«, begehrte Franz auf.

»Halt endlich den Mund! Jetzt rede ich.« Erika stand auf und ging in das Nähzimmer, wo sie Manuelas Briefe hinter dem Arzneischrank verborgen hatte. Vorsichtig zog sie einen davon hervor und steckte ihn in ihre Schürze.

»Ach, hast du mir einen Brief geschrieben?«, meinte Franz mit seinem arroganten Zug um den Mund und lehnte sich zurück. Erika spürte, dass er sein Selbstbewusstsein wiedererlangt hatte, deshalb kam sie sofort auf den Punkt. Sie zog den Brief aus ihrer Schürze und warf ihn auf den Tisch.

»Kennst du diese Schrift?«

»Ja, das ist Manuelas Handschrift«, antwortete Franz, als er das Blatt aus dem Umschlag nahm. Mit angehaltenem Atem las er die Worte und legte dann den Brief auf den Tisch. »Da ist sie aber ziemlich wütend. Wen sie wohl mit diesen Beschimpfungen meint? Das arme Mädchen. Ich hätte sie getröstet, aber dafür ist jetzt zu spät. Warum zeigst du mir eigentlich dieses Schreiben?«, fragte er dann und blickte Erika verständnislos an.

»Manuela hat diese Briefe nicht abgeschickt, sondern bei uns auf dem Dachboden versteckt. Die Mädchen hatten dort oben eine geheime Schatztruhe. Aber ich habe sie beobachtet und die Briefe dann an mich genommen.«

»Du hast in den Privatsachen der Mädchen herumgeschnüffelt? Das sieht dir ähnlich.« Franz legte seine ganze Verachtung in diese Worte.

Das Verhalten ihres Mannes bestärkte Erika nur, ihren Plan rücksichtslos zu verwirklichen.

»Ich weiß nicht, was du damit bezweckst.« Nervös strich sich Franz durch die dunklen Haare, als er Erikas eisigen Blick spürte.

»Das ist doch nicht so schwer zu begreifen«, antwortete Erika ruhig. »Wenn du mich verlässt, dann übergebe ich die Briefe der Polizei. Jeder hier im Ort weiß, dass Manuela dich für deine Bildung bewunderte. Doch als sie wollte, dass du für sie deine Familie verlässt, hast du sie umgebracht.«

»Du bist verrückt!« Fassungslos starrte Franz auf Erika, die ihm mit versteinerter Miene gegenübersaß. »Kein Mensch wird annehmen, dass ich Manuela getötet habe.«

»Natürlich glaubt man das. Es gibt diese Briefe, in denen Manuela droht, euer Verhältnis öffentlich zu machen.«

»Ich hatte kein Verhältnis mit ihr. Die Briefe sind nicht für mich bestimmt«, rief Franz in wütender Verzweiflung.

»Das tut doch nichts zur Sache. Jeder im Dorf wird mir glauben. Du bist kein Einheimischer.«

»Aber in der Nacht, in der Manuela verschwand, warst du doch krank und ich saß an deinem Bett«, wandte Franz mit kläglicher Stimme ein.

»Ich war nicht krank. Gibt es dafür Zeugen? Du wolltest dich mit Manuela für eine Aussprache treffen, das werde ich der Polizei erzählen«, erwiderte Erika eiskalt.

»Du bist eine Hexe!«

»Nein, ich bin eine Frau, die um ihre Ehe kämpft.«

»Das ist kein Kampf, das ist Erpressung.«

»Nenn es, wie du willst. Akzeptierst du meine Bedingungen?«

»Was bleibt mir sonst übrig.« Franz senkte den Kopf und fuhr sich mit beiden Händen über das Gesicht. Sein

Rücken war gekrümmt, und er wirkte mit einem Mal dünn und zerbrechlich. Erika spürte, dass er seine Niederlage akzeptierte. Sie hatte gesiegt, um ihre Ehe zu retten.

KAPITEL FÜNFUNDVIERZIG

›Man kann seinem Schicksal nicht entkommen‹, dachte ich, als ich abends das Haus verließ, um frische Luft zu schnappen. Nach Mutters Erzählung war mir mein Leben so kalt und hoffnungslos erschienen, dass ich wegmusste, um nicht selbst in eine tiefe Depression zu verfallen. Ich, das Kind dieser Vergewaltigung, konfrontierte meinen Vater jeden Tag aufs Neue mit dieser Schuld. Einfach weil ich am Leben war.

Ich stellte mir die Ehe meiner Eltern als die Hölle auf Erden vor. Für Franz war es tatsächlich besser, dass er gestorben war. Jetzt hatte er endlich seine Ruhe. Und Mutter würde mit Karl ein neues Leben beginnen. Ob nicht die Erinnerung wie ein schwarzer Schatten über ihr schweben und sie ständig verfolgen würde? Und wofür waren die Herztropfen wirklich bestimmt? Mutter drückte sich vor einer klaren Antwort. Doch in meinem Inneren ahnte ich Schreckliches. ›Irgendwann wird der Tag kommen, an dem ich die Wahrheit von ihr erfahre. Jetzt will es nicht wissen.‹ Aber ich konnte mir auch so vorstellen, wie sie sich gefühlt haben musste, als mein Vater ihr wieder mitteilte, sie doch noch zu verlassen. Zu guter Letzt wollte er der Sieger sein. Aber er hatte nicht mit Mutters Hartnäckigkeit gerechnet.

In Gedanken versunken war ich durch das schlafende Dunkelsteig spaziert und fand mich plötzlich vor der steilen Felswand hinter der Kirche wieder. Unter diesem mächtigen Felsen fühlte ich mich mit einem Mal klein und verlassen. Ich dachte an Grafinger, der jetzt sediert in einer psychiatrischen Klinik vor sich hindämmerte. Irgendwie tat er mir leid. Doch als ich an die vielen Fotos der Verschwundenen in seinem Zimmer dachte, drängte sich mit aller Gewalt das Foto der Frau mit dem verpixelten Gesicht in mein Gedächtnis. Was war mit dieser Frau passiert?

Von Gefühlen überwältigt liefen mir die Tränen über die Wangen. Ich war alleine auf der Welt. Doch dann ballte ich die Fäuste und redete in den nachtschwarzen Himmel, aus dem der Schnee wie glitzernder Sternenstaub rieselte.

»Ich verspreche, dass ich nicht aufgebe. Ich werde herausfinden, wer sein krankes Spiel mit uns treibt! Ich werde kämpfen.«

»Führst du Selbstgespräche?«

Ich wirbelte herum und schaute direkt in die Gletscheraugen von Luis.

»Ja, ab und zu. Das hilft mir, den Kopf freizubekommen. Heute war ein echt beschissener Tag.«

»Ich finde es besser, wenn man sich bei jemandem aussprechen kann«, erwiderte Luis.

»Das hatten wir doch schon, bist du jetzt meine Klagemauer?«, antwortete ich mit einem ironischen Unterton in der Stimme.

»Genauso habe ich mir das gedacht«, erwiderte Luis mit entwaffnender Ehrlichkeit. »Hat dich übrigens Markus darüber informiert, dass wir bald eine Strategiebesprechung haben?«

»Ja, ich weiß Bescheid. Muss ich etwas vorbereiten?«, fragte ich und war froh, ein wenig abgelenkt zu sein.

»Es geht in erster Linie um einen realistischen Zeitplan. Das Berghotel Sonnensteig soll nächstes Jahr im Sommer eröffnet werden. Dafür brauchen wir natürlich eine begleitende PR-Kampagne.«

»Dann müssen die Artikel bereits im Frühjahr starten«, schlussfolgerte ich.

»Da wären wir ja mitten im Thema.« Luis lächelte und blickte mich fragend an. »Kommst du noch mit zu mir?«

Wortlos nickte ich, und wir machten uns auf den Weg. War das eine gute Idee? Aber Luis hatte eine beruhigende Aura, und die ganze Anspannung der letzten Stunden fiel von mir ab.

In seinem gemütlichen Haus setzte ich mich sofort auf den Boden und zog Schuhe und Strümpfe aus. Luis holte eine Flasche Wein aus dem Eisschrank und goss zwei Gläser voll.

»Ich würde mit einer Social-Media-Kampagne starten«, sagte ich und griff nach einem Blatt Papier, das auf dem Tisch lag. »Am besten dann, wenn das Wetter kalt und grau ist. Also im Jänner, da ist noch tiefer Winter.« Ich blickte umher. »Hast du einen Stift, dann entwerfe ich einen Zeitplan.«

»Das hat doch Zeit.« Luis setzte sich mit den Gläsern zu mir auf den Boden. »Entspann dich.«

»Na gut.« Ich überlegte kurz, dann griff ich nach dem Weinglas und seufzte laut auf.

»Also, was hat dich heute so aus der Bahn geworfen?«, fragte Luis einfühlsam.

»Ach, so einiges«, erwiderte ich und überlegte kurz. Ich hatte zwar Markus versprochen, kein Wort über die Aktion mit Grafinger zu verlieren, doch Luis war der Investor, er würde schon nichts ausplaudern.

»Das ist wirklich tragisch«, meinte er, als ich geendet hatte. »Aber Markus hat ganz richtig gehandelt. Wir dürfen unser Projekt auf keinen Fall gefährden. Du weißt ja, wie schnell sich negative PR ausbreitet. Also vergiss das Ganze sofort wieder.«

»Du kannst dich auf mich verlassen. Kein Sterbenswörtchen dringt nach draußen«, versprach ich. Schweigend blickte ich in mein Weinglas. Ich hatte genug von diesen ganzen Dramen. Heute Abend wollte ich nicht mehr an die Fotos und die Sätze denken, ich wollte einfach vergessen.

»Siehst du, ich hatte recht.« Luis Gesicht tauchte über mir auf und seine Polaraugen leuchteten.

»Womit?«

»Reden hilft. Jetzt wirkst du gleich viel entspannter«, sagte er mit sanfter Stimme. Er beugte sich über mich, unsere Lippen berührten sich.

»Das funktioniert so nicht. Das letzte Mal war ein Fehler.« Energisch schob ich ihn zur Seite und richtete mich auf. »Ich habe dir doch erzählt, dass ich meinen Ex-Mann im Teufelsspalt verloren habe. Das muss ich erst mal verarbeiten.«

»Tut mir leid.« Luis machte ein betroffenes Gesicht. »Du hast mir aber noch nie erzählt, was genau passiert ist.«

»Du musst doch davon gehört haben«, sagte ich überrascht, denn als Tim verschwand, war natürlich auch die

Polizei in Dunkelsteig aufgetaucht und hatte Befragungen durchgeführt.

»Klar, aber ich habe diesen Unfall nicht mit dir in Verbindung gebracht.«

»Tim war zwar mein Mann, aber wir lebten getrennt. Er ist mir nach Dunkelsteig gefolgt und wollte mich erpressen. Ein paar Tage später gab es einen heftigen Streit beim Teufelsspalt. Mein alter Freund Johannes war dabei und hat mir geholfen. Tim ist abgerutscht und im Spalt verschwunden.« Hastig wischte ich mir mit dem Handrücken über die Augen, denn ich wollte nicht um Tim trauern, nicht nach allem, was er mir angetan hatte.

»Erzähl mir von ihm«, bat mich Luis.

»Er war Künstler und jünger als ich.«

»Junge Männer finden dich eben interessant.« Luis lächelte wissend.

»Zu Beginn war alles wunderbar. Tim war ein begnadeter Maler und stand kurz vor dem Durchbruch. Aber er war sich selbst im Weg. Er glaubte nicht an sein Talent und versank in Depressionen.«

»Wie bist du mit seiner Depression zurechtgekommen? Das ist oft schwierig für die Mitmenschen.«

»Ich war so etwas wie sein Kindermädchen. Hab ihn zum Therapeuten geschickt und auf Vernissagen mitgeschleppt, damit er unter Menschen kommt. Versucht, ihn aufzuheitern.«

»Da hast du einiges mitgemacht.«

»Aber es half nichts. Mit der Zeit hat sich Tim verändert. Er lag oft tagelang auf dem Sofa, sagte kein Wort und starrte ins Leere. Wenn ich ihn darauf ansprach, meinte er nur, ich würde ihn nicht verstehen. Es war traurig, aber wir fanden keine gemeinsame Basis mehr.« Ich stoppte kurz meinen Redefluss und dachte an manch hässlichen Streit zurück, den ich mit Tim gehabt hatte. Seine Spezialität war der Psychoterror. Immer wieder drohte er damit, sich etwas anzutun, wenn ich ihn nicht ständig umsorgte.

»Gegen Ende hatten wir nur noch eine WhatsApp-Beziehung.«

»Wie funktioniert das?«, fragte Luis lächelnd.

»Ich musste ihm versprechen, ihm jeden Abend eine Nachricht zu schicken. Dann wusste er, dass ich an ihn denke, ihn nicht vergesse.«

»Ja, ja, das Vergessen. Manche Menschen vergessen viel zu schnell«, murmelte Luis. Er blickte auf den geschnitzten Küchentresen, so als würde dort eine geheime Botschaft zu sehen sein.

»Was ist mit dir? Hast du keine Freundin?«, warf ich jetzt Luis den Ball zu.

»Ich hatte keine Zeit dafür«, war seine lapidare Antwort. »Die Firma hat meine ganze Zeit beansprucht. Da war kein Platz mehr für die Liebe. Bis jetzt«, setzte er hinzu und fixierte mich wie so oft mit seinen hellen Augen. Langsam rückte er näher an mich heran.

»Aber es wird doch jemanden geben, den du gern magst?«, ignorierte ich seine Avancen. »Zum Beispiel deine Eltern.«

»Zu denen habe ich keinen Kontakt mehr«, erwiderte Luis und senkte den Blick. Irgendwie hatte ich das Gefühl, dass er nicht die Wahrheit sagte oder einfach nicht darüber reden wollte.

Nach einer Weile wurde mein Kopf schwer und ich schlief ein.

Ich schreckte hoch, als kleine Kieselsteine gegen die Fensterscheibe flogen. Verwirrt blickte ich mich um. Noch immer lag ich auf dem weichen Teppich. Luis war verschwunden. Auf dem Couchtisch standen noch die zwei Weingläser. Mühsam richtete ich mich auf und streckte meine verkrampften Glieder. Verschlafen tappte ich zum Fenstersims und blickte hinaus. Im Mondlicht sah ich ein Mädchen mit langen blonden Haaren auf der Straße stehen und mir Zeichen geben. Für einen kurzen Moment glaubte ich, es wäre wieder eine meiner Visionen, doch dafür war das Mädchen viel zu real. Deshalb riss ich das Fenster auf und beugte mich hinaus. Jetzt erkannte ich, wer da im Schneetreiben auf der Straße stand. Es war Hannah.

KAPITEL SECHSUNDVIERZIG

Der Morgen war düster und es schneite heftig. Noch immer lag ich auf dem Teppich in Luis' Haus. Fürsorglich hatte er mich mit einer weichen Felldecke zugedeckt und mir ein bequemes Kissen unter den Kopf geschoben. Trotzdem fühlte ich mich unwohl. Wieso war ich nicht nach Hause gegangen? Ich hatte doch nur ein Glas Wein getrunken.

Luis schlief in dem breiten Bett, das vom Rest des Raums durch ein Regal abgetrennt war. Ich stand auf, griff nach meinen Stiefeln, schlich auf Zehenspitzen aus dem Haus und machte mich wie eine Diebin davon. Zwei alte Bäuerinnen mit Kopftüchern kamen gerade aus einem Haus und wirkten im Schnee wie überdimensionierte Krähen. Sie begannen zu tuscheln, als ich vorbeieilte. Ich war mir sicher, dass ich im Hirschen Wirt das Gespräch des Tages sein würde.

Hannahs merkwürdiges Erscheinen mitten in der Nacht ging mir nicht aus dem Kopf. Ich hatte das nicht geträumt, da war ich mir sicher. Woher wusste sie, dass ich bei Luis war? Warum beobachtete sie mich? Hatte sie auch die Steine an mein Fenster geworfen? Fragen über Fragen, die ich alle beantwortet haben wollte. Deshalb machte ich mich auf den Weg zu ihrem Laden. Doch das Geschäft war verschlossen, und an der Tür hing ein großes Schild. Bin am Kirchenfels klettern.

Unschlüssig blieb ich stehen, doch dann fiel mein Blick auf das Schaufenster. Hannah hatte es neu dekoriert. In der Mitte hing jetzt eine Puppe in Kletteroutfit an einem Seil und den Hintergrund bildete ein Gemälde von Liesl Köstlinger, das den Teufelsspalt geisterhaft erleuchtet im Mondlicht zeigte. Als ich diese Inszenierung sah, musste ich sofort an die hängende Puppe in Grafingers Arbeitszimmer denken. Sie baumelte auf ähnliche Weise von der Decke, nur hatte sie das Seil um den Hals und nicht wie bei Hannah um die Schultern.

In der Spiegelung des Schaufensters tauchte der Wagen von Markus auf und hielt vor dem Geschäft.

»Guten Morgen, Felicitas«, begrüßte er mich und sprang dynamisch aus dem Auto. Wie immer trug er den grauen Walkjanker, und langsam fragte ich mich, ob er nur dieses eine Kleidungsstück besaß. »Kümmerst du dich jetzt auch privat um unseren Investor? Ich habe euch gestern Abend auf der Straße zu Luis' Haus gehen sehen.«

»Wir haben uns nur über die geplante PR-Strategie unterhalten.«

»Verstehe«, meinte er grinsend. »Oh, ist unsere kleine Hannah ausgeflogen?« Er deutete auf das Schild. »Dann schau ich ihr beim Klettern zu.«

»Ich begleite dich«, sagte ich spontan und setzte mich in Markus' Land Rover.

»Ihr habt gestern also über die Vermarktung des Berghotels gesprochen«, meinte er wie nebenbei, aber ich spürte die Anspannung in seiner Stimme. »Und habt ihr gute Ideen entwickelt?«

»Darüber diskutieren wir bei unserem Treffen«, wich ich aus. »Luis hat mir von seinem beruflichen Werdegang erzählt. Der ist beeindruckend.« Ich vermied es, Markus direkt anzublicken, denn ich wollte nicht, dass er bemerkte, wie gut mir Luis gefiel.

»Er ist ein ziemlich cleverer Junge.« Markus nickte und blickte starr geradeaus. »Aber er ist zu jung für dich, Felicitas.«

»Wie gesagt, unser Treffen war rein beruflich«, erwiderte ich spitz.

Zum Glück erreichten wir die Felswand hinter der Kirche, und Markus parkte den Land Rover direkt davor. Die Absperrung war verschwunden, denn mittlerweile hatte man alle überhängenden Schneebretter beseitigt.

»Da oben klettert Hannah.« Ich deutete zu der Stelle, wo sie in zehn Metern Höhe im Felsen hing und mit einem kleinen Hammer Haken in den Stein klopfte. Das rote Sicherungsseil schlängelte sich wie eine Blutbahn über den schwarzen Felsen.

»Die Kleine macht das wirklich toll. Und das bei diesem Schneetreiben«, murmelte Markus anerkennend. »Ihre Kurse werden sicher eine Bereicherung für die sportlichen Hotelgäste.«

»Ja, das Klettern liegt ihr einfach im Blut«, gab ich ihm recht. Ich trat näher an den Felsen heran und griff nach dem Sicherungsseil. Wieder kam mir die Puppe in Grafingers Arbeitszimmer in den Sinn. War sie nicht mit einem ähnlichen Seil aufgehängt worden? Während ich versuchte, mich daran zu erinnern, ertönte plötzlich ein leiser Schrei, und Hannahs Hammer fiel knapp neben mir auf den Boden. Überrascht hob ich den Kopf.

Die Sicherungsleine war gerissen und Hannah sackte ein paar Meter nach unten, konnte aber mit den Händen zwei Haken umklammern. Ihre Beine schwangen im luftleeren Raum, als sie versuchte, im Felsen Halt zu finden.

»Wir müssen ihr helfen!« Ich zog Vaters Anorak aus und griff nach dem zerrissenen Sicherungsseil. »Du kannst an den Haken nach oben klettern und Hannah wieder sichern«, meinte ich zu Markus und hielt ihm die Leine hin.

»Ich kann nicht gut klettern«, winkte er hektisch ab. »Keine fünf Meter schaffe ich bei diesem Schnee.«

Das war typisch Markus. Gab sich immer dynamisch, aber wenn es darauf ankam, dann kniff er. Ich band mir das Seil um die Hüften, fädelte das Ende durch die Ösen der Haken und stieg nach oben. Ich war keine geübte Kletterin und der Schnee war ein zusätzlicher Schwierigkeitsfaktor. Den Blick starr auf die Wand gerichtet kam ich nur langsam voran. Das hatte mir mein Vater eingebläut, als wir einmal gemeinsam klettern waren und ich den Fehler beging, ins Tal zu blicken. Damals hatte mich Panik befallen, und ich war nicht imstande gewesen, mich vorwärts oder rückwärts zu bewegen.

»Ich bin gleich bei dir!«, rief ich Hannah zu. Lange würde sie sich nicht mehr halten können, dachte ich und beschleunigte mein Tempo. Jetzt trennten mich nur noch ein paar Meter von Hannah. Ich führte die Leine durch die Öse eines Wandhakens und verknotete es, um mich zu sichern. Dann stieg ich noch ein Stück höher und schwenkte das Sicherungsseil wie ein Lasso.

»Hannah, fang das Seil und zieh es durch die Öse. Schaffst du das?«

»Klar!« Hannah drehte den Kopf in meine Richtung, und ein kurzes Lächeln erhellte ihre angespannten Züge.

»Okay, es geht los!« Ich warf das Seil in ihre Richtung, verfehlte sie aber knapp.

»Nicht aufgeben!«, machte ich ihr Mut. »Jetzt kommt der zweite Versuch!«

Erneut warf ich die Leine, und Hannah hing wieder nur mit einem Arm in der Wand. Doch diesmal hatte sie Glück und erwischte sie. Blitzschnell steckte sie sich das Ende in den Mund, hielt es mit den Zähnen und befestigte es dann an der Öse. Jetzt waren wir beide gesichert und konnten uns abseilen.

Als wir den Boden erreichten, umarmte mich Hannah überschwänglich. »Du hast mir das Leben gerettet!«

»Ach was, du hättest das Gleiche für mich getan«, winkte ich ab.

»Sind wir jetzt Freundinnen?«, fragte sie mit einem eigenartigen Blick, den ich noch nie bei ihr bemerkt hatte.

»Sicher«, erwiderte ich abwesend.

»Mit Touristen darf so etwas aber nicht passieren«, mischte sich Markus jetzt wichtigtuerisch ein. »Stell dir das mal vor. Das Seil reißt, und jemand verletzt sich oder stirbt vielleicht sogar. Nicht auszudenken, was das für unser Hotel bedeutet.«

»Es war ein dummer Zufall. Das Sicherungsseil ist gerissen, ich werde in Zukunft doppelt sichern«, erwiderte Hannah kurz angebunden.

»Das will ich auch hoffen.« Markus blickte auf seine Armbanduhr. »Ich bin in Eile. Fahren wir gleich in deinen Laden, ich möchte einen vorläufigen Vertrag mit dir besprechen, Hannah.« Er drehte sich um und schwang sich in den Land Rover.

Hannah wollte ihm folgen, doch ich hielt sie am Arm zurück.

»Du warst letzte Nacht vor dem Haus von Luis. Was hattest du da zu suchen? Warum verfolgst du mich?«

»Das bildest du dir bloß ein.«

»Ach, dann hast du auch keine Steine an das Fenster geworfen?«

»Natürlich nicht. Und ich beobachte einfach gerne. Das hat mit meiner Kindheit zu tun. Ich war immer alleine, das habe ich dir doch erzählt. Aber das bin ich jetzt nicht mehr.« Hannah lächelte glücklich und lehnte sich an mich.

»Wie das denn?« Irritiert schob ich sie weg.

»Weil wir jetzt Freundinnen sind.«

KAPITEL SIEBENUNDVIERZIG

Der Biedermeier-Schreibtisch meines Vaters stammte aus der großbürgerlichen Wiener Wohnung seiner Eltern. Er war mit einem Aufsatz versehen, in dem es viele kleine Schubladen und Fächer gab. Die Schreibfläche war mit grünem Filz bespannt, der schon ein wenig rissig war und Tintenflecke hatte. Dort saß ich und überlegte mir Vermarktungsideen für das Berghotel. Ich hatte ein heißes Bad genommen, fühlte mich frisch, und die Ideen sprudelten. Auf dem Dachboden hatte ich einen alten CD-Player und CDs gefunden. Während ich ein Konzept in mein Notebook tippte, hörte ich laut Manuelas Lieblingssong »Angels« von Robbie Williams.

Das Handy auf dem Tisch summte, und als ich die Nummer auf dem Display sah, runzelte ich die Stirn. Damit hatte ich nicht gerechnet. Es war Liesl, Manuelas Mutter.

»Hast du nachmittags Zeit?«, fragte sie. »Ich möchte dir etwas zeigen.«

»Da muss ich etwas erledigen«, antwortete ich, »aber ich kann gegen Mittag bei dir sein.«

»Ja, das passt«, erwiderte Liesl kurz angebunden und legte sofort auf.

Ich konzentrierte mich auf mein Arbeitspapier, und die Zeit verging wie im Flug. Zum Glück war ich mit meinen Überlegungen fertig, als der Wecker auf meinem Handy summte und ich aufbrechen musste.

Liesl wohnte in einer kleinen Almhütte oberhalb von Dunkelsteig. Nach dem Verschwinden ihrer Tochter hatte sie keinen Fuß mehr in ihr futuristisches Atelier gesetzt, sondern es an syrische Flüchtlinge vermietet und war in die winzige Hütte gezogen. Dort malte sie immer dasselbe Motiv: Manuela und den Teufelsspalt.

»Schön, dich zu sehen«, sagte Liesl. Mit ihren langen grauen Haaren wirkte sie wie eine Erscheinung aus einem düsteren Märchen. »Komm rein.« Geschäftig ging sie vor mir in die Hütte. Der große Raum war mit Liesls Gemälden vollgehängt, die an einer Wand alle den Teufelsspalt darstellten, während an der anderen Wand ausschließlich Porträts von Manuela in einem weißen Kleid vor einer dunklen Felswand zu sehen waren.

»Was möchtest du mir zeigen?«, fragte ich und betrachtete die Porträts. Die Ähnlichkeit mit der Vision, die ich immer wieder hatte, war nicht zu leugnen.

»Es ist die Zeit gekommen, mit allem abzuschließen.« Liesl setzte sich auf einen mit Fell bespannten Hocker. »Ich verkaufe alle Bilder und erfinde mich neu.«

»Willst du nicht wissen, was tatsächlich mit Manu passiert ist?«, fragte ich leise.

»Das hat doch keinen Sinn! In Dunkelsteig ist eine neue

Zeit angebrochen. Alle wünschen sich Tourismus. Da stören deine Nachforschungen, und du machst dir nur Feinde.«

Deshalb also unser Treffen … Sollte ich Liesl von dem Verdacht erzählen, dass Manuela vielleicht noch am Leben war und ihr Psychospiel mit uns trieb? Nein, dann würde sie mich für verrückt halten.

»Such dir ein Bild aus«, meinte Liesl schließlich. »Du warst Manus beste Freundin.«

»Das ist schwierig. Ich finde alle deine Bilder gelungen«, erwiderte ich.

»Mach mir keine hohlen Komplimente wie ein Galerist. Wähle ein Bild, das deiner Erinnerung an Manu entspricht.« Liesl stand auf und zog mich zu der Wand, an der die Bilder hingen. Konzentriert betrachtete ich sie. Die Szenerie war überall gleich und ermüdete mich. Daher deutete ich auf ein verhängtes Bild, das in der Ecke lehnte.

»Was ist das für ein Gemälde?«

»Nichts. Das ist bloß eine misslungene Arbeit«, meinte Liesl hastig und stellte sich schützend davor.

»Darf ich sie sehen?«, ließ ich mich nicht beirren und griff nach der Leinwand. Als ich das Porträt betrachtete, zuckte ich innerlich zurück. Manuela saß breitbeinig auf dem Fellhocker und hatte den Oberkörper leicht nach vorne geschoben. Ihre blonden Haare hingen ihr strähnig ins Gesicht und verdeckten es halb. Aber was mich am meisten schockierte, war der düstere Blick, mit dem sie den Betrachter fesselte und der mir einen Schauer über den Rücken jagte.

»Das ist nicht Manu«, sagte ich spontan mit krächzender Stimme. »So war sie nicht.« Doch plötzlich musste ich an Manus böse Worte in den Briefen an Grafinger denken.

»Aber genau so habe ich meine Tochter oft erlebt.«

»Manu war nicht so dunkel und böse, wie du sie hier gemalt hast.« Ich schloss die Augen, und eine Szene tauchte auf. Manu und ich beim Fangen der Sonnenstrahlen im Sommer in Dunkelsteig. Ich blickte in ihre strahlend blauen Augen, als ein Lichtstreifen über ihr Gesicht huschte. *»Das ist meine Sonne«*, lachte sie und wir rannten weiter. Dann tauchte die Sonne mein Gesicht in einen goldenen Schein. *»Ich bin das Licht!«*, rief ich fröhlich. Ein plötzlicher Windstoß fegte Manus Haare über ihr Gesicht, und ihr Blick fror ein, als sie flüsterte: *»Aber ich bin auch die Dunkelheit.«*

»Du erkennst Manu in diesem Bild wieder, stimmts?«, hörte ich Liesls Stimme hinter mir, und die Erinnerung zerstob wie eine Fata Morgana am endlosen Horizont der glühenden Wüste. »Ich wollte immer, dass sie anders ist. Meine Tochter nahm sich die Männer ohne Rücksicht auf Verluste. Ich habe ihr die Freunde ausgespannt und sie mir, das war unser Spiel. Manu schreckte nicht einmal vor einem Verhältnis mit deinem Vater zurück.«

»Das stimmt nicht. Franz war nicht ihr Liebhaber«, widersprach ich. »Manu hatte ein Verhältnis mit Leo Grafinger. Aber vielleicht hat er sie auch dazu gezwungen«, verteidigte ich meine Freundin. »Sie war kein schlechter Mensch, einfach nur außergewöhnlich.« Waren das wirklich meine ehrlichen Gedanken, oder wollte ich einfach nicht akzeptieren, dass Manuela auch eine böse Seite gehabt hatte?

»Mit Grafinger? Manuela konnte man nie zu etwas zwingen.« Liesl zuckte resigniert mit den Schultern und wollte mir das Bild aus der Hand reißen, um es wieder an die Wand zu stellen.

»Lass mir das Bild.« Ich krallte meine Finger fest um

den Rahmen. »Dieses Porträt ist der Spiegel ihrer Seele. Du darfst es nicht verkaufen.«

»Such dir ein anderes aus.«

»Nein, ich möchte nur dieses eine Bild. Ich muss erforschen, was sich hinter ihrem Blick verbirgt.« Dann griff ich nach dem Gemälde und zog es zu mir. »Was ist mit dir geschehen?«, flüsterte ich mitten in das düstere Gesicht von Manu.

»Du wirst keine Antwort erhalten«, erwiderte Liesl mit finsterer Miene.

»Erinnerst du dich noch an diese Sitzung?«, fragte ich sie.

»Nein, keine Ahnung. Es ist alles schon so lange her.« Energisch schüttelte Liesl den Kopf, und an ihrem Blick bemerkte ich sofort, dass sie log. Natürlich erinnerte sich Liesl, was damals passiert war, aber es hatte keinen Sinn, sie jetzt danach zu fragen. Deshalb packte ich das Bild unter den Arm und blickte suchend umher. »Hast du eine Folie, damit das Gemälde geschützt ist, wenn ich nach draußen gehe?«

»Nicht für dieses Bild.«

»Aber es schneit.«

»Dann wird es zerstört.«

Im Freien empfing mich ein eiskalter Wind, der mir beinahe das Bild aus der Hand geweht hätte. Ich fasste es mit beiden Händen und schob es provisorisch unter den Anorak. Der Schnee wurde mir jetzt fast waagrecht ins Gesicht geweht, und es schmerzte wie tausend Nadeln. Vorsichtig stieg ich den steilen Weg von Liesls Almhütte zurück ins Dorf. Auf der Höhe des Friedhofs summte mein Handy. Ich suchte mir eine windgeschützte Ecke bei der

Kapelle und nestelte das Gerät aus der Tasche des Anoraks. Eine SMS war eingetrudelt.

Morgen Mittag im alten Berghotel, dann löst sich das Rätsel der Schuldigen. Verstört starrte ich auf die Nachricht. Was wollte der geheimnisvolle Absender bloß von mir?

Sekunden später erhielt ich eine weitere SMS. Diesmal war sie von Adrian: Das habe ich soeben erhalten. Im Anhang war die weitergeleitete Nachricht mit demselben Text. Ich kam nicht dazu, ihm zu antworten, denn die nächste rauschte herein. Sie war von Johannes. Auch er hatte dieselbe SMS erhalten.

Morgen sind wir hoffentlich schlauer, simste ich zurück. Plötzlich wurde die Tür der Kapelle aufgerissen und Pfarrer Thomas trat nach draußen.

»Warst du bei Liesl?«, fragte der Geistliche und deutete auf das Bild unter meinem Anorak. »Das ist sicher ein Porträt von Manuela, darf ich es betrachten?«

»Ein anderes Mal, heute gehört es nur mir.«

»Das muss ich wohl oder übel akzeptieren.« Der Geistliche eilte wieder zurück zur Kapelle.

»Ich habe noch eine Frage, Herr Pfarrer!«, rief ich ihm hinterher. »Glauben Sie eigentlich, dass die Gerechtigkeit immer siegt?«

»Warum fragst du?« Der Geistliche blieb unter dem Vordach stehen.

»Weil Manu ein Recht darauf hat, dass die Umstände ihres Verschwindens aufgeklärt werden.«

»Gott wollte sie bei sich haben«, erwiderte der Priester salbungsvoll. »Da ist es doch gleichgültig, wie sie an die Himmelspforte gelangte.«

»Wieso sind Sie so sicher, dass sie dort bereits ist?« Ich

deutete mit dem Zeigefinger in den bleiernen Himmel, der so gar nichts Tröstliches hatte.

»Manuela war im Grunde ein scheues Reh und eine zerrissene Seele«, sagte der Pfarrer spontan. »Aber sie war kein böser Mensch.«

»Wie kommen Sie darauf? Haben Sie Manuela näher gekannt?« Erstaunt blickte ich zu dem Geistlichen.

»Natürlich nicht«, beeilte sich der Pfarrer zu verneinen. »Das habe ich dir doch schon erzählt. Manuela sang öfter im Kirchenchor und kam manchmal zur Beichte.«

»Manu hat gebeichtet?«, fragte ich ungläubig. »Das ist wie Sonnenschein in Dunkelsteig.«

KAPITEL ACHTUNDVIERZIG

Damals – Johannes

An einem trüben Winternachmittag tauchte Adrian bei Johannes auf. Es war eiskalt, und der gefrorene Schnee knirschte unter seinen Sohlen. Sie quatschten und tranken, schließlich streckte sich Adrian.

»Lass uns tanzen fahren.«

»Tanzen? Hier in Dunkelsteig? Es gibt doch nicht einmal eine vernünftige Bar«, merkte Johannes belustigt an.

»Wer redet von Dunkelsteig, Joe?« Adrian lächelte breit. »Es gibt eine Disco kurz vor Salzburg mitten im Wald bei Hallein.«

»Und wie sollen wir dort hinkommen?«, fragte Johannes zweifelnd.

»Mit dem alten Wagen deiner Mutter.«

»Ich weiß nicht …«, blockte Johannes ab.

»Wir nehmen die Mädchen mit. Das wird sicher ein riesiger Spaß«, ließ sich Adrian nicht von seiner Idee abbringen. Er zog sein winziges Nokia-Handy hervor, wählte die Nummer von Manuela und redete mit ihr. »Okay, dann bis gleich.« Adrian trennte die Verbindung. »Manu ist dabei.«

»Dann probiere ich es bei Feli«, gab sich Johannes geschlagen. Auch Felicitas war Feuer und Flamme für diesen Vorschlag, und Adrian gab ihm einen Schubs.

»Jetzt gehts los!«

Johannes hatte wenig Fahrpraxis, und mit dem riesigen Range Rover war er überhaupt erst einmal im Sommer gefahren. Aber das konnte er Adrian gegenüber nicht zugeben. Sein Freund würde ihn für einen Schwächling halten und verachten. Da war sich Johannes sicher. Also blieb ihm nichts anderes übrig, als gute Miene zum bösen Spiel zu machen. Er startete den großen Geländewagen, und dann fuhren sie los. Johannes hatte einige Mühe, die steile Straße zu dem modernen Betonbau von Liesl Köstlinger hochzufahren. Als er endlich oben angelangt war, wartete Manuela bereits ungeduldig vor dem Haus.

»Das hat aber lange gedauert, mir ist schweinekalt«, meinte sie und schlug die Augen zum Himmel. »Jetzt müssen wir nur noch Feli abholen, dann können wir loslegen.«

»Okay, ich wende hier.« Johannes stieß den Geländewagen zurück und gab dann Gas. Mit dem Kotflügel touchierte er einen Schneepfosten, der mit einem lauten Knacken entzweibrach.

»Scheiße, kannst du nicht aufpassen!«, fluchte Adrian.

»Ist doch nichts passiert«, murmelte Johannes und kniff

die Augen zusammen. ›Das wäre ja gelacht, wenn ich diese Kiste nicht unter Kontrolle kriege‹, dachte er.

Durch das beschlagene Seitenfenster beobachtete Johannes, wie Felicitas das Haus verließ. Wie immer hatte sie ihre dunklen Haare zu zwei Zöpfen geflochten und trug trotz der Kälte nur eine kurze Lederjacke. Sie öffnete die Fondtür und begrüßte Manuela mit einem innigen Kuss auf beide Wangen. Gerade als sie sich in den Wagen setzen wollte, öffnete sich die Haustür, und Felicitas Vater Franz stand auf der Schwelle. Seine dunklen Haare waren struppig und seine hellen Augen blitzten.

»Sieh mal, Franz macht uns auch die Aufwartung«, sagte Adrian, der auf dem Beifahrersitz saß und das Ganze beobachtete.

»Felicitas, komm sofort ins Haus!«, rief Franz und winkte seine Tochter zurück.

»Geh nur, Feli, wenn Papi ruft«, meinte Manuela mit einem süffisanten Lächeln.

»Ach, Vater hat heute bloß schlechte Laune«, erwiderte Felicitas. »Das muss man nicht so ernst nehmen.« Sie kletterte auf den Rücksitz und wollte gerade die Tür zuschlagen, als ihr Vater in seinen glänzenden Stiefeln die vereisten Stufen hinunterlief und die Tür blockierte.

»Ich habe dir untersagt, heute noch einmal wegzugehen«, zischte er. »Du hast eine Fünf in Mathematik geschrieben, dafür bekommst du Hausarrest.«

»Du hast mir gar nichts anzuschaffen. Ich bin fast volljährig«, erwiderte Felicitas patzig.

»Aber du wohnst noch unter meinem Dach«, zischte Franz und packte seine Tochter am Arm.

»Au! Du tust mir weh!« Vergeblich versuchte Felicitas,

ihren Arm aus der Umklammerung zu ziehen. »Was hast du nur für ein Problem?«

»Ich habe keines, Tochter, aber du. Wenn du so klug wärst wie Manuela, dann meinetwegen. Aber du hast schlechte Noten und wirst durch die Matura fallen. Deshalb musst du heute Abend lernen. Und was glotzt ihr so!«, herrschte Franz Johannes und Adrian an, als er ihre betretenen Gesichter sah.

»Sie sind ein Spaßverderber!« Adrian hatte als Einziger den Mut, etwas darauf zu erwidern. »Wieso unterdrücken Sie Ihre Tochter so!«

»Willst du mir etwa vorschreiben, wie ich meine Tochter zu erziehen habe? Bist du nicht der Sohn dieses Säufers oben am Berg?« Franz legte seine ganze Verachtung in diese Worte. »Dass sich meine Tochter mit Typen wie dir abgibt, zeigt gerade ihre mangelnde Intelligenz.«

»Wie kannst du nur so etwas sagen! Das ist gemein!«, zischte Felicitas.

»Halt den Mund und steig sofort aus dem Wagen!« Franz zerrte seine Tochter am Arm aus dem Fond. Im Rückspiegel sah Johannes, dass Manuela ein wenig zur Seite rückte und die Hände vor der Brust verschränkte. Es war, als hätte sie eine unsichtbare Mauer zwischen sich und ihrer Freundin errichtet, um nicht in die Streiterei hineingezogen zu werden. Denn Felicitas wehrte sich aus Leibeskräften, schrie und schlug mit den Armen um sich. Doch gegen ihren Vater hatte sie keine Chance. Johannes warf einen Blick zum Haus. Hinter dem Küchenfenster erblickte er das Gesicht von Felicitas' Mutter, die schweigend zusah, wie ihr Mann die Tochter zurück ins Haus schleifte.

»Sollen wir Feli nicht helfen?«, fragte Adrian mit zorngerötetem Gesicht.

»Was meinst du, Manu?« Johannes drehte sich nach hinten, wo Manuela die ganze Zeit über schweigend gesessen hatte, so als würde sie die ganze Aktion überhaupt nichts angehen.

Sie klopfte Johannes auf die Schulter. »Lassen wir uns nicht den Abend verderben. Und jetzt fahr los.«

KAPITEL NEUNUNDVIERZIG

Frisch gefallener Schnee hatte am nächsten Morgen die triste Geröllhalde, auf der sich die Liftstation befand, in eine jungfräuliche Landschaft verwandelt. Für einen kurzen Moment hatte es aufgehört zu schneien, und der Himmel verfärbte sich zu einem hellen Grau. Doch die Sonne war zu kraftlos, um die Wolkendecke zu durchdringen, und wieder hatte ich das Gefühl, als würden wir in der Morgendämmerung feststecken.

Vor der Liftstation warteten bereits Johannes und Adrian. Beide wirkten nervös und zerfahren.

»Na endlich«, knurrte Johannes, als ich aus dem Suzuki stieg. »Wir dachten schon, du tauchst nicht mehr auf. So wie damals, als du sofort nach Berlin geflüchtet bist.«

»Das war keine Flucht, sondern ein bewusstes Ausbrechen aus dem verfluchten Dunkelsteig. Anders als du habe ich wenigstens die Initiative ergriffen«, schoss ich wütend zurück.

»Hört auf zu streiten.« Wie ein Mediator legte Adrian

Johannes und mir die Hand auf die Schulter und schob uns zueinander. »Wir sitzen alle im selben Boot. Feli ist genauso aufgeregt wie wir, worum es bei dieser mysteriösen Schuld geht.«

Das stimmte. Ich hatte die ganze Nacht wach gelegen und einen stummen Dialog mit Manuelas Gemälde geführt. Es lehnte auf einem Stuhl gegenüber von meinem Bett, und im Halbdunkel wurde die Malerei noch intensiver und erwachte zu einem Eigenleben. Manuelas düsterer Blick verfolgte mich, war lauernd und fordernd gleichzeitig, aber auch hilfesuchend und einsam.

»Warum konntest du das Böse in dir nicht besiegen?«, fragte ich das gemalte Porträt.

»Weil es einfach durchbricht, ohne dass ich etwas dagegen tun kann. Es begann, als ich das erste Mal am Teufelsspalt stand. Erinnerst du dich noch, Feli? Ein unwirklicher Nebel stieg aus dem Abgrund hoch, du bist zurückgewichen, aber um mich legte sich dieser Dunst wie ein Hauch des Bösen. Seit jener Zeit begleitet er mich überallhin.«

»Feli? Was ist los?« Johannes schnippte mit den Fingern, und die unwirkliche Nacht verblasste.

»Diese Schuld hat mit Manu zu tun«, platzte ich heraus. Meine Freunde blickten mich skeptisch an.

»Du glaubst also, dass dieser ganze Psychoterror von Manu ausgeht? Wo war sie dann die letzten zwanzig Jahre? Und warum beginnt sie gerade jetzt mit diesem Vernichtungsfeldzug? Das ist vollkommen unlogisch«, entgegnete Johannes. Er warf einen hilfesuchenden Blick zu Adrian. »So sag du doch auch etwas dazu.«

»Wir müssen für alle Eventualitäten offen sein. Hast du einen konkreten Verdacht, dass es so sein könnte, Feli?«

»Nein, aber ich habe dieses eigenartige Gefühl«, erwiderte ich.

»Was wäre, wenn wir die SMS einfach ignorieren?«, schlug Adrian vor. »Wir tun so, als wäre nichts gewesen.«

»Mann, bis du naiv«, protestierte Johannes. »Dieser Psycho wird nicht verschwinden, er wird niemals aufgeben, das siehst du doch.« Johannes fuchtelte mit seinem Handy vor Adrians Gesicht herum. Auf dem Display sah ich die Frau mit dem verpixelten Gesicht. »Das Foto ist der Schlüssel. Wenn wir wissen, wer das ist, dann kennen wir das Motiv.«

»Deswegen sind wir doch hier. Um das zu erfahren.« Unbewusst strich ich mit der Hand über den Pullover mit dem Drudenfuß. Ich war nicht abergläubisch, doch ich fühlte mich in diesem Kleidungsstück sicher. Mit einer resoluten Handbewegung zog ich den Zipp des Anoraks bis zum Hals hoch. »Okay, dann mal los«.

Mit verkniffenem Gesicht öffnete Adrian die Tür zum Kontrollraum und setzte die Materialseilbahn in Betrieb. »Zum Glück hält das Wetter«, meinte er, als er wieder nach draußen trat und den Himmel inspizierte.

»Siehst du, das ist doch ein positiver Start ins Abenteuer«, meinte Johannes und lachte gequält.

Als wir die Bergstation des Hotels erreichten, wirkte die betonierte Fläche mit dem riesigen Schwungrad unter dem Vordach wie das offene Maul eines gigantischen Raubtiers. Der mit Steinen gepflasterte Weg, der eng an den Holzschindeln entlang zum Eingang des Hotels führte, war verschneit. Nur vereinzelt ragten spitze Steine aus dem Schnee, die mich an das Stachelhalsband eines aggressiven Hundes erinnerten. Doch es gab niemanden, der diese Bestie bändigen konnte.

»Jetzt sieht der Vorplatz richtig romantisch aus.« Adrian deutete auf die verschneiten Tannen und die beiden Rehe aus Holz, die Schneekappen trugen. Aber es war eine trügerische Idylle, das spürte ich ganz deutlich. Lose Holzschindeln klapperten einen suggestiven Rhythmus, forderten mich auf, das verwitterte Holz mit den Fingern zu berühren, damit der Geist des Hotels auf mich überspringen könnte. Doch ich widerstand der Versuchung, über die Schindeln zu streichen. Ich musste auf der Hut sein. Ein kalter Wind trieb Wolkengeschwader über den Himmel, der sich erneut verdüsterte.

Adrian zog einen Schlüsselbund aus der Tasche, sperrte damit das Gitter auf und schob es auseinander. »Bin schon gespannt, was uns erwartet«, murmelte er, als er die Tür öffnete.

In der Lobby war es so dunkel, dass man nicht einmal die Hand vor Augen erkennen konnte. Anders als bei unserem letzten Besuch fielen keine Sonnenstrahlen durch die Ritzen der Holzbretter, mit denen die Panoramafenster verrammelt waren.

»Ich suche den Sicherungskasten, damit wir das Licht einschalten können«, hörte ich Adrians Stimme aus der Finsternis.

Ich aktivierte meine Handylampe und leuchtete zu dem großen Kamin mit den ausgestopften Tieren auf dem Sims. Langsam glitt der Lichtstrahl über Füchse und Luchse, die mich mit ihren Knopfaugen neugierig anstarrten. Der Schein der Lampe streifte weiter über eine leere Fläche und verharrte dort zitternd. Die Eule fehlte. Ich trat näher und leuchtete auf den Sims. Auf der staubigen Fläche sah ich den Abdruck der Holzplatte, auf der sie befestigt gewesen war. Es musste sie also jemand entfernt haben.

Plötzlich flammte das schummerige Licht von zwei Wandleuchten auf, und Adrian kehrte zurück.

»Die meisten Sicherungen sind kaputt«, meinte er missmutig.

»Heißt das, wir haben im ganzen Hotel kein Licht?«, fragte Johannes.

»Nein, aber es gibt keine Festbeleuchtung.« Adrian zuckte bedauernd mit den Schultern. »Es ist am besten, wenn wir hier warten, bis unser geheimnisvoller Stalker erscheint.«

»War seit unserem letzten Besuch jemand im Hotel?«, fragte ich Adrian.

»Nicht dass ich wüsste, den Schlüssel hat nur die Projektgesellschaft. Warum fragst du?«

»Weil die ausgestopfte Eule fehlt. Vor ein paar Tagen stand sie noch hier, ich kann mich noch genau daran erinnern.«

»Vielleicht ist sie weggeflogen«, versuchte Johannes einen Scherz.

Ich reagierte nicht darauf, denn ein Geräusch weckte mein Interesse. Durch den Kaminabzug heulte der Wind nach unten, trug auf seinem Rücken Mädchengesang zu mir. Es war ein altes Kinderlied, das auch ich in meiner Kindheit oft gesungen hatte. Ich trat näher an den Kamin heran und lauschte. Mit Sicherheit waren es zwei kleine Mädchen, die das Lied intonierten. Ich dachte plötzlich an die Zwillinge von Alois, dem ehemaligen Hotelbesitzer. Hatten die Kinder ihre Zimmer nicht unter dem Dachgiebel gehabt? Eine unbekannte Kraft zog mich förmlich aus der Lobby hinaus in den Flur.

»Wo willst du hin?«, fragte Johannes, als ich die Hotelhalle durchquerte und auf den Rundbogen zusteuerte, der zum Treppenhaus führte.

»Ich sehe mich ein wenig um«, erwiderte ich.

»Wir sollten zusammenbleiben«, warf Adrian ein. »Schließlich haben wir es mit einem gefährlichen Gegner zu tun.«

»Keine Sorge, ich bin gleich wieder zurück.« Ich fühlte mich von einem seltsamen Gefühl getrieben und horchte in mich hinein, spürte aber keine Angst.

Im Flur brannte eine Leuchte, die aus einem Hirschgeweih gefertigt worden war. Ihr Schein erhellte die Treppe in den ersten Stock. Ich vergegenwärtigte mir den Plan des Hotels. Im ersten Stockwerk befanden sich Küche und Speisesaal. Von dort führten Türen hinaus auf die Terrasse. Darüber gab es die Gästezimmer und ganz oben hatte Alois mit seiner Familie gelebt.

Langsam stieg ich die Treppe hoch. Die großen Schiebetüren, die vom Flur in den Speisesaal führten, waren geöffnet, und ich hatte einen ungehinderten Blick in den großen Raum. Tische und Stühle waren mit weißen Tüchern abgedeckt und wirkten wie eine unberührte Schneelandschaft. An den Wänden hingen großformatige Fotos, die den Bau des Hotels dokumentierten. Plötzlich fegte ein kalter Luftzug durch den Saal, und irgendwo wurden Türen mit einem lauten Knall zugeworfen. Ein weißes Laken auf einem der Tische bewegte sich auf und nieder, so als würde sich jemand darunter verstecken. Die Lampen auf dem riesigen Lüster flackerten, und die Schatten an den Wänden zitterten.

Mit pochendem Herzen wich ich zurück in den Flur, da hörte ich in meinem Rücken ein Klopfen, das von der Treppe kam. In diesem Moment erlosch das Licht im Gang, und nur der Lüster im Speisesaal warf ein schwaches Licht nach draußen. Ich erstarrte, und meine Nackenhaare stellten sich auf, als das Klopfen immer näher kam. Langsam drehte mich um. Ein roter Ball kollerte über die Stufen hinab und blieb direkt vor meinen Füßen liegen. Der obere Treppenabsatz lag völlig im Dunkeln, und von dort hörte ich ein leises Räuspern.

»Ist da jemand?«

Ich leuchtete mit meiner Handylampe in die Richtung, und aus der Dunkelheit schälten sich zwei Gestalten. Es war zwei kleine Mädchen, die sich an der Hand hielten und rosa Dirndlkleider trugen.

KAPITEL FÜNFZIG

Damals – Manuela

Nur wenige Fahrzeuge waren in dieser eisigen Winternacht auf der engen Landstraße Richtung Salzburg unterwegs. Noch immer schneite es heftig, und die Schneepflüge kamen mit dem Räumen der Straßen kaum nach. Mittlerweile hatte Johannes den Wagen im Griff und entspannte sich ein wenig. Konzentriert blickte er auf die im Schneetreiben nur schwer leserlichen Straßenschilder, um die richtige Abzweigung nicht zu verpassen. Es war eine schmale Straße, die durch den Wald nach Hallein zu der Diskothek führte.

Adrian hing schief auf dem Beifahrersitz und trommelte einen Rhythmus auf das Armaturenbrett. Manuela saß auf der Rückbank und starrte aus dem Fenster. In der Dunkelheit spiegelte sich ihr Gesicht in der Scheibe, aber das war nicht sie, es war eine verzerrte Fratze, die ihr entgegenstarrte. Zum ersten Mal in ihrem jungen Leben verspürte sie so etwas wie Angst. Eine schleichende Furcht, die mit eiskalten Fingern gierig nach ihr griff und ihr höhnisch ins Ohr flüsterte, dass sie alleine zurückbleiben würde, wenn sich Leo von ihr trennte. Noch mehr Worte wisperte dieses Ungeheuer der Angst und beschrieb das schlimmste Szenario von allen: Was, wenn Klara gar nicht tot war? Dann würde sie eines Tages vielleicht wieder vor Leos Tür stehen. Mit dem Kind. ›Dann sind deine Tage gezählt, dann bist du nur eine belanglose Geliebte für Leo gewesen.‹ Mit diesen gedachten Worten kroch die Angst in ihren Kopf.

»Wann erreichen wir denn endlich diese Walddisco?«, fragte sie, um sich abzulenken. »Habt ihr etwas Alk dabei?«

»Nein, das ist mir zu riskant, ich will meinen Führerschein nicht verlieren«, sagte Johannes.

»Gott, wie spießig du geworden bist.« Manuela verdrehte angewidert die Augen. Leo hätte, ohne zu zögern, den selbst gebrannten Schnaps aus der Tasche gezogen und ihr ein Stamperl gereicht. Ihr Liebhaber konnte trinken wie ein Mann. Doch wenn sie beide so richtig betrunken waren, dann stoppte er plötzlich und schritt ins Bad. Sie hörte, wie er mit den Fäusten gegen die Fliesen trommelte und mit zerschundenen Händen wieder im Hotelzimmer auftauchte. Mit einem wütenden Schnauben warf er sie dann aufs Bett, und sie wälzten sich in brutaler Ekstase, bis beide schweißtriefend voneinander abließen. Bei diesen Gedanken an ihre erotischen Nächte streckte sich Manuela mit einem wohligen Grunzen, doch als sie sich in den Sitz zurückfallen ließ, lauerte bereits die Angst wieder neben ihr. Würde auch Adrian sie im Stich lassen, wenn er und Feli ein Paar wären? Sicher, und dann wäre sie ganz alleine auf der Welt. Vielleicht sollte sie die Briefe an Leo doch abschicken, ihn zwingen, sie zu heiraten.

Links und rechts der Straße gab es nur Wald und vereinzelte Futterstellen für die Wildtiere. Die Schatten der kahlen Äste warfen ein spinnenartiges Geflecht über die Straße, und Manuela hatte das Gefühl, dass sie jetzt am Ende der Welt angelangt waren.

»Joe, gib mir wenigstens eine Cola«, bettelte sie und klopfte ihm auf die Schulter.

»Die kannst du gern haben.« Johannes griff in das Seitenfach und fischte eine Dose heraus und öffnete sie. Er drehte sich nach hinten und streckte sie Manuela entgegen. Sie wollte gerade zugreifen, als sie einen dumpfen Knall hörte. Der Wagen schleuderte auf der schneeglatten Fahrbahn. Johannes konnte ihn nicht unter Kontrolle bringen. Cola spritzte über Manuelas Sweatshirt, Adrian schlug mit dem Kopf gegen die Seitenscheibe. Der Range Rover drehte sich um die eigene Achse und blieb schließlich in einer Schneewehe stecken.

»So eine Scheiße!«, fluchte Johannes. »Seid ihr okay?«

»Alles gut. Ich habe mir nur die blöde Cola über den Pulli geschüttet«, maulte Manuela.

»Was war das für ein Knall?«, frage Adrian und rieb sich den Kopf.

»Ich weiß es nicht«, sagte Johannes. »Manu, schau nach, ob wir ein Tier angefahren haben! Adrian, hilft mir währenddessen, den Wagen auszuschaufeln«, verteilte Johannes die Aufgaben.

»Muss das sein?«, jammerte Manuela, die nicht die geringste Lust hatte, im Schneetreiben herumzusuchen.

»Ja, das ist wichtig. Los, mach schon.«

Mit langem Gesicht stieg Manuela aus dem Wagen. Die

schmale Straße war schneeglatt, und sie musste achtgeben, um nicht auszurutschen. Endlich erreichte sie eine Stelle, wo die Reifenspur über den Schneehaufen am Fahrbahnrand führte. Hier musste es sein. Manuela kletterte über den Schnee und leuchtete mit ihrem Handy in den verschneiten Graben. In dem schwachen Licht erblickte sie plötzlich eine Frau im Schnee liegen. Sie hatte die Augen geschlossen. Entsetzt zuckte Manuela zurück. War die Person tot oder nur bewusstlos? Plötzlich stockte ihr der Atem, und sie starrte auf das leblose Gesicht. Sie kannte diese Frau. Es war eindeutig Klara, Leos verschwundene Frau. Neben ihr lag ein brauner Teddybär im Schnee. Der musste von ihrem Kind sein. Doch wo war bloß das Kind?

»Das kann nicht sein. Klara ist doch im Teufelsspalt verschwunden«, flüsterte Manuela und sträubte sich gegen das Offensichtliche. Aber natürlich war es Klara, das Gesicht dieser Frau hatte sich in ihr Gedächtnis eingebrannt. Das schwarze Haar, das hübsche Antlitz, das ein wenig verhärmt wirkte und jetzt auf einer Seite blutverschmiert war. Kein Zweifel. Verdammt, was um alles in der Welt machte Klara hier in dieser Einöde? Sie war also nicht im Teufelsspalt verschwunden, wie Leo immer geglaubt hatte. Nein, sie war vor ihm geflüchtet und versteckte sich in der Nähe von Salzburg.

Was sollte sie tun? Den Notarzt verständigen? Sie warf einen schnellen Blick zurück. Johannes und Adrian waren noch immer damit beschäftigt, den Wagen wieder flott zu machen.

Mit einem Mal wurde sie von dem Hauch des Bösen erfüllt, der tief in ihrem Inneren schlummerte und plötzlich erwachte.

›Es ist im Grunde ganz einfach. Alle Welt denkt, sie sei

mit dem Kind im Teufelsspalt verschwunden. Dabei soll es auch weiterhin bleiben‹, überlegte sie schnell. ›Dann gehört Leo für immer mir. Dann habe ich die Furcht besiegt.‹

Wie in Trance verwischte sie mit den Händen ihre Spuren und wollte wieder zurück auf die Straße. In diesem Moment schlug Klara die Augen auf. »Manuela?«, flüsterte sie und streckte hilfesuchend die Hand aus. Manuela zuckte zurück, ihr entsetztes Gesicht spiegelte sich in Klaras Kohleaugen. Deren Finger krümmten sich wie die Krallen eines Untiers. Sie wollte Manuelas Sweatshirt erwischen, sich daran hochziehen, es mit Blut besudeln. Mit Blut, das von ihrem Gesicht in den Schnee tropfte. Manuela trat einen Schritt zurück, Klara ächzte, ruderte mit ihrem Arm durch die Luft auf der Suche nach Hilfe. Als die nicht kam, sackte sie erschöpft zurück und rührte sich nicht mehr.

Panisch lief Manuela zum Wagen, den Johannes und Adrian gerade zurück auf die Straße schoben.

»Na, haben wir etwas angefahren?«, fragte Johannes.

»Nichts, ich habe nichts entdeckt«, erwiderte Manuela und vermied es, Johannes in die Augen zu sehen. ›Ich bin nicht schuld, wenn Klara in dieser eisigen Nacht erfriert. Sie hätte nicht mit dem Kind allein unterwegs sein dürfen. Kinder gehören um diese Zeit ins Bett, nicht auf eine verschneite Landstraße. Klara ist schuld. Ich bin unschuldig‹, dachte sie. »Mir ist nichts aufgefallen«, wiederholte sie, und diesmal blickte sie Johannes direkt an.

»Dann haben wir wahrscheinlich nur ein Reh gestreift, das weitergelaufen ist. Soll ich auch mal nachsehen?« Johannes blickte Adrian fragend an. »Nur zur Sicherheit.«

»Was soll das? Glaubst du mir etwa nicht?« Manuelas schrille Stimme schnitt durch die Dunkelheit, und sie ballte die Fäuste. Niemand würde diesen Traum zerstören, diese

Zukunft mit Leo, dieses Leben, das sie sich immer gewünscht hatte. Schneeflocken wirbelten um ihren Kopf und sie zitterte. »Mir ist kalt. Fahr endlich weiter.«

»Ist ja gut.« Johannes hob abwehrend die Hände. »Ich meine ja nur, ob wir nicht …«

»Komm!« Adrian fasste Johannes am Arm. »Wir sehen nach.«

Manuela starrte den beiden hinterher, die langsam die Straße entlanggingen. Sie spürte, dass sie knapp davor war, die Beherrschung zu verlieren und alles zu vermasseln. Sie musste handeln, sonst würden Adrian und Johannes Klara finden. Alle würden sich von ihr abwenden, und sie würde ganz alleine zurückbleiben in dieser kalten Winternacht. Deshalb aktivierte sie die Manu, der man keinen Wunsch abschlagen konnte.

»Wenn ihr wollt, könnt ihr ja nachsehen«, sagte sie mit einer neuen, einer sanften Stimme und eilte den beiden hinterher. »Aber jetzt bin ich richtig in Stimmung für einen Unsinn«, schnurrte sie und blickte Johannes und Adrian vielsagend an. Sie hakte sich unter und zog die beiden zurück zum Wagen.

Während Klara im Straßengraben mit dem Tod kämpfte, umarmte Manuela ihre beiden Freunde und drückte ihnen einen Kuss auf die Lippen. »Lasst uns tanzen und das Leben feiern.«

KAPITEL EINUNDFÜNFZIG

Dort, wo eben noch die Zwillinge in ihren rosa Dirndln gestanden hatten, lehnte jetzt das Mädchen mit dem weißen Kleid am Geländer. Wieder begann alles vor meinen Augen zu flackern, die Welt veränderte sich.

»Habe ich mir das nur eingebildet?«, murmelte ich laut und kniff mir in den Arm, um mich zu vergewissern, dass ich nicht träumte. Das Mädchen schwang sich anmutig über die hölzerne Balustrade und winkte mir, ihr zu folgen. Auf halber Höhe warf ich einen Blick zurück. Der rote Ball lag noch immer am unteren Treppenabsatz. ›Aber wie kann das sein? Ist es möglich, dass Hirngespinste plötzlich real existieren?‹

Mühsam schaffte ich es doch noch in das nächste Stockwerk. Hier befanden sich die Gästezimmer des Hotels. Ein endloser Korridor, von dem links und rechts Türen abgingen.

Der Boden hob und senkte sich, und die Wände flüsterten Worte und Sätze. Es war, als könne ich mit einem Mal hören, was hinter den verschlossenen Türen geredet wurde.

Mit zitternden Fingern tastete ich nach dem Lichtschalter, und eine matte Glühbirne am Ende des Korridors flammte auf, schwang wie eine Schaukel vor und zurück. Ich presste meine Handfläche auf den Drudenfuß auf dem Pullover, wollte mir auf diese Weise Kraft holen. Dann schritt ich weiter auf das Licht zu, wo das Mädchen im weißen Kleid geduldig auf mich wartete und mit dem Finger ins obere Stockwerk deutete.

»Was ist dort?«, fragte ich mit bebender Stimme, erhielt keine Antwort, denn im selben Augenblick verschwand das Mädchen vor meinen Augen. Das Flackern ließ nach, und der Korridor lag kalt und leblos vor mir.

»Feli, wo bist du?«, hörte ich Adrians Stimme aus der Lobby zu mir hoch hallen. »Wir machen uns Sorgen.«

»Mir gehts gut!«, rief ich. »Bin gleich wieder bei euch!« Doch ehe ich in die Lobby zurückkehrte, wollte ich noch das oberste Stockwerk inspizieren, denn dorthin hatte mich meine Vision geführt.

Ganz langsam tastete ich mich immer höher. In diesem Stockwerk waren die Wände mit dunklem Holz verkleidet und die Decke niedriger. Auch hier gab es nur eine Glühbirne, die in einem Luftzug schaukelte und die Schatten lebendig werden ließ, die den Korridor verfinsterten. Wie in Trance öffnete ich eine Tür im hinteren Teil des Flurs. In dem Zimmer stand ein breites Bett. Als ich den Lichtschalter drückte, zerplatzte die Glühbirne, und Scherben rieselten wie winzige Diamanten auf den Boden. Ich aktivierte die Handylampe und trat vorsichtig näher. Unter den Sohlen meiner Stiefel knirschte das zerbrochene Glas. Der

Schein der Taschenlampe huschte über das Bett. Es war mit einer rosa Bettwäsche bezogen. Zwei idente Mädchenköpfe lugten unter der Bettdecke hervor.

»Das ist das Zimmer der Zwillinge«, flüsterte ich und wurde von einem kalten Schauer geschüttelt. Mit einem Mal erblickte ich Alois, den Wirt, mit einem Tablett, auf dem sich zwei Gläser Fruchtsaft befanden, in der Tür stehen. »Du darfst sie nicht töten«, hauchte ich und war den Tränen nahe. Doch Alois schritt ungerührt näher, setzte sich an das Bett, und sein Backenbart zitterte. Er nahm die Trinkgefäße vom Tablett. »Trinkt das, Kinder!«

Gehorsam griffen die Zwillinge nach den Gläsern, in denen Strohhalme steckten.

»Tut es nicht!«, rief ich entsetzt. Panik befiel mich, ich machte auf der Stelle kehrt und rannte aus dem Zimmer, den Korridor entlang, wollte zur Treppe, zurück in die Wirklichkeit. Auf halbem Weg erblickte ich plötzlich einen Lichtstreifen, der durch den Spalt unter einer Tür hindurchschien. Ich stutzte und blieb stehen. Mein Puls raste, und eine Stimme in meinem Kopf flüsterte: »Hinter dieser Tür findest du die Ursache für eure Schuld.«

»Adi, Joe, ich habe etwas entdeckt!«, rief ich.

Wie von einem wirbelnden Sog wurde ich von dem Zimmer angezogen. Meine Hand kreiste über der Klinke. Noch zögerte ich, sie zu drücken. Was würde mich wohl dahinter erwarten?

»Feli? Was ist da los? Wo bleibst du nur?« Johannes klang beunruhigt.

»Wir kommen jetzt hoch!«, hörte ich Adrians resolute Stimme.

Ihre Schritte hallten durch das Treppenhaus, kamen immer näher. Jetzt mussten die beiden das Stockwerk mit den Gästezimmern erreicht haben. Eine Tür quietschte, Getrampel im Flur unter mir. Erstickte Schreie, lautes Gepolter, dann war wieder Ruhe. Eine gespenstische Stille breitete sich aus.

Schwer fiel meine Hand auf die Klinke, drückte sie nach unten. Die Tür schwang auf. Eine Tischlampe verbreitete ein warmes Licht. Sie stand auf dem Boden, und ein rotes Tuch war über den Schirm geworfen. Daneben befand sich eine Matratze, auf der ein Schlafsack lag. Leere Konservendosen waren am Rand des Bodens in einer nicht erkennbaren Ordnung aufgestellt, und in jeder befand sich ein kleines Grablicht. Die ausgestopfte Eule warf ihren Schatten über das Kopfende der Matratze und wachte über den Schlaf des unbekannten Bewohners.

Ein Foto lugte unter dem Rand des Schlafsacks hervor und erregte mein Interesse. Mit spitzen Fingern zog ich es heraus. Eine Kette, die darauf lag, fiel zu Boden. Das Foto zeigte eine hübsche Frau mit schwarzen Haaren und einen kleinen Jungen. Beide lächelten vergnügt in die Kamera. Die Frau hatte ein ausgeschnittenes Top und einen geblümten Rock an. Der Junge trug kurze Hosen und ein Superman-T-Shirt. Ich wollte das Foto schon wieder zurücklegen, zögerte jedoch, denn irgendetwas daran irritierte mich, erregte meine Aufmerksamkeit. Ich blickte auf den Boden und zu dem Schmuckstück. Der Anhänger war ein Herz mit Teufelshörnern.

Plötzlich poppte in meinem Kopf ein Bild auf und traf mich wie ein hinterhältiger Schlag mit einem Baseballschläger. Mit einem leisen Stöhnen ging ich in die Knie.

»Nein, bitte lass das nicht wahr sein!«, flehte ich, doch mein Bitten war vergeblich. Unaufhaltsam schob sich die Wahrheit vor mein geistiges Auge.

Ich lag auf einem weichen Teppich und hatte Stiefel und Strümpfe ausgezogen. Ein Mann kam geschmeidig wie ein Panther mit zwei Gläsern Wein in den Händen auf mich zu. Er beugte sich vor, um mir ein Glas zu reichen. Dabei rutschte die Kette aus seinem Shirt und baumelte vor meinen Augen hin und her. »Was für eine hübsche Kette du da hast, Luis.«

»Die gehörte meiner Mutter.«

Die Erinnerung verschwand, und ich befand mich wieder in einem Hotelzimmer mit zerschmetterten Träumen.

Wie vom Blitz getroffen sprang ich auf und wollte nur noch weglaufen. Doch plötzlich stand in der Tür eine Gestalt mit verschränkten Armen und blickte mich mit Augen an, die so eisig waren wie der kälteste Ort der Welt. Es war Luis.

Ich wollte an ihm vorbeilaufen, doch er packte mich an den Handgelenken und stieß mich in das Zimmer zurück.

»Jetzt ist die Zeit der Abrechnung gekommen, Felicitas. Die Zeit für Schuld und Sühne.«

KAPITEL ZWEIUNDFÜNFZIG

Damals – Klara

Eine innere Unruhe erfasste Klara, und sie konnte einfach nicht länger in ihren vier Wänden bleiben. Seit einigen Monaten schon lebte sie mit ihrem Kind in dem Haus, das ihr Pfarrer Thomas zur Verfügung gestellt hatte. Er hatte auch den Wagen mit Fahrer organisiert, der sie hierherbrachte. Das war Teil seines Plans gewesen. Aber Klara hatte nicht mit dieser Einsamkeit gerechnet. Die engen Räume erdrückten sie, und die Stille im Wald wurde von Stunde zu Stunde unheimlicher.

»In ein paar Monaten bekomme ich eine Stelle in München und kann dann ein normales Leben führen«, motivierte sie sich. »Aber jetzt muss ich endlich wieder an die frische Luft.«

Klara zog ihren Wintermantel an und setzte die Haube

auf. Vorsichtig schlich sie zur Tür, um das schlafende Kind nicht zu wecken. Doch es war zwecklos, denn sofort hörte sie die zarte Stimme.

»Mama, wohin gehst du?«

»Ich muss nur ein wenig frische Luft schnappen, bin gleich wieder zurück.«

»Ich habe Angst und will nicht alleine bleiben.«

»Okay, dann kommst du eben mit.« Mit einem Seufzer ließ Klara die Türklinke los und griff nach dem Skioverall, der an einem Haken im Flur hing. Sie zog dem Kind den gesteppten Anzug an, und beide machten sich auf den Weg. Es war eine mondhelle Nacht, die Luft war klar und eisig. Zügig stapfte Klara den Waldweg entlang. Sie wollte bis zur Abzweigung auf die Straße, vielleicht noch ein Stück weiter gehen, bis sie die Lichter der Walddisco durch die Bäume schimmern sehen konnte. Dieses helle Leuchten weckte das Verlangen nach einer anderen, einer lebendigen Welt in ihr. Doch Pfarrer Thomas hatte ihr eingeschärft, sich auf keinen Fall in der Öffentlichkeit blicken zu lassen. Es gab genügend Lebensmittel im Haus, sie brauchte also nirgends hin.

Scheinwerfer schnitten durch die Dunkelheit, tanzten über die kahlen Äste der Bäume und verloren sich im Nichts. Klara hatte die Abzweigung erreicht und trat auf die Straße. Ein Geländewagen näherte sich mit großer Geschwindigkeit, schleuderte auf der glatten Straße und kam direkt auf sie zu.

Klara spürte einen harten Schlag, der sie in den Graben beförderte.

»Mama, mir ist kalt.«

Klara hörte Luis' dünne Stimme und tauchte aus der Tiefe einer Ohnmacht auf.

»Was hast du?«, fragte ihr Sohn ängstlich.

Blinzelnd öffnete Klara die Augen, sah die kleinen Hände des Jungen. Blut tropfte von den Fingerspitzen und hinterließ feine Ornamente in dem weißen Schnee.

»Nicht schlimm. Mama hat sich nur ein bisschen wehgetan.« Klara versuchte, sich zu orientieren. Ein Wagen hatte sie angefahren. Das hatte sie noch mitbekommen. Vorsichtig bemühte sie sich, aufzustehen. Zuckte vor Schmerz im Bauch zusammen und fiel wieder zurück in den Schnee.

Aus den Augenwinkeln beobachtete sie, wie ihr Blut den Schnee dunkel färbte. Sie biss die Zähne zusammen und zog sich an einem Ast hoch. Als sie ihr verletztes Bein belastete, schrie sie laut auf und sackte langsam an dem Baumstamm entlang zurück auf den kalten, weißen Boden. Klara spürte, wie die Kraft sie verließ, aber der Gedanke, dass ihr Junge einsam und schutzlos in der eisigen Nacht zurückblieb, ließ sie nicht erneut das Bewusstsein verlieren.

»Du darfst nicht einschlafen«, flüsterte sie Luis ins Ohr und strich ihm zärtlich über die kalte Wange. »Gleich wird jemand kommen und uns helfen.«

Doch es kam stundenlang niemand. Die Kälte kroch durch Klaras Mantel, und auch Luis zitterte und klapperte mit den Zähnen. ›Mein Kleiner wird erfrieren‹, ging es Klara durch den Kopf. Unter Aufbietung ihrer letzten Kräfte schlüpfte sie aus dem Wintermantel.

»Häng dir den Mantel um«, befahl sie Luis mit leiser Stimme. »Damit du es schön warm hast.« Sie versuchte ein aufmunterndes Lächeln, doch der Schmerz ließ nur ein verzerrtes Grinsen zu. Wie in Zeitlupe sackte ihr Oberkörper zur Seite, und sie lag verkrümmt auf dem Boden. Die Kälte kroch wie eine eisige Spinne durch ihren dünnen

Pullover, setzte sich auf ihrer Brust und in ihrem Hals fest. Umklammerte ihr Herz und ließ es zu Eis gefrieren.

Doch ihre Gedanken waren noch höchst lebendig. Dort spielte sich in einer Endlosschleife ständig dieselbe Szene ab. Ein Wagen hatte sie angefahren. Als sie wieder zu sich kam, lag sie im Straßengraben, und eine junge Frau beugte sich über sie. Klara erkannte das Gesicht. Es war Manuela, die Geliebte ihres Mannes. Dann mussten die jungen Leute im Auto ihre Freunde gewesen sein: Felicitas, Adrian und Johannes. Diese Namen brannten sich unauslöschlich in ihr Gedächtnis ein.

»Können Sie mich hören?«

Natürlich vernahm sie die Stimme. Doch sie wollte nicht zurück in die Kälte. Auf dem Grund des schwarzen Ozeans war es warm, und sie fürchtete sich vor der kalten Nacht.

»Sehen Sie mich an.«

Klaras Augenlider flatterten. Nein, sie wollte wieder zurück in die Wärme. Aber jetzt ließ man sie nicht mehr gehen. Jemand wickelte sie in eine knisternde Alufolie, um den letzten Rest Leben zu erhalten, der noch in ihr war. Dann wurde sie auf eine Trage gehievt und in einen Rettungswagen geschoben. Ihr Blick irrte ziellos umher. Wo war Luis? Hatte man ihn im Wald vergessen? Doch dann sah sie ihn und war beruhigt. Luis saß auf dem Schoß des Sanitäters und betrachtete seine Mutter mit banger Miene. Mit einem Mal verzog er das Gesicht und begann bitterlich zu weinen.

»Alles wird gut.« Mit diesem Satz wollte sie das Kind trösten, doch aus ihrem Schlund kamen nur heisere Krächzlaute, die den Jungen noch mehr verschreckten. Ein Blutschwall drang zwischen ihren Lippen hervor. Luis riss sich los, rannte schreiend auf seine Mutter zu und versuchte, mit seinen kleinen Händen den Blutfluss zu stoppen. Der Sanitäter sprang auf, fasste Luis unter den Armen und zerrte ihn weg. Es war das letzte Mal, dass Klara ihren Sohn sah.

KAPITEL DREIUNDFÜNFZIG

Luis stand breitbeinig in dem Hotelzimmer und hatte die Arme vor der Brust verschränkt. Mit seinen hellen Augen, in denen alles Mitgefühl erfroren war, betrachtete er mich wie ein seltenes Tier.

»Du hast diesen Psychoterror inszeniert und wolltest die Existenz von Adrian, Johannes und von mir zerstören?«, flüsterte ich fassungslos. Mein Herz krampfte sich zusammen, und am liebsten hätte ich laut geschrien, hätte mir meine Enttäuschung aus dem Leib geschrien, doch diese Genugtuung wollte ich ihm nicht geben. »Warum hast du das getan? Von welcher Schuld sprichst du?«

»Du erinnerst dich nicht mehr daran, was damals in jener Nacht passiert ist?« Luis Stimme bekam einen fiebrigen Unterton, und er wippte auf und nieder. Ich spürte, dass sich die Wut in seinem Körper sammelte und bald hervorbrechen würde wie eine Lawine.

»Ich habe nicht die geringste Ahnung.«

»Gut, dann helfe ich dir auf die Sprünge. In einer

Winternacht vor zwanzig Jahren wart ihr auf dem Weg in die Walddisco bei Hallein und habt einen Menschen angefahren. Dieser Mensch war meine Mutter.« Luis verstummte und starrte durch mich hindurch, als würde an der Wand dahinter ein imaginärer Film ablaufen, in dem die Zeit zurückgedreht wurde bis zu jener Nacht. Und plötzlich erinnerte ich mich wieder an die hässliche Szene mit meinem Vater, der mich aus dem Auto gezogen hatte.

»Ich war damals nicht dabei.« Ich versuchte, ihm klarzumachen, dass ich mit diesem Unfall nicht das Geringste zu tun hatte, doch er sprach einfach weiter.

»Du lügst, ich habe in der Nacht alles beobachtet und mich hinter einem Strauch versteckt. Ich sah, wie sich ein blondes Mädchen über meine Mutter beugte, dann aufstand und wieder verschwand. Meine Mutter rief noch »Manuela!«, dann fiel sie in eine tiefe Bewusstlosigkeit. Niemand von euch ist zurückgekommen, verstehst du. Meine Mutter würde noch leben, wenn ihr sie gerettet hättet.«

»Davon weiß ich nichts.« Ich spürte, dass es sinnlos war, Luis von meiner Unschuld zu überzeugen.

Der alte Range Rover im Forsthaus fiel mir ein. Warum waren Adrian und Johannes nicht auf die Idee gekommen, den Unfall mit Klara und ihrem Sohn in Verbindung zu bringen? Sie mussten doch davon etwas mitbekommen haben? Und wo blieben sie überhaupt? Zu dritt hatten wir vielleicht eine Chance gegen Luis.

»Damals warst du doch ein kleiner Junge. Wie bist du überhaupt nach so langer Zeit auf uns gestoßen?«, fragte ich, um Zeit zu gewinnen.

»Vor acht Monaten rief mich eine Krankenschwester an: *Wer sind Sie?*, habe ich gefragt. *Ich habe deine Mutter bis zu ihrem Tod begleitet. Und jetzt muss ich dir erzählen, was damals passiert ist. Es hat mir keine Ruhe gelassen.*

Warum tun Sie das?

Ich habe Krebs und nicht mehr lange zu leben. Deine Mutter hat auf dem Sterbebett die Namen der Personen geflüstert, die für ihren Tod verantwortlich waren: Manuelas Clique. Adrian, Johannes, Manuela und Felicitas. Das habe ich auch der Polizei mitgeteilt, aber die Beamten haben nichts weiter unternommen. Unfall mit Fahrerflucht lautete das Untersuchungsergebnis, und die Akte verschwand nach einiger Zeit im Archiv. Aber ich konnte nicht vergessen und habe den Namen deiner Pflegefamilie ausfindig gemacht. Und jetzt, bevor ich sterbe, wollte ich reinen Tisch machen und dir alles erzählen.

Ich hatte gerade meine Firma verkauft und deshalb genügend Zeit, um in den Archiven zu recherchieren. Es war nicht so schwierig, eure Namen ausfindig zu machen. Das Drama um Manuela und den Teufelsspalt ist im Netz gut dokumentiert. Und in Dunkelsteig erzählte man viel von dir und deinen Bemühungen, ihr Verschwinden aufzuklären. Zufällig bin ich mit Markus ins Gespräch gekommen, und er hat mir von dem alten Berghotel erzählt. Ich habe in das Projekt investiert, allerdings unter der Bedingung, dass du die PR dafür machst. Markus hat das ohne weitere Fragen akzeptiert.«

»Es war also von Anfang an ein abgekartetes Spiel«, sagte ich enttäuscht. »Du hast mich nur für deinen Rachefeldzug benutzt.«

»Das stimmt nicht ganz«, widersprach Luis. »Zwischen uns spürte ich Magie«, sagte er mit einer beruhigenden Stimme, die in meinen Ohren wie eine Verhöhnung klang. »Doch dann drängte sich die Erinnerung an jene Winternacht dazwischen, und ich musste tun, was ich mir vorgenommen habe. Mit meinen IT-Kenntnissen war es ein Leichtes, deinen Mail-Account zu manipulieren, bei Johannes die kompromittierenden Fotos auf den Kanzleiserver zu laden und bei Adrian Ergebnisse einer Lebensmittelprüfung zu verändern. Mein Vater Leo Grafinger war der Auslöser für dieses ganze Drama. Wenn er Mutter nicht geschlagen hätte, wäre sie nicht vor ihm geflohen. Noch immer sehe ich sein entsetztes Gesicht, als ich bei ihm auftauchte, um ihn mit der Wahrheit zu konfrontieren. Und jetzt, wo wir uns hier zusammenfinden, setze ich den Schlusspunkt unter dieses Spiel.«

»Warum ausgerechnet dieser Ort?«, fragte ich und schielte an Luis vorbei zur Tür, hoffte, dass Adrian oder Johannes auftauchten, doch sie kamen nicht.

»Diese Idee ist mir erst bei unserer Besichtigung eingefallen. Es ist der perfekte Ort für meinen Plan, im Winter unerreichbar und einsam. Und das Gebäude verströmt einen Hauch des Bösen. Du hast es doch auch gespürt, als du die Holzschindeln berührtest. Dieses Haus saugt die Schicksale der Gäste auf und haucht sie dafür empfänglichen Menschen ein. So wie es mit dir passiert ist.«

›Luis wird uns drei töten‹, das konnte ich in seinen Augen lesen. Aber vielleicht hatten wir noch eine Chance, wenn wir ihn überwältigen konnten.

»Joe, Addi, hier bin ich!«, schrie ich plötzlich aus Leibeskräften, doch Luis lachte nur still in sich hinein.

»Deine Freunde werden dir nicht mehr helfen können. Schau, ich zeige dir etwas.« Er packte mich am Arm und zerrte mich zu einer Dachgaube, und riss das Fenster auf. »Siehst du die Terrasse auf der Seite? Dort warten deine Freunde auf ihren Tod.« Luis fasste meine Schultern und drückte meinen Kopf durch die Öffnung.

Es hatte aufgehört zu schneien, und die Wolken hatten sich verzogen. Im kalten Vollmondlicht sah ich zwei Gestalten auf der vereisten Terrasse liegen. Beide trugen nur noch ihre Unterwäsche und waren an das Geländer gefesselt.

»Das sind Adrian und Johannes«, drang Luis' Stimme an mein Ohr. »Sie werden in dieser klaren Nacht erfrieren. Aber für dich habe ich mir etwas ganz Besonderes ausgedacht. Du wirst deiner Freundin Manuela folgen und im Teufelsspalt verschwinden.«

»Das kannst du nicht machen«, keuchte ich, und meine Knie gaben nach.

»Warum nicht?«

»Weil du kein böser Mensch bist. Du bist nur verbittert und sehnst dich nach Rache. Aber glaubst du, dass du dich besser fühlst, wenn wir alle tot sind?«

»Spar dir deine Worte«, erwiderte Luis ohne einen Funken Empathie in der Stimme.

In diesem Augenblick wusste ich, dass ich verloren hatte. Eine tiefe Mutlosigkeit überfiel mich. Ich legte meinen Kopf auf das verschneite Fensterbrett, spürte die Kälte, die mich umgab. Jeder Funken Wärme war erloschen, und für einen kurzen Moment blitzte die bittere Erkenntnis auf, dass ich nie Wärme und Liebe bekommen hatte. Meine Augenlider zitterten, und die Welt draußen schien sich aufzulösen. Das Mondlicht beleuchtete still die verschneiten Felsen und den Teufelsspalt, der sich wie eine Narbe durch die Landschaft zog. Mein Augenflimmern wurde stärker, und das Mädchen in dem weißen Kleid balancierte wie eine Balletttänzerin auf der Dachrinne entlang und winkte mich zu sich. Ihr Lächeln gab mir neue Kraft und schenkte mir einen Funken Hoffnung.

Luis stand noch immer hinter mir, aber er hatte die Hände von meinen Schultern genommen. Diesen Moment musste ich ausnützen, denn es war meine einzige Chance. Mit dem Ellbogen versetzte ich ihm einen Stoß in den Magen, sodass er überrascht zurücktaumelte. Ohne nachzudenken schwang ich mich kopfüber aus dem Fenster und schlitterte über das vereiste Dach bis zur Dachrinne. Doch ich hatte die Neigung unterschätzt, rutschte immer schneller. Ich krallte meine Finger in die Dachziegel, glitt jedoch an der spiegelglatten Fläche ab und konnte meine rasende Fahrt nicht mehr bremsen. Die Dachrinne aus schwarzem Gusseisen glitzerte eisverkrustet im Mondlicht und kam näher und näher. Ich packte die Kante mit beiden Händen und baumelte plötzlich in der Luft. Verzweifelt versuchte ich, mich an der Rinne hochzuziehen, hatte aber keine Kraft mehr. Das silberne Pentagramm auf meinem Pullover leuchtete im Mondlicht. Meine Finger waren taub vor Kälte. Ich dachte an Manuela und dass ich recht gehabt hatte. Manuela war schuld, dass Klara nicht rechtzeitig gerettet wurde. Luis' Psychoterror hatte mit ihr zu tun. Doch was nützte mir diese Erkenntnis? Langsam lösten sich meine Hände von der Rinne und ich stürzte.

KAPITEL VIERUNDFÜNFZIG

Damals – Klara

Der Rettungswagen erreichte das Krankenhaus, und Klara wurde auf der Trage aus dem Wagen gerollt. Der Sanitäter wischte ihrem Sohn die blutigen Finger mit einem sterilen Tuch ab und hob ihn sanft aus dem Fahrzeug. Draußen warteten bereits ein Bereitschaftsarzt und eine Schwester.

»Warum hält sich der Junge die Hände vor den Mund?«, fragte die Krankenschwester und deutete auf Luis.

»Ich bin kein Psychologe, aber der Kleine sah, wie seine Mutter Blut spuckte, und jetzt hat er wahrscheinlich Angst, dass ihm das Gleiche passiert, wenn er die Hände wegnimmt.«

»Der arme Junge«, meinte die Schwester mitfühlend. »Wie heißt du denn?« Sie beugte sich zu Luis, doch dieser hielt sich nur stumm die Hand vor den Mund.

›Ich werde nie wieder etwas sagen, Mama‹, dachte er und sah auf die chromblitzende Trage, auf die man seine Mutter jetzt gelegt hatte. Klara streckte den Arm aus, und Luis wollte sich von der Schwester losreißen, um seine Mama zu umarmen, doch die Schwester führte ihn sanft weg.

»Wohin bringen Sie meinen Sohn?«, fragte Klara, doch niemand antwortete ihr.

»Die Frau muss sofort auf die Notfallstation.« Dramatische Sätze umschwirrten sie, und geschäftiges Treiben setzte ein. »Sie ist verletzt und hat schwere Erfrierungen.«

»Wo ist mein Junge?« Klara keuchte und bemühte sich, die Worte verständlich zu formulieren, aber die Schwester sah sie nur ratlos an. »Wo ist Luis?«, wiederholte Klara, während sie auf die Station geschoben und an lebensrettende Maschinen angeschlossen wurde.

»Ach, jetzt verstehe ich sie. Ihr Sohn heißt also Luis. Er ist derzeit in der Obhut der Fürsorge. Um ihn brauchen Sie sich keine Sorgen zu machen. Im Moment ist Luis stumm wie ein Fisch. Wahrscheinlich steht er noch unter Schock, denn er hält sich ständig die Hände vor den Mund. Sind Sie von einem Auto angefahren worden? Die Polizei wird Sie später auch noch befragen. Wissen Sie, was passiert ist? Können Sie sich daran erinnern?«

Die vielen Fragen machten Klara ganz wirr. Sie wollte reden, doch es fehlten ihr die Worte. Ja, sie konnte sich glasklar erinnern, was geschehen war. Ein Wagen war ins Schleudern geraten, hatte sie gestreift und peng. So schnell wird man vom Leben in den Tod katapultiert.

Mit einem Mal erschien das Gesicht von Manuela vor ihrem geistigen Auge. Manuela hatte sie gefunden und nicht gerettet. Sie war einfach wieder gegangen und hatte Klara ihrem Schicksal überlassen. Aber Klara kannte ihren Namen und wusste auch, wer die anderen Personen in dem Wagen gewesen waren. Trotz der heftigen Schmerzen richtete sie sich auf, packte die Krankenschwester am Arm und zog sie zu sich herunter.

»Bleiben Sie bitte liegen«, sagte die Schwester beruhigend und drückte Klara wieder zurück auf das Krankenbett. »Wir bereiten Sie für eine Notoperation vor.«

»Ich muss etwas loswerden.« Aber aus ihrem Mund kam nur ein Röcheln. Die Schwester war irritiert und drückte auf den Alarmknopf. Klara schlug mit den Armen um sich, und mit einem Mal fühlte sie, dass es zu Ende ging und sie wieder in das schwarze Wasser eintauchen würde. Doch sie wollte nicht sterben, ohne die Wahrheit gesagt zu haben. Sie wollte, dass man diese Clique zur Verantwortung zog. »Manuela, Johannes, Adrian, Felicitas, sie waren es«, flüsterte sie kaum hörbar.

»Sind das Ihre Freunde? Sollen wir sie verständigen?«, fragte die Schwester besorgt. Plötzlich begannen die Apparate, an die Klara angeschlossen war, verrückt zu spielen. Ärzte eilten herbei, eine Adrenalinspritze wurde aufgezogen, ein Defibrillator angeschlossen. Das alles bekam Klara nicht mehr mit, denn sie fiel erneut ins Koma. Eine wohlige Wärme umschmeichelte sie wie eine schützende Decke. Endlich war sie zu Hause, dort, wo es keine Schläge mehr von Leo gab, jetzt war sie in Sicherheit. Um Luis würde man sich kümmern, das hatte ihr die Schwester versprochen. Luis würde bei einer neuen Familie aufwachsen und hoffentlich nie seinen Vater treffen. Aber Luis würde auch dafür sorgen, dass ihr Tod gesühnt wurde.

KAPITEL FÜNFUNDFÜNFZIG

Mein Sturz schien endlos zu dauern, und ich hatte das Gefühl, als würde ich durch die Luft schweben. Im Zeitraffer liefen Blitzlichter aus meiner Vergangenheit ab, in denen immer wieder Manuela und der Teufelsspalt auftauchten. Mit beiden verband mich ein geheimes Band, das fühlte ich mit erschreckender Sicherheit. Doch als ich hart auf dem Schneeboden aufschlug, kehrten meine Gedanken zurück in die Realität. Durch den Aufprall blieb mir kurz die Luft weg, und ich musste einige Sekunden auf dem Rücken liegen bleiben. Ich hatte Glück gehabt, denn ich war in einer Schneewechte gelandet, die der Wind an die Hauswand gedrückt hatte. Ich rappelte mich hoch und lief um das Hotel herum zur Terrasse. Im fahlen Mondlicht sah ich Adrian und Johannes auf dem eisigen Schneeboden sitzen. Beide trugen nur T-Shirts und Shorts, und als ich näher kam, entdeckte ich die Kabelbinder an ihren Händen, mit denen sie an einen Holzbalken des Geländers gefesselt waren. Adrians Kinn war auf die Brust gesunken, seine schwarzen Locken waren mit geronnenem Blut durchtränkt. Auch Johannes hing wie leblos am Geländer. Er hatte eine Wunde auf der Stirn.

»Addi, Joe, ich befreie euch.« Ich rüttelte beide an den Schultern, doch es kam keine Reaktion. »Nicht einschlafen, sonst erfriert ihr«, flüsterte ich und klopfte ihnen auf die Wangen. Endlich bewegte sich Adrian und schlug verwirrt die Augen auf.

»Feli, da bist du ja«, stammelte Adrian. »Wir haben dich überall gesucht, waren gerade im Gästetrakt. Plötzlich stürmte Luis aus einem der Zimmer herein. Er nutzte den Überraschungseffekt und schlug uns nieder. Als wir zu Bewusstsein kamen, lagen wir hier gefesselt.« Adrian stöhnte leise und zitterte am ganzen Körper. »Hinter dem ganzen Psychoterror steckt also er. Das ist Wahnsinn.«

»Ja.« Ich nickte zustimmend. »Es hat mit eurem Unfall vor über zwanzig Jahren zu tun.«

»Ich dachte mir schon so was«, murmelte Adrian und klapperte mit den Zähnen. »Mir ist so kalt.«

»Was ist mit Joe, er rührt sich nicht mehr.« Ich packte Johannes an der Schulter und schüttelte ihn. Mit einem lauten Ächzen öffnete er langsam die Augen.

»Ich will schlafen.«

»Bleib wach!«, herrschte ich ihn an und kniff ihn in die Wange. Johannes zuckte zusammen und begann heftig zu zittern. »Ich versuche, euch jetzt loszubinden.«

Als ich einen Blick zum Hotel warf, sah ich einen Lichtstreifen im Speisesaal aufblitzen, und Adrenalin schoss mir durch die Venen. Ich musste mich beeilen, denn Luis würde gleich hier auftauchen.

Verzweifelt rüttelte ich mit den Händen an dem Holzbalken, dann ging ich ein paar Schritte zurück und trat mit meinem Stiefel gegen das Holz. Das Geländer knackte und kleine Splitter fielen zu Boden. Noch ein Tritt, und mit einem trockenen Krachen zerbrach der Balken, und die Kabelbinder lösten sich von ihren Handgelenken.

Mit einem Mal hörte ich lautes Poltern. Luis versuchte, die Bretter von den verrammelten Türen zu entfernen, um schneller auf die Terrasse zu gelangen.

»Wir müssen von hier verschwinden«, drängte ich zur Eile.

»Aber wir brauchen was zum Anziehen, sonst erfrieren wir«, keuchte Johannes.

»Ich habe keine Zeit mehr, um Klamotten für euch zu finden, deshalb müsst ihr euch verstecken.« Ich zerrte die beiden über die Terrasse und suchte nervös nach einem Unterschlupf. Plötzlich entdeckte ich eine Tür, die mit einem Holzriegel verschlossen war. »Versteckt euch hier drinnen,«, sagte ich und stieß den Riegel zurück. Wir hatten Glück, denn es war ein Abstellraum, in dem sich Liegen und modrige Decken befanden. »Rührt euch nicht von der Stelle. Ich hole Hilfe.«

Als ich auf die Terrasse zurückkam, bemerkte ich, dass Holzbretter auf dem Boden verstreut herumlagen und eine Terrassentür geöffnet war. Luis stand mit dem Rücken zu mir und seine Silhouette leuchtete im Mondlicht. So leise ich konnte, schwang ich mich über das Geländer und lief in die Dunkelheit.

Plötzlich sah ich weit vorne ein Licht aufblinken. Es tauchte auf und verschwand wieder, kam aus der Richtung des Teufelsspalts und erinnerte mich an Morsezeichen. War das ein Rettungssignal für mich oder nur ein Irrlicht? Ohne länger nachzudenken, änderte ich spontan die Richtung und hetzte direkt auf Blinklicht zu.

Der frisch gefallene Schnee war nicht tief, und ich kam auf dem kleinen Gebirgsweg zügig voran. Im Mondlicht schimmerten die vereisten Felsen wie Kristalle in einer erfrorenen Welt. Langsam kroch die Kälte durch meinen Pullover, und eine große Müdigkeit überfiel mich. Doch ich durfte nicht schlappmachen, musste Hilfe holen. Ich tastete nach meinem Handy und stellte mit Entsetzen fest, dass ich es beim Sturz vom Dach verloren hatte.

Als ich mich dem Teufelsspalt immer weiter näherte, sah ich das blinkende Licht direkt aus dem Abgrund heraufleuchten. Es bewegte sich langsam nach oben, erhellte den Rand des Teufelsspalts, verschwand dann wieder, um kurz darauf erneut aufzutauchen. Wer war das? Ging hier alles mit rechten Dingen zu? Ich warf noch einen schnellen Blick zurück und bemerkte einen einsamen Lichtpunkt zwischen den Felsen entlangtanzen. Luis hatte also wie ein Bluthund meine Witterung aufgenommen und folgte meiner Spur. Mit einem Mal tauchte er zwischen zwei eisig blau schimmernden Felswänden auf und blieb vor mir stehen.

Der Strahl seiner Stablampe umfing mich, und gefangen in dem Lichtkegel verharrte ich wie ein paralysiertes Wild. Ich war am Ende meiner Kräfte. Langsam schritt Luis auf mich zu und musterte mich mit einem kalten Blick.

»Flucht ist kein Ausweg, Felicitas. Du kannst deinem Schicksal nicht mehr entkommen«, sagte er in einem verständnisvollen Tonfall, der in meinen Ohren doppelt grausam klang.

»Hör mir genau zu, Luis«, appellierte ich an seinen Verstand. »Ich war an jenem Abend zu Hause. Du kannst Johannes und Adrian fragen. Ich habe keine Schuld.«

»Vielleicht glaube ich dir sogar, aber das tut nichts zur Sache. Ihr habt immer alles gemeinsam unternommen«, meinte Luis verächtlich. »Ich habe mich hinter einem Baum versteckt und schloss die Augen. Wollte so das Drama ungeschehen machen. Aber meine Mutter hat euch in der Nacht erkannt. Noch auf dem Sterbebett hat sie der Krankenschwester eure Namen geflüstert, damit ihr zur Rechenschaft gezogen werdet. Aber nichts ist geschehen. Ihr Tod blieb ungesühnt. Bis heute.« Luis fuchtelte mit der Stablampe durch die Luft, und die Lichtstrahlen zuckten wie Blitze über die glitzernden Felsen.

»Spring!«, rief er plötzlich, und der Strahl seiner Lampe wanderte über den Boden bis zur Kante des Teufelsspalts. »Spring, Felicitas!«, wiederholte er. »Du möchtest doch so gern wissen, was mit Manuela passiert ist? Also los, spring und erforsche das Geheimnis ihres Verschwindens.«

»Du bist vollkommen verrückt!«, keuchte ich und begann unkontrolliert zu zittern. »Das mach ich sicher nicht.«

»Dann muss ich dich wohl dazu zwingen.« Mit entschlossener Miene warf Luis die Lampe auf den Boden, schritt auf mich zu und fasste mich fest an den Schultern.

Die Kälte seiner Hände drang durch meinen Pullover und lähmte mich. Ich war unfähig, mich zu wehren. Doch dann sah ich mit einem Mal das blinkende Licht aus dem Teufelsspalt heller und heller leuchten, bis sich eine Gestalt über die Kante schwang.

»Lass meine Schwester in Ruhe!«

Überrascht ließ Luis meine Arme los und drehte sich um. »Wer bist du?«, rief er verwirrt.

»Hannah. Und das ist meine Schwester Felicitas. Ich lasse nicht zu, dass ich sie verliere, wo ich sie doch erst jetzt gefunden habe.«

»Das interessiert mich nicht. Eine Schuld muss getilgt

werden.« Luis ballte die Fäuste und schritt auf Hannah zu. »Du kannst mich nicht daran hindern, den Tod meiner Mutter zu sühnen.«

Hannah wich zurück, und ich ahnte, dass sie keine Chance gegen Luis haben würde. Doch plötzlich schoss ein schwarzer Vogel aus dem dunklen Himmel direkt auf Luis zu und flatterte aufgeregt vor seinem Gesicht umher. Es war Fritz, die zahme Alpenkrähe. Luis blieb verwirrt stehen, versuchte, den Vogel mit aggressiven Handbewegungen zu vertreiben. Für einen kurzen Moment hatte er mich völlig vergessen. Diese Ablenkung nutzte ich. Ich bückte mich, packte die stählerne Stablampe vom Boden und schlug sie Luis auf den Kopf. Mit einem leisen Stöhnen fiel er in die Knie. Noch einmal hieb ich mit der Lampe gegen seine Schläfe, dann sackte er bewusstlos zur Seite.

»Komm schon«, keuchte ich und umarmte Hannah. »Lass uns von hier verschwinden.«

Wir eilten zu einer Felsformation, wo Hannah ihren Rucksack abgelegt hatte. Dort blieb ich erschöpft stehen und fragte: »Warum hast mich Schwester gerufen?«

»Das erzähle ich dir, wenn wir in Sicherheit sind.« Hannah nahm den Helm mit der Lampe vom Kopf und strich sich durch die blonden Haare.

»Was machst du eigentlich mitten in der Nacht hier?«, fragte ich verwirrt. »Das ist doch kein Zufall.«

»Ich übe Eisklettern in der Dunkelheit. In einer Vollmondnacht ist es doppelt mystisch«, erwiderte Hannah. »Und das Geheimnis des Teufelsspalts lässt mich nicht los.« Sie warf mir einen wissenden Blick zu. »Der Drudenfuß auf deinem Pullover hat sicher das Böse von dir abgehalten.«

»Vielleicht hast du recht«, erwiderte ich. »Wir müssen dringend Hilfe rufen. Oben im Berghotel befinden sich noch Adrian und Johannes. Sie haben sich in einer Abstellkammer auf der Terrasse verschanzt. Luis wollte sie erfrieren lassen.«

»Ich alarmiere sofort die Bergrettung.« Hannah fischte ihr Handy aus dem wattierten Overall und drückte den Notruf. Dann zog sie ihre dicke Weste aus und legte sie mir um die Schultern. »In meinem Rucksack habe ich noch heißes Zuckerwasser.« Sie holte die Thermosflasche hervor und goss mir einen Becher voll. Ein wohliges Gefühl breitete sich in mir aus, als ich die heiße Flüssigkeit trank, und meine Lebensgeister meldeten sich zurück.

»Wir müssen Luis fesseln, damit er keine Gefahr mehr für uns ist und uns verfolgen kann«, meinte ich und wies nach hinten.

»Du hast recht.«

Wir schritten zu der Stelle zurück, wo ich Luis niedergeschlagen hatte. Doch auf dem Felsboden lag niemand mehr.

»Verdammt«, flüsterte ich und Panik kroch in mir hoch. »Wo ist er?« Vorsichtig näherte ich mich dem Teufelsspalt, warf einen Blick hinunter und rief: »Luis, wo hast du dich versteckt?« Doch nur mein Echo drang aus der Tiefe herauf, und sein Name verflüchtigte sich zwischen den Felsen. Plötzlich sah ich etwas Dunkles am Rande des Spalts stehen. Es waren Luis' schwarze Bergschuhe. Er selbst war verschwunden.

KAPITEL SECHSUNDFÜNFZIG

Den nächsten Tag verbrachte ich damit, die Ereignisse der letzten Stunden zu verarbeiten und zu verstehen. So viel war über mich hereingebrochen und hatte mein Leben auf den Kopf gestellt. Die ganze Nacht über hatten die Einsatzkräfte nach Luis gesucht, aber keine Spur von ihm gefunden.

Adrian und Johannes waren mit dem Rettungshubschrauber ins Krankenhaus nach Schwarzach geflogen worden. Beide hatten leichte Erfrierungen an Händen und Füßen. Die Kopfwunden, die von den Schlägen durch Luis' Baseballschläger stammten, waren zum Glück nur oberflächlich.

Hannah und ich wurden mit einem Snowmobil sicher ins Tal gefahren. Während der Fahrt fragte ich Hannah, warum sie glaubte, meine Schwester zu sein. Doch wieder blieb sie mir die Antwort schuldig und vertröstete mich erneut auf später. Aber da sie mir das Leben gerettet hatte, akzeptierte ich ohne Murren ihre Entscheidung.

Am schmerzlichsten war allerdings, dass sich Luis, bei dem ich seit Langem wieder ein Gefühl der Geborgenheit erlebt hatte, als unser Psychostalker entpuppt und einen Vernichtungsfeldzug gegen Adrian, Johannes und mich inszeniert hatte. Seinen Vater Leo Grafinger hatte er in den Wahnsinn getrieben, und uns wollte er töten. Beinahe wäre ihm dieses Vorhaben auch gelungen.

Wie so oft war in Dunkelsteig die Morgendämmerung bis in den Vormittag gewandert und hatte die Landschaft in ein diffuses Licht getaucht. Nach einem schwarzen Kaffee stieg ich in den Suzuki, um Adrian und Johannes zu besuchen, und fuhr die Dorfstraße entlang. Vor dem Bürgermeisteramt parkte Markus' Geländewagen, der sicher bereits in einer Krisensitzung mit dem Gemeinderat steckte, da der Investor für das Berghotel so plötzlich verschwunden war.

Irgendwie war ich erleichtert, dass aus dieser PR-Arbeit nun nichts werden würde und ich ohne schlechtes Gewissen nach Berlin zurückkehren konnte. Die wahren Hintergründe von Manuelas Verschwinden würde ich nie herausfinden, da war ich mir sicher. Deshalb beschloss ich, nach vorn zu blicken und die Vergangenheit ein für alle Mal ruhen zu lassen. Mit Luis war jetzt bereits der dritte Mensch im Teufelsspalt verschwunden, den ich kannte, und ich wollte das Schicksal nicht mehr länger herausfordern.

Der Ortskern von Schwarzach wurde von dem riesigen Kardinal Schwarzenberg Klinikum dominiert, dem zweitgrößten Krankenhaus des Bundeslandes Salzburg. Hierher hatte man Adrian und Johannes mit dem Rettungshubschrauber geflogen.

Als ich ihr Zimmer betrat, lagen sie erschöpft in ihren Betten und blickten überrascht hoch, als sie mich sahen.

»Feli, wie schön, dass du da bist«, sagte Johannes erfreut.

An seiner Schläfe klebte ein dickes Pflaster, und seine linke Hand war bandagiert. Auf seinem Nachttisch stand ein Schachbrett mit aufgereihten Figuren.

»Du hast uns das Leben gerettet. Ohne dich wären wir erfroren.« Adrian lächelte leicht. Mit seinem Kopfverband wirkte er wie ein verwegener Forscher, der viele Abenteuer erlebt hat.

»Das ist kein Krankenbesuch«, sagte ich und holte tief Luft. »Ich möchte über eure Schuld sprechen.«

Adrian und Johannes senkten die Blicke und schwiegen.

»Habt ihr mir nichts zu sagen?«, wunderte ich mich. »Kein Wort über die Schuld, die ihr damals auf euch geladen habt?«

»Wir haben natürlich geahnt, dass etwas passiert sein musste«, brach schließlich Johannes das Schweigen. »Manu war so unnatürlich aufgedreht, wollte unbedingt, dass wir weiterfahren. Ich spürte, dass etwas nicht stimmte.«

»Aber du hast nichts unternommen.« Ich wandte mich an Adrian. »Und was war mit dir?«

»Ich hatte dasselbe Gefühl wie Joe. Etwas war faul an der Sache. Wir sind dann auch ein paar Schritte zurückgegangen. Doch Manu hat uns zurückgehalten, sie war völlig verändert. Lachte zu laut, küsste uns zu heftig. Beide ahnten wir, dass etwas passiert war.«

»Trotzdem seid ihr weitergefahren?«, ließ ich nicht locker.

»Ja.« Johannes nickte. »Als du in der Forsthütte den alten Wagen entdeckt hast, da dämmerte es mir bereits, dass der Psychoterror etwas mit diesem Unfall zu tun haben könnte. Ich sprach mit Addi, doch wir bekamen die Puzzleteile nicht zusammen. Wir wussten nicht sicher, dass wir einen Unfall verursacht und uns schuldig gemacht hatten.«

»Und als dann Manu etwas später verschwand, wurde das zum prägenden Ereignis«, ergänzte Adrian. »Sie hat sich mit ihrem bösen Verhalten schuldig gemacht und uns mit reingezogen. Dafür gibt es keine Entschuldigung.«

»In Wirklichkeit haben wir alle drei sie nicht wirklich gekannt. Sie hatte zwei Seiten, denn ich glaube nicht, dass sie einfach nur böse war. Das wäre zu simpel«, verteidigte ich meine beste Freundin. »Manu hatte bloß Angst, diesen Mann zu verlieren und alleine zu bleiben. Im Grunde war sie eine verlorene Seele auf der Suche nach Liebe.«

»Jetzt klingst du wie ein Pfarrer.« Adrian schüttelte den Kopf. »Warum nimmst du sie in Schutz?«

»Weil ich weiß, wie sie sich in jenem Moment gefühlt hat«, erwiderte ich. In meinem Kopf ploppte ein Bild auf. Manuela beugte sich über Klara, die verletzt im Graben lag. Liebe und Tod lagen ganz nahe beisammen, dachte sie. Vielleicht zögerte sie für den Bruchteil einer Sekunde, doch dann traf sie eine falsche Entscheidung und niemand hielt sie auf. »Sie war nicht alleine schuld.«

Johannes kippte mit seiner verletzten Hand die Dame vom Schachbrett. »Natürlich war es Manus Schuld.«

Ich war nicht dieser Meinung, doch es hatte keinen Sinn, weiter mit Johannes und Adrian darüber zu diskutieren. Deshalb verabschiedete ich mich und verließ das Zimmer.

Als ich durch das Foyer schritt, erblickte ich plötzlich einen Wegweiser *Psychiatrische Abteilung*. Ich wandte mich an die Schwester beim Empfang.

»Wo liegt Leo Grafinger? Ich bin seine Tochter.«

»Einen Moment.« Die junge Frau warf einen Blick auf ihren Bildschirm. »Ja, auf Zimmer Nummer 6. Aber der Patient ist gleich für die Therapie angemeldet.«

»Ich brauche nicht lange, muss ihn nur kurz etwas fragen.« Ich eilte den Gang entlang und klopfte bei Zimmer 6 an die Tür. Als ich ein Brummen hörte, trat ich ein. Der Patient saß mit dem Rücken zu mir in einem Rollstuhl und starrte aus dem Fenster.

»Hallo, Grafinger. Wie gehts?«

Wie in Zeitlupe wendete Grafinger den Rollstuhl und betrachtete mich eingehend. Verblüfft blickte ich ihn an. Ein alter Mann saß mir gegenüber, denn seine Haare und der imposante Schnauzbart waren wie über Nacht schneeweiß geworden. Eine Gesichtshälfte hing schlaff nach unten und wirkte wie ein Fremdkörper. Seine rechte Hand war merkwürdig verdreht und die Finger zu geöffneten Krallen verbogen.

»Grüß Gott, Felicitas, hast du deine hübsche Freundin Manuela auch mitgebracht?«, nuschelte er schwer verständlich. Ein dünner Speichelfaden zog sich von seinem hängenden Mundwinkel bis zum Kinn.

»Manu ist verschwunden. Das weißt du doch«, erwiderte ich und trat näher. »Ich habe nur eine Frage an dich.«

Grafinger reagierte nicht, sondern starrte mit seinem verzogenen Gesicht an mir vorbei an die Wand.

»Grafinger, kannst du mich verstehen?«

Aber es kam nur ein undeutliches Gemurmel aus seinem Mund. Grafinger war wieder in seine eigene Welt abgedriftet, in der seine Liebsten ihren Platz hatten: Klara mit Luis und Manuela.

Hinter mir wurde die Tür geöffnet, und ein Pfleger trat ein.

»Der Patient muss jetzt zur Therapie«, sagte der Mann. Er packte den Rollstuhl an den Griffen und schob ihn zur Tür.

»Was ist mit seinem Gesicht und der Hand passiert?«, frage ich den Pfleger.

»Ein Schlaganfall, ausgelöst durch den psychischen Stress«, informierte der Pfleger und schob den Rollstuhl aus dem Zimmer.

»Leo!«, rief ich hinterher und nannte ihn zum ersten Mal mit seinem Vornamen. »Sag mir bitte die Wahrheit. Hast du etwas mit Manus Verschwinden zu tun?«

Grafinger brummte etwas Unverständliches, hob die gesunde Hand, und der Pfleger stoppte den Rollstuhl. Ganz langsam drehte sich Leo zu mir um und wirkte plötzlich hellwach. Dann flüsterte er nur ein einziges Wort: »Nein.«

KAPITEL SIEBENUNDFÜNFZIG

Zwei Frauen hingen an roten Seilen und kletterten an einer Wand aus Pappe hoch. Eine von ihnen hatte eine blonde Mähne, die andere war brünett und hatte die Haare zu zwei Zöpfen geflochten. Beide trugen eng anliegende Kletteroutfits und Rucksäcke. Aus der Ferne wirkten sie wie echte Menschen, doch es waren nur Puppen in Hannahs Schaufenster.

Ich stand vor Hannahs Laden, da ich endlich erfahren wollte, warum sie mich als ihre Schwester bezeichnet hatte. War es der Spleen einer einsamen jungen Frau, die sich eine Schwester wünschte? Bald würde ich mehr wissen.

»Dein Schaufenster hast du hübsch dekoriert«, sagte ich beim Eintreten.

»Findest du?« Hannah lächelte geschmeichelt, während Fritz bei meinem Erscheinen sofort mit den Flügeln schlug und zu krähen begann. »Das bist übrigens du.« Hannah wies auf die brünette Puppe. »Adrian hat mir ein Foto gezeigt, auf dem du ungefähr so alt bist wie ich jetzt. Du trägst zwei Zöpfe und dein Mund ist toll geschminkt.«

»Ach, und wen stellt die Puppe daneben dar?«, fragte ich leicht befremdet.

»Das bin natürlich ich. Ich stelle mir vor, dass wir fast gleich alt sind und gemeinsam klettern. Wir sind zwei Schwestern, die alles teilen.« Hannah blickte verklärt in ihr Schaufenster und lächelte.

»Hör bitte damit auf!«, sagte ich energisch. Überrascht drehte sich Hannah zu mir, wollte etwas antworten, doch ich stoppte sie mit einer Handbewegung. »Ich habe keine Ahnung, welche Obsession du in Bezug auf mich hast, aber ich möchte das nicht mehr. Du erklärst mir jetzt auf der Stelle, warum du mich Schwester nennst.«

»Also gut, du hast ja recht.« Hannah blickte mich zerknirscht an, doch dann hellte sich ihre Miene auf. »Ich erkläre es dir, aber nicht hier. Wir nehmen meine Kletterausrüstung mit und begeben uns in die freie Natur. Da redet es sich leichter.«

»Okay, laufen wir ein Stück«, gab ich widerstrebend nach.

»Super.« Hannah trat hinter den Tresen, bückte sich und holte einen Rucksack hervor.

»Ich klettere aber nicht mit dir«, erwiderte ich, und eine merkwürdige Unruhe erfasste mich. Hannah hatte den Ausflug mit mir bereits geplant. ›Am klügsten ist, einfach zu gehen und das Ganze zu vergessen‹, dachte ich. Aber dann würde ich nie erfahren, was es mit den Schwestern auf sich hatte. Ich wurde einfach nicht schlau aus Hannah.

»Doch, du wirst in den Teufelsspalt klettern. Wollen wir wetten?«, ließ Hannah nicht locker.

»Entweder du hörst mit diesen Spielchen auf oder ich verschwinde auf der Stelle.«

»Tut mir leid. Ich möchte dich natürlich zu nichts zwingen«, lenkte Hannah ein und schulterte ihren Rucksack. Draußen sperrte sie die Tür ihres Ladens ab, und ich bemerkte, dass an ihrem Schlüssel das rote Freundschaftsband fehlte.

»Wo ist denn der rote Schlüsselanhänger?«, fragte ich sie.

»Den wollte Adrian wieder zurückhaben«, erwiderte Hannah. »Ich bastle mir jetzt selbst einen.«

Schweigend schritten wir durch das Dorf und nahmen die Abzweigung zu dem steilen Waldweg rauf ins Gebirge. Plötzlich begann Hannah zu erzählen:

»Vor ein paar Wochen hatte ich bei Karl einen Termin zum Durchchecken.«

»Als ich so alt war wie du, hatte ich nicht das geringste Interesse an Arztbesuchen«, meinte Karl, der eben ein Arzt der alten Schule war.

»Ich bin Freeclimberin«, erwiderte ich. »Für mich ist es essenziell, dass die Blutwerte stimmen. Ich hänge oft in der Wand, halte mich nur mit den Fingerspitzen fest, da ist die körperliche Fitness meine Lebensversicherung.«

»Warum nimmst du kein Seil wie die normalen Bergsteiger?«, fragte Karl kopfschüttelnd.

»Ich liebe einfach die Herausforderung und den Nervenkitzel. Es ist ein Zweikampf zwischen dem Berg und mir.«

»Wahrscheinlich bin ich schon zu alt, um das zu verstehen«, meinte Karl und suchte eine Vene in meiner Armbeuge, um mir Blut abzunehmen. »Ich mache einen Blutgruppentest.

Das ist wichtig, falls du einmal eine Transfusion benötigst.« Karl nahm das Röhrchen und legte es in das Testkit. Als das Ergebnis angezeigt wurde, runzelte er die Stirn. »Da stimmt was nicht.«

»Gibt es ein Problem?«, fragte ich irritiert.

»Ich muss den Test wiederholen.« Erneut platzierte Karl ein paar Blutstropfen in dem Testgerät. Und wieder runzelte er die Stirn und schüttelte den Kopf. »Das gibts doch nicht.«

»Was ist denn los?«, fragte ich verunsichert. »Habe ich eine tödliche Krankheit?«

»Nein, kein Grund zur Panik«, winkte Karl ab. »Deine Blutgruppe ist AB Rhesusfaktor negativ.«

»Ja und? Was ist damit?«

»Nur 1 Prozent der Weltbevölkerung besitzt diese Blutgruppe.«

»Cool, dann bin ich etwas Besonderes«, erwiderte ich.

»Das Merkwürdige daran ist, dass es hier im Ort jemanden mit derselben Blutgruppe gab. Das kann kein Zufall sein. Aber der Mann ist bereits tot.«

»Wer war das? Sagen Sie mir doch seinen Namen?«, insistierte ich.

Karl überlegte einige Sekunden, dann gab er sich einen Ruck. »Na gut, es war Franz Laudon; er ist allerdings vor Kurzem gestorben.«

»Kann es sein, dass dieser Franz Laudon mein Vater war?«, fragte ich aufgeregt. Endlich würde ich das Geheimnis meines unbekannten Vaters lüften.

»Ja, laut Statistik muss er es sein.«

Ohne mich zu verabschieden, lief ich aus der Praxis, eilte über den Dorfplatz, vorbei an der Kirche bis zum Fleischerladen, in dem meine Mutter arbeitete.

»Mama, wir müssen reden!«

»Hannah, das ist ja eine Überraschung.« Sissi riss die Augen auf. »Eine Vegetarierin in der Metzgerei.«

»Ist Franz Laudon mein Vater?«, platzte ich sofort mit meiner Frage heraus.

»Wie kommst du darauf?« Sissi wischte sich die blutigen Hände an der weißen Fleischerschürze ab und wich meinem Blick aus.

»Mama, ich will endlich eine ehrliche Antwort.« Ich stemmte die Fäuste in die Hüften, fixierte meine Mutter und erzählte ihr von dem Blutgruppentest.

»Ja, das stimmt, Franz Laudon ist dein Vater. Aber ich wollte es für mich behalten, denn die Schande im Dorf war zu groß. Ich hatte damals ein stilles Abkommen mit ihm und meinen Eltern getroffen, dass niemand etwas davon erfährt. Nicht einmal seine Frau Erika.«

»Meine Mutter hat es mir bestätigt«, sagte Hannah. »Wir haben denselben Vater.«

»Dann bist du also meine Halbschwester«, murmelte ich und musste die Nachricht erst einmal verdauen. Mein Vater hatte eine Affäre mit der schönen Sissi gehabt und nicht wie angenommen mit Manuela. »Und meine Mutter hat nichts von diesem Abkommen gewusst?« Soweit ich mich erinnern konnte, hatte Erika nie eine Andeutung gemacht, auch jetzt nicht. Auf jeden Fall wollte ich noch warten, ehe ich Mutter mit diesen Neuigkeiten konfrontierte.

»Das weiß ich nicht.« Hannah zuckte mit den Schultern. »Doch das tut nichts zur Sache.«

»Stimmt.« Ich blieb stehen und umarmte Hannah spontan. »Hallo, kleine Schwester.« Auch Hannah drückte mich fest und seufzte glücklich. So hatte mein Vater, den ich mein Leben lang gehasst hatte, doch noch etwas Positives auf dieser Welt hinterlassen, und ich war zu einer Schwester gekommen.

»Willst du umkehren?«, fragte ich Hannah nach einer Weile.

»Nein.« Hannah schüttelte energisch den Kopf. »Wir müssen weiter, ich muss dir etwas zeigen. Du und der Teufelsspalt, ihr gehört doch zusammen.«

»Wie meinst du das?«, fragte ich irritiert.

»Das wirst du sehen, wenn wir dort sind.«

Zwischen den Felsen war bereits der Rand des Teufelsspalts zu erkennen, und dahinter lauerte der Abgrund, in dem die Menschen verschwanden, ohne wiederzukehren.

Hannah hockte sich auf den Boden und packte die Kletterausrüstung aus. »Ich habe dir doch erzählt, dass ich im Teufelsspalt etwas Interessantes entdeckt habe. Es hat mit dir zu tun.«

»Was soll das sein?«

»Du musst es dir mit eigenen Augen ansehen.« Hannah warf mir einen Sicherungsgurt zu, den ich sofort umlegte. »Ich war sicher, dass du mit mir kletterst.«

»Okay, du hast die Wette gewonnen.«

Als wir unsere Helme aufgesetzt hatten, schlug Hannah zwei Haken in den vereisten Boden und befestigte daran unsere Leinen.

Langsam seilten wir uns ab. Das Licht nahm ab und die Kälte zu. Vor meinen Augen begann die schwarze Wand zu flackern, und ich hatte Mühe, mich an vorspringenden Steinen festzuhalten. Vereiste Felsen leuchteten wie Edelsteine, warfen glitzernde Strahlen ins Dunkel hinab. Unsere Schatten huschten über Wasserläufe, die zu Eis erstarrt waren und Kristalle von bizarrer Schönheit bildeten. Als ich einen Stein lostrat, fiel er ins Bodenlose und ich hörte nicht, wie er auf dem Grund aufschlug. Je tiefer wir uns runterließen, desto enger rückten die eisigen Felsen an uns heran, und ich hatte das Gefühl, als würden sie uns bald zermalmen. Im Schein meiner Helmlampe entdeckte ich Kratzspuren in den Steinen, die vielleicht von menschlichen Fingernägeln stammten, die verzweifelt versucht hatten, sich an dem glitschigen Felsen festzukrallen, um nicht in den Abgrund zu stürzen. In einer Nische blitzte etwas Rotes auf. Als ich meine Lampe darauf richtete, erkannte ich, dass es eine Haarspange war. In einer anderen Ausbuchtung lag ein verwitterter Lederriemen, der bei einem Absturz gerissen war. Ein silberner Knopf an einem vermoderten Stück Stoff hing an einem Vorsprung und glänzte im Lichtstrahl. War jemand hier gegen die Wand geprallt, ehe er in den Abgrund fiel? Jedes dieser Fundstücke erzählte eine Geschichte, hinter jedem verbarg sich ein Schicksal. Plötzlich schien es mir, als würden sich aus der Felswand Gesichtszüge und Hände formen, die um Hilfe schrien und sich nach Rettung sehnten. Es waren die Gesichter der Dorfbewohner, die in der unendlichen Tiefe des Teufelsspalts verschwunden waren. Vielleicht waren sie von einer unterirdischen Strömung mitgerissen worden, wie Forscher glaubten. Aber vielleicht verschwanden sie auch einfach in einer Zwischenwelt, die sich tief im Inneren des Teufelsspalts verbarg und deren Existenz nicht logisch zu erklären war.

Diese Gedanken stürmten auf mich ein, als ich mich, umgeben von geisterhafter Stille, immer tiefer abseilte. Der Lichtschein meiner Helmlampe geisterte über die Felswand, verharrte mit einem Mal zitternd bei einem merkwürdigen Zeichen.

»Diese Inschrift wollte ich dir zeigen, Felicitas«, hörte ich Hannahs Stimme, die von einem Echo überlagert wurde, sich vervielfältigte und untermalt von einem leisen Rauschen zu mir getragen wurde.

Ich leuchtete darauf und erblickte einen in die Wand geschlagenen Schriftzug in einer altertümlichen Schrift: FELICITAS.

Ich tippte mit dem Finger auf die Buchstaben, und plötzlich durchzuckte mich ein Schlag. Erschrocken stieß ich mich von der Wand ab und schwang über dem Abgrund. Weit unter mir kletterte das blonde Mädchen in dem weißen Kleid an der Felswand entlang. Mit leuchtenden Augen blickte es zu mir. Ihr Gesicht strahlte, und ihr Mund formte Worte, die nur ich hören konnte: »Endlich bist du angekommen, Felicitas. Es liegt an dir, das Rätsel zu lösen. Die Suche geht weiter.«

DANKSAGUNG

Liebe Leserin, lieber Leser,

wir möchten einmal recht herzlich DANKE sagen, dass Sie den zweiten Band »DUNKELSTEIG - SCHULD« unserer Dunkelsteig-Reihe gelesen haben. Hoffentlich haben Sie die spannende Lektüre mit Felicitas Laudon in ihrem mysteriösen Heimatort Dunkelsteig genossen! Aber Achtung, es gibt noch viele Geheimnisse rund um den Teufelsspalt. Das Rätsel um Manuelas Verschwinden ist noch lange nicht gelöst…

Wenn Ihnen dieser Psychothriller gefallen hat, dann freuen wir uns sehr über eine kurze Rezension/Buchbewertung.

Schreiben Sie uns gern auch eine Nachricht an unsere B.C. Schiller E-Mail-Adresse: bc.schiller@blue-velvet.com

Das war's auch schon. Alles Liebe an Sie und bleiben Sie ganz **GESUND** und glücklich :)

Barbara & Christian Schiller

P.S. Natürlich freuen wir uns auch riesig, wenn Sie unser Fan auf Facebook und/oder Follower auf Instagram werden.

facebook.com/BC.Schiller

instagram.com/bc.schiller